TASCABILI e/o

Bohumil Hrabal

Ho servito il re d'Inghilterra

Traduzione dal ceco di Giuseppe Dierna

edizioni e/o

Dello stesso autore presso le nostre edizioni

Treni strettamente sorvegliati
La tonsura
L'uragano di novembre
La cittadina dove il tempo si è fermato
Un tenero barbaro
La tendenza alle sbornie e al comunismo
Paure totali
Sanguinose ballate e miracolose leggende

Titolo originale: *Obsluhoval jsem anglického krále*

Via Camozzi, 1 – 00195 Roma

Prima edizione Tascabili e/o ottobre 1991
Nona ristampa Tascabili e/o ottobre 2000

Grafica Sergio Vezzali
ISBN 88-7641-116-X

Ho servito il re d'Inghilterra

Un bicchiere di granatina

Fate attenzione a quello che ora vi racconto.

Quando arrivai all'albergo Praga, subito il principale mi prese per l'orecchio e me lo tirò dicendomi: «Tu qui sei un apprendista cameriere, quindi ricordati. Tu non hai visto nulla e non hai sentito nulla. Ripeti!». E io dissi che al lavoro non vedevo nulla e non sentivo nulla. E il principale mi tirò l'orecchio destro e disse: «Ricordati però che devi lo stesso vedere e sentire ogni cosa. Ripeti!». E io ripetei sbigottito che avrei visto e sentito ogni cosa. E fu così che cominciai. Ogni mattina alle sei stavamo sul posto di lavoro, era come una sfilata di moda, arrivava il proprietario dell'albergo, da un lato del tappeto c'erano il maître e i camerieri e in fondo io, piccolo come un piccolo, e dall'altro lato i cuochi, le cameriere, le sguattere e la ragazza del buffet, e il proprietario ci passava accanto e guardava se le pettorine erano pulite e i colletti duri e i frac senza macchie, e se non mancava qualche bottone, e se le scarpe erano pulite, e si chinava per verificare con l'olfatto se ci eravamo lavati i piedi, e poi diceva: «Buon giorno, signori, buon giorno, signore...». E da quel momento non dovevamo più parlare con nessuno, e i camerieri mi insegnavano come si avvolgono nel tovagliolo forchetta e coltello, e io svuotavo i portacenere e ogni giorno dovevo pulire il cestello di latta per i würstel perché io vendevo i würstel alla stazione, me l'aveva insegnato l'apprendista di prima che adesso aveva smesso di fare l'apprendista, ormai aveva cominciato a lavorare ai tavoli, caspita!, quello avrebbe dato chissaché per continuare a vendere i würstel! A me sembrava un bel po' strano, ma poi lo capii. Non volevo fare nient'altro che vendere würstel lungo i treni, un sacco di volte al giorno davo due würstel per una corona e ottanta compreso il panino, il viaggiatore però aveva soltanto una banconota da venti, talvolta una da cinquanta, e io ogni volta non avevo spiccioli, anche quando li avevo, e così continuavo a vendere i panini fino a che ormai il viaggiatore non saltava sul treno e si faceva largo verso il finestrino e allungava il braccio, e io per prima cosa poggiavo a terra i würstel e poi cominciavo a frugacchiare in tasca tra gli spiccioli, e il viaggiatore a urlare che gli spiccioli me li potevo pure tenere, ma che pensassi a dargli indietro soprattutto le banconote di resto, e io cercavo con lentezza le banconote in tasca, e il capomovimento già fischiava e io tiravo fuori lentamente le banconote, e il treno si era già messo in moto e io correvo accanto al treno, e quando il treno cominciava a prendere velocità, allora io alzavo il braccio e le banconote stavano quasi lì lì per toccare le dita del viaggiatore che si allungava tutto quanto, alcuni si sporgevano al punto che qualcuno nello scompartimento li doveva reggere per le gambe, uno andò persino a sbattere la testa contro una colonna idraulica, un altro contro un pilastro, ma poi le dita si allontanavano velocemente e io rimanevo col fiatone, con la mano allungata e con dentro le banconote che ormai erano mie, erano pochi i viaggiatori che tornavano a reclamare quei soldi, e così cominciavo ad avere dei soldi miei, nel giro di un mese erano già un paio di centinaia di corone, alla fine ne avevo addirittura un migliaio, ma la mattina alle sei e la sera prima di andare a dormire il principale veniva a controllare se mi ero lavato i piedi, e già a mezzanotte dovevo stare a letto, e così incominciavo a non sentire, ma a sentire tutto, e cominciavo a non vedere e a vedere ogni cosa attorno a me, vedevo l'ordine e la regolarità, vedevo il principale contento del fatto che in apparenza tra noi ci comportassimo da nemici, quando mai una cassiera poteva andare al cinematografo con un cameriere!, ci sarebbe stato il licenziamento su due piedi, e conobbi anche i clienti che stavano in cucina, il tavolo dei clienti abituali, ogni giorno dovevo pulire i loro bicchieri, ciascuno aveva il proprio numero e la propria sigla, un bicchiere con un cervo, e un bicchiere con delle violette, e un bicchiere con sopra una piccola città, e bicchieri sfaccettati e bicchieri panciuti e un boccale di terracotta con la sigla HB che veniva addirittura da Monaco di Baviera, e così ogni sera arrivava quella brigata di eletti, il signor notaio e il capostazione, e il presidente del tribunale, e il veterinario e il direttore della scuola di musica, e l'industriale Jína, e io aiutavo tutti a infilarsi e a togliersi il cappotto, e quando portavo la birra ciascuno doveva ricevere in mano il proprio bicchiere, e io mi stupivo di come quella gente ricca riuscisse a passare tutta la serata parlando magari del fatto che fuori città c'era una passerella e lì, vicino a quella passerella, trent'anni prima c'era un pioppo, e poi si cominciava: uno diceva che lì quella passerella non c'era, che lì c'era soltanto il pioppo, e un altro che lì il pioppo non c'era, e che non c'era una passerella ma soltanto una tavola di legno con una ringhiera... e così continuavano a sorseggiare la birra e a parlare dello stesso argomento e a urlare e a prendersi a parolacce, però come se tutto fosse per finta, perché stavano lì lì per urlarsi, uno di fronte all'altro, al di qua e al di là del tavolo, che lì c'era la passerella e non il pioppo, e dall'altro lato che lì c'era il pioppo e non la passerella, ma poi si mettevano nuovamente a sedere e ogni cosa tornava a posto, urlavano solo per gustare meglio la birra, altre volte poi litigavano su qual era la miglior birra in Boemia, e uno dava quella di Protivín e un altro quella di Vodňany e un terzo quella di Plzeň, e un quarto quella di Nymburk, e quella di Krušovice, e così ricominciavano a inveire uno contro l'altro, ma si volevano tutti bene e urlavano soltanto perché accadesse qualcosa, per ammazzare in qualche modo quel tempo serale... E poi era il turno del capostazione che si chinava, mentre gli stavo dando la birra, e sussurrava che il veterinario era stato visto in visita alle signorine dai Rajský, che era stato lì in camera con Jaruška, e il direttore della scuola elementare bisbigliava invece che in effetti lì c'era stato, il veterinario, ma non giovedì bensì già il mercoledì, e poi insieme a Vlasta, e così passavano l'intera serata solo parlando delle signorine che stavano dai Rajský, e di chi c'era stato e di chi non c'era stato, e io a sentirli, a sentire quei loro discorsi, a me non importava più nulla sapere se fuori città ci fossero il pioppo e la passerella oppure la passerella senza il pioppo, o soltanto il pioppo, e nemmeno se era meglio la birra di Bránice o quella di Protivín, io non volevo vedere niente e sentire niente, io volevo solo vedere e sentire com'era lì dai Rajský. Feci i miei conti e continuai a vendere i würstel in modo da ritrovarmi soldi a sufficienza per avere l'ardire di presentarmi dai Rajský, alla stazione riuscivo persino a piangere, e dato che ero piccolo, un piccolo perfetto, la gente faceva un gesto con la mano e non lasciava i soldi di resto pensando che fossi orfano. Maturò così in me il piano di calarmi una volta dalla finestra della mia cameretta, passate le undici, dopo essermi lavato i piedi, e di andare a dare un'occhiata dai Rajský. Quel giorno all'albergo Alla città d'oro di Praga cominciò il pandemonio. La mattina si era presentata una brigata di zingari, erano tutti ben vestiti, e siccome di soldi ne avevano, essendo calderai, allora se ne stavano seduti al tavolo e si facevano portare tutto il meglio che c'era, e ogni volta che ordinavano qualcos'altro, ogni volta tiravano fuori i soldi per far vedere che ce li avevano, il direttore della scuola di musica stava seduto accanto alla finestra, ma gli zingari urlavano e così lui si trasferì a sedere in mezzo al ristorante, continuando a leggere un libro, doveva certo trattarsi di un libretto terribilmente interessante perché quando il direttore si era alzato per spostarsi tre tavoli più in là l'aveva fatto continuando a leggere il suo libricino, e anche mentre si metteva a sedere leggeva, con le mani tastava dov'era la sedia e continuava a leggere, e io pulivo i bicchieri per i clienti abituali, guardavo controluce, era ancora mattina, non c'era che qualche brodino e qualche gulasch per un paio di clienti, il fatto era che tutti i camerieri, anche se non avevano niente da fare, dovevano lo stesso fare continuamente qualcosa, come me che dovevo stare lì a pulire con cura, e anche il maître, in piedi, aggiustava le forchette nella credenza, e un cameriere si era rimesso a dare un'ultima aggiustatina ai tavoli... e in quel momento, sotto la finestra, mentre stavo guardando un bicchiere con su Praga d'oro, ti vedo degli zingari correre furibondi, e poi si infilarono nel nostro Praga d'oro, e di sicuro già dal corridoio dovevano aver tirato fuori i coltelli, e poi avvenne una cosa terribile, si scagliarono contro gli zingari calderai, ma quelli era quasi come se li stessero aspettando, saltarono su tirandosi dietro i tavoli, mettevano sempre i tavoli davanti a sé in quel modo per non farsi raggiungere dai coltelli di quegli altri zingari, ma lo stesso un paio di loro stavano già stesi a terra, con un coltello che gli spuntava dalla schiena, e quelli coi coltelli dove colpivano tagliavano, comprese le mani, per cui anche i tavoli erano già pieni di sangue, ma il direttore della scuola di musica continuava a leggere il suo libricino, sorrideva, e quell'uragano zingaresco rumoreggiava non accanto al direttore ma al di sopra di lui, gli avevano imbrattato di sangue la testa e il libro, due coltelli si erano conficcati nel suo tavolo, ma il direttore continuava a leggere, io stavo sotto un tavolo e sgattaiolai carponi in cucina, e gli zingari a strillare, e i coltelli lampeggiavano, i riflessi attraversavano il Praga d'oro come mosche dorate, e gli zingari se ne uscirono dal ristorante indietreggiando, senza pagare, e su tutti i tavoli c'era del sangue, due uomini stavano stesi a terra e su un tavolo c'erano giusto due dita tagliate e un orecchio reciso con un colpo secco, e poi un pezzo di carne, quando arrivò il dottore ed esaminò gli accoltellati e i frammenti, nel pezzo di carne tagliato riconobbe una parte del muscolo del braccio all'altezza della spalla, e il direttore della scuola, lui solo lì in mezzo, mise allora la testa tra i palmi delle mani, si appoggiò coi gomiti al tavolo e continuò a leggere il suo libro, mentre tutti gli altri tavoli erano accatastati davanti all'uscita, erano serviti a barricare e a coprire la fuga dei calderai, e il principale non riuscì a fare nient'altro che infilarsi il panciotto bianco cosparso di api, piantarsi davanti al ristorante, alzare i palmi delle mani dicendo, ai clienti che sopraggiungevano, purtroppo da noi c'è stato un incidente, apriremo domani. E io dovetti occupàrmi delle tovaglie insanguinate, tutte manate e ditate, e dovetti portare ogni cosa in cortile e mettere tutto a mollo nella grande caldaia della lavanderia, e la ragazza del buffet e una sguattera dovettero strofinare e poi bollire ogni cosa, e io dovevo stendere le tovaglie, ma al filo non ci arrivavo per cui lo fece la sguattera, e io le passavo le tovaglie bagnate già strizzate, e le arrivavo al seno, e lei rideva e ne approfittava per prendermi in giro, mi strofinava i seni sulla faccia, lo faceva come per sbaglio, una volta con un seno e una volta con l'altro, che mi poggiava sull'occhio, mi oscurava il mondo, era tutto profumoso, quando poi si chinava sul cesto per prendere una tovaglia, allora ero io a vederle giù in mezzo ai seni ondeggianti, lei si tirava su e i seni passavano da penzoloni a eretti, e la ragazza del buffet e la sguattera se la ridevano tutt'e due e mi dicevano piccolino, quanti anni hai?, li hai già fatti i quattordici? E quando? E poi si faceva sera e si alzava il vento e le tovaglie creavano tanti paraventi nel cortile, come quelli che mettevamo nel ristorante quando c'era qualche matrimonio o qualche gruppetto esclusivo, e io avevo già ogni cosa pronta in sala, e già ogni cosa luccicava per la pulizia, dappertutto c'erano garofani, a seconda della stagione veniva portato un intero cesto di fiori, e me ne andai a dormire, ma quando poi si fece silenzio e in cortile le tovaglie sbattevano come se chiacchierassero tra loro, e il cortile era tutto pieno di chiacchiere di mussolina, allora aprii la finestra e sgusciai fuori e, passando in mezzo alle tovaglie e lungo le finestrelle, raggiunsi la porta e la scavalcai e passai per la stradina, da un lampione all'altro. Aspettavo sempre, nel buio, che i passanti notturni mi superassero, fino a che non vidi da lontano la scritta verde Dai Rajský, e allora rimasi un po' fermo ad aspettare, dalle viscere della casa giungeva lo strepito dell'orchestrion, e allora mi feci coraggio ed entrai, e lì nel corridoio c'era uno sportelletto e io rimasi fermo lì, e lo sportelletto era così alto che dovetti tirarmi su con le dita, e lì sta seduta la signora Rajská e mi fa: cosa desidera, giovanotto? e io dissi che avrei voluto divertirmi un po', e così aprì e, quando entrai, lì seduta c'era una signorina bruna e aveva i capelli tirati in alto e fumava e mi chiese cos'è che volevo.

E io dissi che avrei voluto cenare, e lei, di rimando, e la cena vuole che gliela serviamo qui o nel salone?, e io divenni rosso e dissi, no, io voglio cenare in un separé, e lei mi fissò, e fece un fischio di quelli lunghi e mi chiese, però la risposta già la sapeva: e con chi? E io la indicai e dissi: con lei, e così lei scosse la testa e mi offrì la mano, e mano nella mano mi condusse lungo uno scuro corridoio dalle rosse luci soffuse, e aprì una porta, e lì c'erano un piccolo canapé e un tavolo e due sedie rivestite di felpa, e la luce giungeva da qualche parte da dietro le tende attaccate a una riloga e cadeva giù dal soffitto come ramoscelli di salice piangente, e io mi sedetti e dopo aver tastato i soldi ripresi forza e dissi vuol cenare insieme a me? E cosa prende da bere? e lei disse champagne, e io annuii e lei batté le mani e venne il cameriere con una bottiglia e l'aprì, e poi la portò nel salottino, e portò i bicchieri e li riempì, e io bevvi lo champagne, e le bollicine mi salivano nel naso e starnutivo, e la signorina beveva un bicchiere dopo l'altro, dopo essermisi presentata, poi le venne fame e io dissi, bene, porti il meglio che c'è, e lei disse che le piacevano le ostriche, che lì le avevano fresche, e così mangiammo le ostriche e dell'altro champagne, e poi di nuovo, e lei cominciò ad accarezzarmi i capelli e mi chiedeva di dov'ero, e io dissi di un paesino così piccolo che il carbone l'avevo visto per la prima volta l'anno prima, e lei ne rise e mi disse di mettermi in libertà, e io sudavo tutto, ma mi tolsi lo stesso la giacca, e lei disse che sudava tutta e se poteva togliersi anche lei il vestito, e io l'aiutai, e le aggiustai il vestito su una sedia, e lei poi mi sbottonò i pantaloni e io in quel momento capii che dai Rajský non doveva essere soltanto bello, o bellissimo, o voluttuoso, ma paradisiaco nel vero senso della parola, lei mi prese la testa e me la schiacciò tra i suoi seni, e quel seno profumava, chiusi gli occhi e avevo come voglia di dormire, tanto era bello quel profumo e quelle forme e la morbidezza della pelle, e lei mi spingeva la testa sempre più in basso, e io sentivo il profumo del suo ventre, e lei sospirava, e tutto era così illecitamente bello che ormai non desideravo nient'altro che quello, nient'altro che mettere da parte ogni settimana coi würstel ottocento e più corone, perché avevo uno scopo bello e nobile, così come mi diceva sempre mio padre, di avere sempre uno scopo, perché così mi sarei salvato perché avrei avuto un motivo per cui vivere. Ma si stava ancora a metà strada, Jaruška mi tolse poi in silenzio i pantaloni, tirò giù le mutande e prese a baciarmi all'inguine, e io all'improvviso fui così frastornato e così turbato dall'idea di tutto quello che avveniva dai Rajský che mi raggomitolai su me stesso e dissi, Jaruška, cosa sta facendo? E lei si riprese, ma quando mi vide continuò oltre, mi prese con la bocca, e io la respingevo, ma lei era come impazzita, mi teneva in bocca e muoveva la testa e aumentava veloce i movimenti, e poi ormai non la respingevo e non l'allontanavo più, mi allungavo invece tutto quanto tenendola per le orecchie, e sentivo che stavo eiaculando e che era diverso da quando lo facevo da solo, e che a succhiarmelo fino all'ultima goccia era una signorina dai bei capelli, con gli occhi chiusi, che stava succhiando da me quello che io gettavo via e scrollavo con disgusto sul carbone in cantina o nel fazzoletto sotto le coperte... quando poi si tirò su, con una voce piena di stanchezza disse, e adesso facciamolo per amore... ma io ero troppo impressionato e troppo malandato, e mi difesi e le dissi, io però ho fame, non ha fame anche lei? Ed essendomi venuta sete, presi il bicchiere di Jaruška, lei si lanciò verso di me ma non riuscì a impedirmi di bere, e io allontanai deluso il bicchiere perché dentro non c'era champagne ma una limonata gialla, fin dall'inizio lei stava bevendo limonata che io pagavo per champagne, e io me ne accorgevo solo ora, risi e ordinai un'altra bottiglia, e quando il maître la portò l'aprii io stesso e riempii i bicchieri e poi mangiammo di nuovo, e dall'interno della sala strepitava l'Ariston, e quando finimmo la bottiglia e io cominciavo a essere un po' brillo, mi rimisi in ginocchio e poggiai la testa sul ventre della signorina e la baciavo, arruffavo con la lingua quella graziosa barbetta e i peli, ma dato che ero leggero, la ragazza mi prese sotto le ascelle e mi tirò su di lei, allargò le gambe, e io liscio come l'olio penetrai per la prima volta in una donna, quello che avevo sempre desiderato adesso ce l'avevo davanti, lei mi stringeva a sé e mi sussurrava di resistere, il più a lungo possibile, ma io non mi mossi più di due volte, e alla terza schizzai nella carne calda, e lei si allungò ad arco; stava distesa in modo tale che coi capelli e con le piante dei piedi toccava il canapé, e io stavo disteso sul ponte del suo corpo e fino all'ultimo istante in cui divenni moscio rimasi tra le sue gambe divaricate, fino a che mi sfilai e mi sdraiai accanto. Lei respirava profondamente, si distese tastandomi e carezzandomi a memoria la pancia e tutto il corpo... E venne poi il momento di vestirsi e venne il momento di salutarsi e il momento di pagare, e il cameriere stette lì a calcolare e mi diede un conto di settecentoventi corone, e io stavo andando via, e presi ancora due pezzi da cento e li diedi a Jaruška e, uscito dai Rajský, mi appoggiai dietro il primo muro, e rimasi lì appoggiato nel buio, trasognato, e avevo scoperto per la prima volta quello che avveniva in quelle belle case dove c'erano le signorine, ma mi dissi adesso avrai imparato!, domani stesso ci torni e fai di nuovo il gran signore, perché le avevo sbalordite tutte, ero arrivato come un apprendista cameriere che vende würstel alla stazione, ed ero andato via più che fossi stato uno di quei signori che siedono al Praga d'oro al tavolo dei clienti abituali, dove possono accedere soltanto i nobiluomini, solo i notabili della città...

E già il giorno seguente guardavo il mondo in maniera del tutto diversa, erano stati i soldi ad aprirmi le porte non soltanto dei Rajský, ma anche nella considerazione della gente, e mi ricordai pure che la signora Rajská in portineria quando aveva visto che avevo lanciato in aria due pezzi da cento si era gettata sulla mia mano e me la voleva baciare, io pensavo che volesse sapere l'ora esatta all'orologio da polso che ancora non avevo, però quel baciamano non era per me, apprendista al Praga d'oro, ma era invece un baciamano per quei due pezzi da cento, e in generale per tutti i soldi che io avevo, io che ho ancora mille corone nascoste nel letto e che posso avere tanti soldi non quanti ne voglio ma quanti se ne possono fare ogni giorno alla stazione vendendo würstel. E così al mattino fui mandato con un cesto a comprare i fiori, e mentre stavo tornando vidi un pensionato che strisciava carponi cercando qualche monetina rotolata via, e in effetti fu lì, sulla strada del ritorno, che mi resi conto che tra i nostri clienti abituali sedevano anche un giardiniere e un mastro salumiere e un macellaio e il proprietario di una latteria, e che in effetti da noi si riunivano i nostri fornitori di pane e di carne, il principale dopo aver controllato il frigorifero aveva detto diverse volte va' subito dal macellaio e digli di portarsi subito via quel vitello smagrito, adesso immediatamente, e sul serio prima di sera il vitello era sparito, e il mastro macellaio stava seduto lì come se niente fosse, quel pensionato però doveva vederci maluccio, per cui strisciava nella polvere col palmo della mano, e io gli faccio cosa sta cercando, buon vecchio, eh? E lui mi disse di aver perso venti centesimi, e io aspettai che passassero lì vicino delle persone e presi una manciata di spiccioli e li gettai in aria e subito afferrai i manici del cesto e mi immersi nei garofani e proseguii oltre, e quando prima dell'angolo mi voltai, vidi ancora degli altri passanti strisciare per terra, tutti avevano l'impressione che quelle monetine fossero cadute a loro, e ciascuno accusava l'altro di dovergli restituire i soldi, e così, in ginocchio, litigavano e soffiavano e si graffiavano sugli occhi come gatti con gli stivali, e io scoppiai a ridere e capii di colpo cos'è che fa muovere la gente e in cosa la gente crede e cos'è capace di fare per quattro monetine. E quando portai i fiori e vidi molte persone davanti al nostro ristorante, salii di corsa in una delle stanze per i clienti e mi sporsi fuori e gettai un'intera manata di spiccioli facendo in modo che non cadessero subito accanto alle persone, ma un paio di metri più in là. E corsi giù e mi misi ad accorciare i garofani, e mettevo ogni volta nel vasetto due ramoscelli di asparagus e due garofani, e intanto guardavo dalla finestra la gente strisciare carponi e raccogliere i soldi, le mie monetine, e intanto litigare perché uno aveva visto quegli stessi dieci centesimi prima di quello che li aveva presi... E quella notte e poi anche le notti seguenti sognai, e continuai a sognare poi anche durante il giorno, quando non c'era niente da fare e io dovevo far finta di fare qualcosa, mentre pulivo i bicchieri e guardavo controluce e mi mettevo il vetro sugli occhi e attraverso il vetro guardavo, dall'altro lato, la piazza in frantumi e la colonna della peste e il cielo, e in cielo le nuvole, anche durante il giorno sognavo di volare sopra cittaduzze e città e villaggi e cittadelle, e di avere una tasca infinitamente grande e di attingere intere manciate di monetine e di gettarle sul selciato, e le spargevo ogni volta come fa il seminatore col grano, sempre però alle spalle dei passanti o di quelli che stavano lì fermi, spiccioli a manciate intere, e mi accorgo che quasi nessuno resiste alla tentazione e tutti si mettono a raccogliere quelle monetine da dieci centesimi, prendendosi l'un l'altro a capocciate e litigando, io però sto già volando oltre, soddisfatto, anche nel sonno deglutivo come un pazzo attingendo dalla tasca quelle manciate e gettandole alle spalle di altri gruppetti, e i soldi tintinnavano con fragore mettendosi a rotolare, e io avevo la capacità di intrufolarmi come un'ape nei vagoni, nei treni e nei tram, e di punto in bianco facevo tintinnare sul pavimento una manciata di nichelini, e tutti si chinavano immediatamente e si scagliavano uno contro l'altro per raccogliere quegli spiccioletti dei quali ciascuno pensava e faceva finta di pensare che fossero caduti proprio a lui... E quel sogno mi incoraggiava, dato che ero piccoletto, a portare il colletto alto inamidato, avevo il collo piccolo e corto e il colletto mi segava non soltanto il collo ma anche sotto il mento, e così – per non sentire dolore – tenevo sempre la testa alta, imparai anche a guardare in quel modo, perché non potevo abbassare la testa senza provare dolore, mi chinavo con tutto il busto e, quando tenevo la testa un po' all'indietro, mi si socchiudevano le palpebre e guardavo il mondo in un modo come se ne avessi disprezzo, come se ne ridessi, come se lo disdegnassi, per cui anche i clienti pensavano che ero un presuntuoso, e in quel modo imparai anche a starci fermo e a camminare, le piante dei piedi le avevo sempre infuocate come ferri da stiro, mi meravigliavo di non prendere fuoco e che non mi si bruciassero le scarpe, tanto mi scottavano le piante dei piedi, talvolta la disperazione era tale che mi versavo nelle scarpe dell'acqua di seltz fredda, soprattutto quando stavo alla stazione, ma questo serviva solo per poco e io stavo sempre sull'orlo del desiderio di sfilarmi le scarpe e di correre col frac dritto al ruscello e là immergere i piedi nell'acqua, e così continuavo ancora a versarmi acqua minerale nelle scarpe, qualche volta anche un po' di gelato, e in quel modo capii perché i maître e i camerieri al lavoro portano sempre le scarpe più vecchie, le più sformate, quelle che trovate nella spazzatura, perché solo con scarpe del genere si può resistere tutto il giorno in piedi fermi e a camminare, e proprio tutti, comprese le cameriere e la cassiera, soffrivamo per quei piedi, e quando la sera mi toglievo le scarpe avevo le gambe impolverate fino al ginocchio, come se tutto giorno me ne fossi stato a girare non su parquet e tappeti, ma nella fuliggine, quello era un altro aspetto del mio frac, il rovescio della medaglia dei camerieri e degli apprendisti e maître di tutto il mondo, la camicia bianca inamidata e lo scintillante colletto bianco duro, e i piedi che pian piano diventano neri come per qualche grave malattia, quando le persone cominciano a morire dai piedi... ma lo stesso ogni settimana mettevo da parte i soldi per qualche altra signorina, sempre una nuova, la seconda signorina della mia vita fu invece una biondina. Quando entrai e mi chiesero cosa desiderassi, io dissi che volevo cenare e subito aggiunsi, però in un separé, e quando mi chiesero con chi, io indicai una biondina e anche quella volta ero innamorato di quella ragazza dai capelli chiari, fu addirittura più bello della prima volta, sebbene quella prima volta fosse stata indimenticabile. E così non facevo che provare il potere del denaro, ordinavo champagne, ma prima lo assaggiavo, la signorina doveva bere insieme a me quello originale, non permisi più che a me versassero da bere vino e alla ragazza limonata. E mentre stavo disteso nudo guardando il soffitto, e la biondina mi stava distesa accanto e guardava anche lei il soffitto, di punto in bianco mi alzai e tolsi da un vaso una peonia e ne strappai i petali, e con diverse peonie coprii tutt'intorno il ventre della signorina, era tanto bello che ne rimasi stupito, e la signorina si tirò su per guardare anche lei il proprio ventre, ma le peonie scivolavano giù, e io la spinsi teneramente indietro perché rimanesse distesa, e tolsi lo specchio dal gancio e lo aggiustai in modo che la signorina potesse vedere com'era bello il suo ventre coperto di petali di peonie, e le dissi sarà bello, ogni volta che verrò qui, a seconda dei fiori che ci saranno, ti coprirò il pancino, e lei disse che una cosa del genere non le era ancora mai successa, un simile omaggio alla sua bellezza, e mi disse che quei fiori l'avevano fatta innamorare di me, io dissi come sarebbe stato bello quando a Natale avrei strappato ramoscelli di abete e con quei ramoscelli le avrei coperto il pancino, e lei disse che sarebbe stato ancora più bello coprirle il ventre di vischio, ma la cosa migliore – e a questo doveva provvedere lei – sarebbe stato uno specchio appeso al soffitto sopra al canapé, per poterci vedere distesi, ma soprattutto per vedere com'era bella lei nuda con una coroncina tutt'attorno al batuffoletto dei peli, una coroncina che sarebbe mutata a seconda dei periodi dell'anno e a seconda dei fiori che sono tipici per ciascun mese, come sarebbe stato bello ricoprirla di margherite e di manine della madonna e di crisantemi e di tanaceti e di foglie colorate... e mi tirai su e mi abbracciai ed ero grande, uscendo le diedi duecento corone ma lei me le restituì, e io le poggiai sul tavolo e uscii e avevo la sensazione di essere alto un metro e ottanta, anche alla signora Rajská diedi cento corone nello sportelletto dove si era rincurvata guardandomi da dietro gli occhiali... e uscii nella notte, e nelle stradine buie il cielo era pieno di stelle, ma io non vedevo nient'altro che le epatiche e le campanule e i bucaneve e le primule tutt'attorno al ventre della signorina bionda, e più proseguivo oltre e più mi stupivo di come mi fosse potuta venire in mente quell'idea di guarnire, come con dell'insalata russa un piatto di prosciutto, allo stesso modo quel bel ventre di donna con la collinetta dei peli al centro e, attingendo alle mie conoscenze dei fiori, continuavo a coprire la biondina nuda con potentille e petali di tulipani e di giaggioli, e mi proposi di trovarne ancora degli altri perché per tutto l'anno mi sarei divertito, perché coi soldi ci si può comprare non soltanto una bella ragazza, coi soldi ci si può comprare anche la poesia. La mattina dopo, mentre stavamo sul tappeto e il principale girava controllando se avevamo le camicie pulite e tutti i bottoni, e dopo che ebbe detto Signore e signori, buon giorno, io guardai la sguattera e la ragazza del buffet, guardavo i loro grembiuli bianchi in un modo tale che la sguattera mi tirò un orecchio, tanto fisso le stavo guardando, e mi convinsi che nessuna delle due si sarebbe lasciata avviluppare il ventre e i peluzzi né di margherite, né di peonie, né tantomeno, come un cosciotto di capriolo, di rametti di abete o di vischio... e così pulivo i bicchieri, guardavo controluce le grandi finestre al di là delle quali andavano e venivano persone tagliate a metà, e continuavo coi fiori estivi, li prendevo a mano a mano dai cestini e coprivo di fiori e di pianticelle o soltanto di petali il ventre della bella biondina dei Rajská, lei stava distesa sulla schiena e apriva anche le gambe, e io la ricoprivo tutta quanta, anche intorno alle cosce, e se i fiori scivolavano giù io li incollavo con la gomma arabica o li fermavo leggermente con un chiodino o una puntina da disegno, e così pulivo i bicchieri in maniera esemplare, nessuno voleva farlo, e io immergevo i bicchieri nell'acqua, mi piazzavo il bicchiere davanti all'occhio e guardavo se era pulito, ma attraverso quel bicchiere pensavo a tutto quello che avrei fatto dai Rajský, e così arrivai fino alle ultime pianticelle dei giardini e dei prati e del bosco, e mi intristii, che farò in inverno? Ma poi scoppiai a ridere felice perché in inverno ci sono fiori ancora più belli, avrei comprato ciclamini e magnolie e sarei sceso a Praga a prendere magari anche delle orchidee, o mi sarei addirittura trasferito a Praga, anche lì c'è posto nei ristoranti, e lì avrei avuto fiori tutto l'inverno... e poi si stava già avvicinando mezzogiorno e cominciai a portare i piatti e i tovaglioli, e la birra e le granatine rosse e quelle al limone, e a mezzogiorno, nel momento di più grande trambusto, la porta si aprì e la bella biondina dei Rajský prima entrò e poi si voltò per chiudere, e si sedette e aprì la borsetta, ne tirò fuori una busta e si guardò intorno, e io mi accovacciai e mi allacciai in fretta e furia una scarpa col cuore che mi batteva nel ginocchio, e arriva il maître e mi fa va' subito al lavoro, e io annuii soltanto, e il ginocchio era come se mi avesse attraversato tutto e avesse cambiato di posto col cuore, tanto mi batteva, ma poi mi feci coraggio e mi tirai su, alzai la testa quanto più potevo e mi gettai il tovagliolo sulla manica, e domandai alla ragazza cosa desiderasse, lei disse che voleva vedere me e una granatina di lampone, e io mi accorsi che indossava un vestitino estivo, un vestito tutto pieno di peonie, tutt'attorno prigioniera in aiuole di peonie, e mi vergognai e divenni rosso anch'io come una peonia, questo non me l'aspettavo, i miei soldi avevano preso il volo, le mie migliaia di corone, quello che adesso vedevo era completamente gratis, e così andai a prendere il vassoio con le granatine di lampone e, quando le portai, dalla busta che la biondina teneva sulla tovaglia erano scivolate fuori lentamente, come se niente fosse, quelle mie due banconote da cento, e lei mi lanciò uno sguardo tale che cominciai a tremare con tutte le granatine, e la prima si rovesciò, si abbassò lentamente e le gocciolò in grembo, e il maître fu subito sul posto e poi accorse anche il principale e si scusavano, il principale mi prese l'orecchio e me lo storse, e questo non avrebbe dovuto farlo perché la biondina urlò che la sentì tutto il ristorante: Ma come si permette? E il principale: Le ha bagnato e rovinato il vestito, sono io a doverlo pagare... E lei: Di cosa si impiccia?, io da lei non voglio nulla, perché scredita questa persona? E il principale, con dolcezza: Le ha bagnato il vestito... tutti avevano smesso di mangiare e lei disse: A lei non deve importare nulla, io glielo proibisco, e stia a guardare! E prese una granatina e, dall'alto, se la versò in testa sui capelli, e poi un'altra granatina, ed era tutta sciroppo di lampone e bollicine di seltz, e allo stesso modo si versò l'ultima granatina di lampone nella scollatura... e disse: Il conto... e andò verso l'uscita seguita dal profumo di lampone, e uscì con quel vestito di seta e pieno di peonie, e le api già le ronzavano attorno, e il principale prese la busta dal tavolo e disse: Raggiungila, si è dimenticata questa... e io mi precipitai fuori e lei stava sulla piazza e, come alla fiera un chiosco di torroni, era tutta piena di vespe e di api, e non si difendeva, e loro raccoglievano da lei quello sciroppo zuccheroso che la avvolgeva come avesse avuto addosso una seconda pelle, una patina leggera, come quando sui mobili si passa la politura o una cera protettiva, e io le guardavo il vestito, e le consegnai i due pezzi da cento, e lei me li restituì dicendo che me li ero dimenticati da lei il giorno prima... E per farmi andare la sera dai Rajský, aggiunse di aver comprato un bel mazzo di papaveri di campo... e io vedevo che il sole aveva seccato la granatina di lampone nei suoi capelli, e i capelli le si erano induriti come si indurisce una pennellessa se non la mettete nell'acquaragia, come gomma arabica che si sia rovesciata, come politura per legno, vedevo che la granatina dolciastra aveva a tal punto incollato il vestito al suo corpo che se lo sarebbe dovuto strappare di dosso come un manifesto vecchio, come una vecchia carta da parati da un muro... ma per me tutto quello era ancora poco, lo sconvolgente per me era che mi parlasse in quel modo, che non avesse paura di me, che di me sapesse più di quanto sapessero al ristorante, che di me sapesse quasi più di quanto sapevo io... Quella sera, poi, il principale mi disse che al piano terra la mia camera sarebbe servita per la lavanderia, che dovevo trasferire le mie cose al primo piano. E io gli faccio, domani però, va bene? Ma il principale mi guardava e io sapevo che lui sapeva, e che mi dovevo trasferire subito subito, e mi ricordò ancora una volta che alle undici dovevo andare a letto, che lui era responsabile di me sia davanti ai miei genitori che davanti alla società, che un apprendista cameriere come me per poter lavorare tutto il giorno doveva dormire tutta la notte...

I clienti del nostro ristorante che più amavo erano sempre i commessi viaggiatori. Non tutti i piazzisti, però, perché tra i viaggiatori di commercio ce n'erano alcuni che commerciavano con un articolo che non valeva nulla, oppure che non andava, venditori di acqua calda. Quello che più mi piaceva era un commesso viaggiatore grasso che quando arrivò per la prima volta io corsi di filato dal principale, tanto che il principale si spaventa, e mi fa, che c'è? E io riuscii a stento a balbettare, signor principale, c'è qui un tal luminare. E così lui andò a guardare e, davvero, una persona grossa come quella non l'avevamo mai avuta, il principale si complimentò con me e gli scelse una stanza nella quale poi quel piazzista dormì tutte le volte, un letto speciale sotto il quale il domestico aveva messo quattro ceppi sollevando il letto con due tavoloni. E quel commesso viaggiatore si presentava bene perché aveva con sé anche un dipendente che portava sulle spalle qualcosa di pesante, quel dipendente sembrava un facchino della stazione, attaccato a delle cinghie portava qualcosa di simile a una pesante macchina da scrivere. E la sera, quando quel commesso viaggiatore cenava, lo faceva sempre allo stesso modo: prendeva la lista delle vivande, la guardava come se non riuscisse a scegliere proprio nulla e poi diceva: allora, ad eccezione del polmone all'agro, mi porti tutte le pietanze principali, una dopo l'altra, quando avrò terminato la prima mi porti la seconda, fino a che non dico basta. E una volta rifocillatosi, e lui mangiava sempre una decina di pranzi, assunse un'aria trasognata e disse che avrebbe voluto qualcosa da mettere sotto i denti, e la prima volta si trattò di un etto di salame ungherese. Quando il principale glielo ebbe portato, il commesso viaggiatore prese un'intera manciata di monetine, aprì la porta e le gettò in strada e, prese un paio di fettine di salame, sembrò di nuovo come se si fosse arrabbiato, attinse un'intera manciata di spiccioli e li gettò nuovamente in strada, e tornò a sedersi quasi con rabbia, e i nostri clienti abituali si guardavano l'un l'altro, e poi guardarono il principale, e a quello non rimase nient'altro che alzarsi e fare un inchino e chiedere, non c'è niente di male, signore, ma perché getta via quegli spiccioli? E il commesso viaggiatore disse e perché mai io non posso gettare degli spiccioletti in strada quando lei, in quanto proprietario di questo esercizio, getta via ogni giorno allo stesso modo biglietti da dieci corone...? e il principale ritornò al tavolo e spiegò ogni cosa ai clienti abituali, quelli però si preoccuparono ancora di più, per cui il principale si decise e tornò al tavolo del ciccione dicendogli non c'è niente di male, ma qui si tratta della mia proprietà, lei può buttar via monetine quanto le pare, ma che c'entrano i miei biglietti da dieci corone...? E il ciccione si alzò e disse se permette glielo spiego, posso passare in cucina? E il principale fece un inchino indicando col braccio la porta della cucina e, quando vi entrò, lo sentii che si stava presentando, io sono un rappresentante della ditta van Berkel, mi faccia la cortesia di affettare un etto di salame ungherese, bene? E così la moglie del principale tagliò a fette il salame, lo pesò, lo mise in un piattino, e tutti noi avevamo paura che si trattasse di un controllo, ma il commesso viaggiatore batté le mani, dall'angolo si alzò il dipendente sollevando quell'oggetto nascosto da una copertina che adesso aveva tutta l'aria di un organetto ma non lo era, e il dipendente entrò in cucina e poggiò quell'aggeggio sul tavolo, il commesso viaggiatore sollevò la copertina e fece la sua comparsa un bell'apparecchietto rosso, una sega piatta, rotonda e luccicante, che ruotava attorno a un albero e, alla fine dell'albero, c'era una piccola manovella e un manico, e poi ancora una manopola girevole... e il ciccione se la rideva tutto beato davanti a quell'apparecchietto e continuava: signore e signori, la maggior ditta al mondo è la Chiesa cattolica, quella commercia in qualcosa che nessuno ha mai visto, qualcosa che nessuno ha mai toccato, che da che mondo è mondo nessuno ha mai incontrato, e questo, signori, è ciò che si chiama comunemente Dio, e la seconda al mondo è la ditta International, e ce l'avete qui davanti a voi, trattasi di codesto apparecchietto noto in tutto il mondo, il cosiddetto registratore di cassa il quale, se per tutto il giorno avrete schiacciato e spinto con accortezza i tasti, alla fine della giornata invece del conto questa cassa fa in vece vostra il bilancio giornaliero, e al terzo posto al mondo c'è la ditta che io rappresento, la van Berkel, produttrice di bilance che pesano su tutta la terra, con la stessa precisione all'Equatore come al Polo Nord, e produciamo altresì ogni tipo di macchine come questa per affettare carne e salumi, e il fascino di codesto apparecchietto è in questo, prego... disse e, dopo aver chiesto il permesso, spellò un pezzo di salame ungherese, la pelle la poggiò sulla bilancia e adesso con una mano girava la manovella mentre con l'altra spingeva il salame contro la lama girevole, e su un ripiano si ammonticchiò il salame a fette, aumentato a tal punto quasi che avesse tagliato l'intero pezzo di salame, mentre invece non ne mancava poi molto... e il commesso viaggiatore smise di girare e chiese quanto salame pensate che abbia affettato? E il principale disse un etto e mezzo e il maître disse un etto e dieci, e tu, piccolo? mi domandò. E io dissi ottanta grammi, e il principale mi prese l'orecchio, me lo storse e si scusò col commesso viaggiatore, la madre mentre lo stava allattando gli fece cocciare la testa contro le mattonelle del pavimento, il rappresentante mi diede invece una carezza e mi fece un sorriso così bello e disse il ragazzo è quello che c'è andato più vicino, e gettò sulla bilancia le fette di salame e la bilancia indicò settanta grammi... noi tutti ci guardammo e poi attorniammo la macchinetta prodigiosa, e a tutti era evidente che quella macchina avrebbe portato un notevole guadagno e, quando ci fummo allontanati, il piazzista prese un'intera manciata di monetine e le gettò nella cassetta per il carbone e batté le mani, e il suo facchino portò ancora un altro pacco, da sotto il coperchio sembrava come la campana di vetro sotto la quale mia nonna teneva la Vergine Maria, e quando ebbe tolto il rivestimento fece la sua comparsa una bilancia, una bilancia come quelle che hanno le farmacie, e l'ago era sottilissimo e indicava soltanto fino a un chilo, e il piazzista disse signore e signori, questa bilancia è così precisa che quando ci respiro sopra lei indica il peso del mio respiro... e respirò e davvero la bilancia si abbassò, e poi prese dalla nostra bilancia il salame tagliato e lo gettò su quell'altra, e la bilancia indicò che di quell'affettato ce n'erano precisamente sessanta grammi e settantacinque... era quindi evidente che la bilancia del principale rubava venticinque centigrammi, e il commesso viaggiatore cominciò a fare i conti sul tavolo, ecco qui... e poi sottolineò i calcoli e disse se in una settimana lei vende dieci chili di salame ungherese, quella bilancia le fa risparmiare cento volte venticinque centigrammi di salame, vale a dire quasi la metà di un intero salame ungherese... e col pugno chiuso si appoggiò con le nocche al tavolo e mise il piede in modo che la punta toccava per terra e il tacco stava in alto, e rideva con aria di vittoria quel rappresentante, e il principale disse andate via tutti, c'è da discutere, voglio che lei mi lasci qui tutto così com'è, lo compro. Mi scusi, ma questo è il mio campione, disse il commesso viaggiatore indicando il facchino. Mi scusi, è una settimana che giriamo con tutta questa roba per i rifugi sparsi sulle Krkonoše, e quasi in ogni rifugio che si rispetti abbiamo venduto sia un'affettatrice per il salame che una bilancia, le definisco entrambe un risparmio sulle imposte, ecco com'è. E credo che quel commesso viaggiatore mi avesse a benvolere, in certo qual modo gli ricordavo la sua giovinezza, quando mi vedeva mi carezzava così tanto e aveva una risata così bella, che gli venivano le lacrime agli occhi. Talvolta si faceva portare l'acqua minerale in camera. Tutte le volte che andavo in camera sua lui stava già in pigiama, sdraiato sul tappeto, e l'enorme pancia gli stava distesa accanto come una botte, e mi faceva piacere che della pancia non si vergognasse, anzi, al contrario, la portava avanti a sé e, come con qualche réclame, fendeva il mondo che gli veniva incontro. Tutte le volte mi diceva siediti, figliolo, e mi sorrideva di nuovo, tutte le volte per me era come se mi carezzasse non un padre ma una madre. Una volta mi raccontò sai, io ho cominciato come te, anch'io da ragazzo, con la ditta Koreff, articoli di merceria, ah, piccolo mio, ancor oggi penso al principale che avevo, lui mi ripeteva sempre che un commesso viaggiatore come si deve ha sempre tre cose: i beni immobili, il commercio, il magazzino, se perdi il magazzino ti resta ancora il commercio, se perdi il magazzino e il commercio, beh ti resta almeno l'immobile e nessuno te lo potrà mai togliere, io però una volta ero stato mandato a consegnare dei pettini, dei bei pettinini d'osso, ottocento corone costavano quei pettini e io li tenevo nel cestino della bicicletta e in due enormi borse, prenditi qui un bonbon, prendi su, prenditi quello lì, dentro ci sono le ciliegie ricoperte di cioccolata, e mentre sto lì in salita a pedalare su quella bicicletta, quanti anni hai? e io dissi quindici, e lui annuì e prese un bonbon e cominciò a succhiarlo, e continuò, insomma, io sto a spingere in salita quei pettini e in quel momento mi superò una contadina, anche lei in bici, e su in cima si fermò nel bosco e, quando la raggiunsi, quella mi lanciò un'occhiata, e così da vicino, che io abbassai gli occhi, lei mi fece una carezza e mi disse la diamo un'occhiata ai lamponi? E io poggiai la bici e i pettini nel fossato, e lei poggiò la sua bicicletta da donna sopra la mia e mi prese per mano, e subito dietro il primo cespuglio mi gettò a terra e mi sbottonò i calzoni, e prima che me ne potessi rendere conto stava già su di me, e io ero sommerso da quella contadina, e per me quella contadina era la prima, e mi ricordai della mia bicicletta e dei miei pettini, e allora mi misi a correre, e la sua bici stava lì sopra la mia, a quei tempi le biciclette da donna sulla ruota posteriore avevano una reticella tutta colorata, come quelle che hanno i cavalli sulla testa e sul collo, e tastai i pettini ed erano ancora lì e tirai un respiro di sollievo, e quando la contadina arrivò di corsa e vide che io non riuscivo a disincastrare il mio pedale da quella sua frangia, mi disse che quello lì era un segno del destino perché non ci separassimo ancora l'uno dall'altro, io però avevo paura, ma prendi uno di quei bonbon, sono quelli che chiamano nougatine... e ci inoltrammo con le biciclette nel boschetto e la contadina mi infilò di nuovo la mano nei pantaloni, certo, ero più giovane di adesso, e io le stavo di nuovo disteso sopra allo stesso modo come avevamo poggiato le biciclette in un cespuglio, lei aveva messo la sua bicicletta per terra e io la mia sulla sua, e così facemmo l'amore allo stesso modo delle nostre biciclette, e fu bello, e ricordati figliolo che la vita, solo un po' che riesca, è così bella, così bella... ah... ma va' a dormire!, sai, domattina devi alzarti così presto, figliolo. E prese la bottiglia e se la versò tutt'intera dentro, sentivo l'acqua sguazzargli nello stomaco come l'acqua piovana dalla grondaia nella cisterna e, quando poi si girò su un fianco, si poteva udire l'acqua passare dall'altra parte per pareggiare la superficie... Quelli che non mi piacevano erano i viaggiatori di commercio con roba da mangiare, margarina e stoviglie per la cucina, quelli si portavano appresso la roba e se la mangiavano in camera, alcuni portavano con sé persino dei fornelletti a spirito e in camera si cucinavano le minestre di patate e le bucce delle patate le ammucchiavano sotto al letto, e per di più volevano che gli pulissimo le scarpe gratis e, quando andavano via, come mancia mi davano un distintivo pubblicitario e, in cambio, io dovevo portargli alla macchina una cassetta di lievito, perché dal grossista che rappresentavano si facevano dare il lievito che vendevano occasionalmente lungo la strada. Alcuni piazzisti portavano con sé così tante valigie che sembrava avessero appresso tutta la merce che contavano di smerciare nella settimana, mentre altri invece non si portavano quasi nulla. Quello che mi incuriosiva, quando arrivava qualche commesso viaggiatore e non aveva con sé valigie, era in cosa mai commerciasse. E c'era sempre qualcosa che mi stupiva, ecco, uno ad esempio prendeva ordinazioni per carta da imballaggio e sacchetti di carta, quello i suoi campioncini se li portava infilati dietro il fazzoletto nel taschino della giacca, un altro invece nella borsa aveva soltanto uno yo-yo e un diabolo, ecco tutto quello che portava con sé, e in tasca niente più di un blocchetto per le ordinazioni, e in quel modo girava la città giocherellando con lo yo-yo o col diabolo, e poi entrava in un negozio e lì continuava a giocare, e il negoziante di giocattoli e articoli di merceria piantava in asso il piazzista di chincaglierie e i clienti e, come in sogno, gli andava incontro, e allungava le manine verso lo yo-yo e il diabolo, e passava sempre un'intera stagione prima che il pubblico ne avesse a sufficienza di quei giochi, e subito i negozianti: Quante dozzine di grosse mi può consegnare? E il piazzista si impegnava per venti dozzine, ma poi nella trattativa aggiungeva ancora qualche dozzina in più, un'altra stagione era la volta della pallina di caucciù, e allora il rappresentante faceva sfoggio di quella pallina in treno e per strada, e poi anche nel negozio, e il negoziante gli andava incontro come ipnotizzato, e guardava su e giù la pallina volare fino al soffitto e tornare di nuovo nella mano, e di nuovo su e giù, e di nuovo: Quante dozzine di grosse mi lascia? Simili commessi viaggiatori di articoli che duravano il tempo di una stagione non mi piacevano, e non piacevano neanche al maître, erano quelli che venivano chiamati i pataccari, veri e propri venditori di acqua calda, noi lo capivamo già appena entravano da noi che avrebbero preferito mangiare senza pagare e filarsela dalla finestra, come pure c'è successo un paio di volte... ma quello che più amavo tra i commessi viaggiatori che dormivano da noi era però il Re della Gomma, quello che riforniva gli empori di merci di gomma un po' delicate, il rappresentante della ditta Primeros che ogni volta che arrivava aveva sempre qualche novità, e allora i nostri clienti abituali lo invitavano al tavolo, perché avveniva sempre qualcosa di spiacevole per qualcuno e quindi di allegro per gli altri, quel rappresentante consegnava preservativi d'ogni tipo, di tutte le forme e i colori, e io, sebbene fossi ancora un apprendista cameriere, io mi stupivo, e per questo mi davano fastidio quei nostri clienti che per strada facevano un po' i superiori, mentre lì al tavolo, quando si scatenavano, erano dei veri e propri ragazzini, talvolta persino degli scimmioni, osceni e ridicoli allo stesso modo, per cui, ogni volta che arrivava, il Re della Gomma infilava a qualcuno di soppiatto nel mangiare uno di quei primeros, da qualche parte sotto i *knedlíky*, e quando il cliente girava il *knedlík* tutti a sghignazzare perché massimo un mese e la stessa cosa sarebbe capitata anche a loro, gli piaceva da impazzire farsi i dispetti, ad esempio il signor Živnostek, quello che aveva una fabbrica di dentiere, ogni momento gettava nella birra di qualcuno un paio di denti o un pezzo di dentiera, e lui stesso stava per rimanerci soffocato per essersi bevuto quei suoi denti che aveva gettato nel caffè del vicino, quello però aveva scambiato le tazze e il signor Živnostek stava per rimanere soffocato lì al tavolo, non ci fosse stato il veterinario a dargli una terribile pacca sulla schiena, e i denti volarono fuori e caddero sotto al tavolo, e il signor Živnostek che pensava fossero denti della sua fabbrica li schiacciò col piede, ed era ormai troppo tardi quando capì che si trattava dei propri denti fatti su misura, e questo fece scoppiare a ridere a sua volta il signor Šloser, l'odontotecnico, a lui piaceva fare le riparazioni urgenti, con quelle si guadagnava di più, anche perché la sua stagione era quando si incominciava a sparare alle lepri e ai fagiani, perché la sera, alla fine della caccia, le brigate di cacciatori si sbronzavano a tal punto che molti cacciatori vomitavano i denti e se li spezzavano, per cui il signor Šloser lavorava intere giornate e intere notti a riparare i denti perché le mogli non lo venissero a sapere, o per occultarlo in qualche modo alla famiglia quei due o tre giorni... Ma il Re della Gomma portava con sé tutt'altro genere di cose, una volta aveva quella che chiamava la Consolazione delle vedove, io non sono mai riuscito a capire cosa fosse perché stava in una custodia come quelle dei clarinetti, tutti non facevano che aprirla, la Consolazione delle vedove faceva il giro del tavolo, e tutti sghignazzavano, e la richiudevano subito e la passavano a un altro, e io, sebbene portassi la birra, non riuscii a sapere cosa fosse di conforto alle nostre vedove, un'altra volta invece il Re della Gomma portò una bambola di gomma, la compagnia stava seduta in cucina, si era d'inverno, d'estate si sedeva nel campo di bocce o vicino a una finestra riparata da una tenda, e il Re della Gomma per quella bambola ci aveva un tale scilinguagnolo, e tutti giù a sbellicarsi dal ridere, io invece non ci trovavo niente da ridere, e tutti quelli al tavolo ricevevano in mano la bambola ma, appena gli arrivava, subito si facevano seri e diventavano rossi e la passavano al vicino, e il Re della Gomma spiegava, come a scuola: Signori, questa è l'ultima novità, un oggetto sessuale da portare a letto, un fantoccio di gomma di nome Primavera, e con la Primavera ciascuno di voi ci può fare quello che gli piace perché è come se fosse viva, della grandezza precisa di una ragazza adulta, eccitante, aderente e calda, bella e piena di sesso, milioni di uomini aspettavano la Primavera di gomma, gonfiata con la propria bocca. La donna qui presente, creatura del vostro respiro, ridona agli uomini fiducia in se stessi e, quindi, potenza sessuale ed erezione del tutto nuove, e non solo l'erezione, ma anche una soddisfazione straordinaria. La Primavera, signori, è fatta di una gomma speciale, con in mezzo alle gambe la gomma delle gomme, il caucciù, e fornita poi di un'apertura dove non mancano tutte le protuberanze e le cavità che una femmina deve avere. Un minuscolo vibratore è collegato a una batteria e provoca un delicato moto eccitatorio, per cui il sesso della donna è in movimento in maniera naturale e ciascuno può raggiungere l'orgasmo a proprio piacimento, così ogni uomo è padrone della situazione. E perché non siate costretti a pulire il sesso della donna, potete servirvi del preservativo Primeros, osservino signori, e per non irritarvi la pelle avete qui a disposizione un tubetto di pomata alla glicerina... e ogni volta che uno dei clienti gonfiava con le ultime forze quella Primavera di gomma e la passava al successivo, il Re della Gomma toglieva il tappetto e la bambola si afflosciava nuovamente, per cui ciascuno se la rigonfiava di nuovo col proprio fiato, a ciascuno cresceva sotto le sue proprie mani con l'aria dei suoi polmoni, e gli altri battevano le mani e ridevano e non vedevano l'ora che arrivasse il loro turno, e in cucina c'era allegria, e la cassiera si agitava e accavallava le gambe, era inquieta come se fosse stata lei a essere gonfiata e sgonfiata ogni volta, e così stavano a spassarsela fino a mezzanotte... Certo, tra i commessi viaggiatori se ne presentò poi anche uno con un articolo simile, ma si trattava di qualcosa di ancora più bello, di più pratico, era il rappresentante di una sartoria di Pardubice, il nostro maître che non aveva mai tempo era arrivato a lui tramite l'esercito, un tenente colonnello presso il quale aveva prestato servizio, e questi gli aveva raccomandato quel rappresentante che passava la notte da noi due volte l'anno, e io vedevo ogni cosa senza riuscire a capirne la relazione, prima aveva misurato al maître i pantaloni, ma poi lo aveva lasciato solo col panciotto e la camicia bianca, e sul petto e sulle spalle e attorno alla vita e al collo gli aveva messo delle strisce di carta oleata, e su quelle strisce ci aveva scritto le misure e le aveva tagliate direttamente addosso al maître, come se gli stesse cucendo il frac con quelle strisce di carta, solo che lui la stoffa non ce l'aveva, e poi il rappresentante aveva numerato i pezzi di carta e li aveva riposti con cura in un sacchetto, poi la busta l'aveva incollata e sopra ci aveva scritto la data di nascita del nostro maître oltre, naturalmente, al nome e al cognome, e si era preso un acconto e aveva detto che ormai non si doveva preoccupare più di nulla, non doveva fare altro che aspettare il frac contrassegno, non doveva fare nessuna prova, in fondo era quello il motivo per cui il frac se lo faceva confezionare solo presso quella ditta, perché il maître non aveva davvero tempo, e io poi sentii una cosa che volevo chiedere ma non avevo il coraggio di domandare, e dopo come va avanti il tutto? E il rappresentante lo disse da sé, stava aggiustandosi l'acconto nel portafoglio rigonfio e spiegava a bassa voce, perché lo sappiate, si tratta di una rivoluzione frutto dell'inventiva del mio principale, qui nella nostra repubblica, e fors'anche in Europa, nel mondo... che gli ufficiali e gli attori e tutti quelli che hanno poco tempo come lei, signor maître, io gli prendo tranquillo le misure, le misure le spedisco al laboratorio, lì con quelle strisce di carta ci rivestono qualcosa di simile a un manichino di sartoria, ma sotto quel manichino c'è un sacchetto di gomma che si gonfia lentamente fino ad andare a riempire tutte le strisce incollate che induriscono rapidamente con la colla a presa rapida, e quando poi le strisce vengono tolte, verso il soffitto della stanza decolla il vostro busto, gonfiato una volta per tutte, gli si lega una cordicella come quelle che si mettono ai bambini nei reparti maternità per non confonderli, o come nella grande camera mortuaria dell'ospedale di Praga si mette un cartellino all'alluce del cadavere, per non confonderlo, e quando arriva il suo momento, allora lo si cala giù, e su quel manichino ad aria si provano i vestiti, come anche le uniformi, i frac, a seconda delle ordinazioni, si cuce di nuovo e di nuovo si fanno le prove, per tre volte si fanno le prove, si scuce e si ricuce nuovamente, tutto il tempo senza una sola prova in presenza del vivo ma col suo sostituto gonfiato, per tutto il tempo fino a che la giubba non scende a pennello e la si può spedire senza timore, porto franco e contrassegno, e a tutti sta alla perfezione fintanto che non ingrassano o dimagriscono, e in quel caso è ancora sufficiente il rappresentante il quale arriva e misura di quanto quello è aumentato o diminuito, sul manichino in quei punti si diminuisce o si aumenta il tutto, a seconda della necessità del momento, si fanno i ritocchi, oppure si cuciono un frac o una giubba militare nuovi... e fino a che il cliente non muore, il magazzino è pieno di manichini appesi al soffitto, centinaia di busti colorati, basta andarli a cercare ordinati secondo il grado, perché la ditta tiene tutto diviso in reparti, il reparto dei generali e dei tenenti colonnelli e dei colonnelli e dei maggiori e dei capitani e dei maître e degli amanti del frac in quanto tali, e basta andare lì e tirare un filo, e il manichino, come il palloncino di un bambino, scende giù, ed è possibile vedere con precisione che aspetto aveva il cliente quando si era fatto fare o ritoccare per l'ultima volta la giubba o il mantello... Quella cosa lì mi mise addosso una tale tristezza che mi proposi che, una volta superato l'esame da cameriere, mi sarei fatto fare anch'io un frac nuovo da quella ditta, per librarmi anch'io col mio busto attaccato al soffitto di quella ditta che era certamente unica al mondo, perché una cosa del genere non sarebbe potuta venire in mente a nessun altro che a uno dei nostri... mi accadeva poi spesso di sognare che a librarsi attaccato al soffitto della sartoria di Pardubice non fosse il mio busto ma io stesso, talvolta avevo anche l'impressione di librarmi attaccato al soffitto del nostro ristorante Alla città d'oro di Praga. E così una volta verso mezzanotte portai una bottiglia di acqua minerale al rappresentante della ditta Berkel, quello che ci aveva fornito la bilancia quasi da farmacia e quella macchinetta che affettava il salame ungherese sottile sottile, e senza nemmeno bussare entrai e vidi il rappresentante seduto sul tappeto, come sempre, appena rifocillatosi lui andava dritto in camera e lì si infilava il pigiama, e così si metteva accovacciato, e io all'inizio pensai che stesse facendo un solitario, o si stesse facendo le carte da solo, ma sorrideva beato, tutto grondante di felicità come un ragazzino, e stava mettendo lentamente, su tutto il tappeto, le banconote da cento una accanto all'altra, già ne aveva metà tappeto ma continuava a esser poco, perché dalla borsa aveva tirato fuori un altro mazzetto di banconote e le aveva messe tutte in fila per benino, in maniera così precisa, come se sul tappeto ci fossero state disegnate delle righe, un reticolo, sempre ciascuna banconota da cento come in un rettangolino disegnato in precedenza e, terminata la riga, e quelle righe erano incise con la stessa precisione dei favi di miele delle api, guardò beato quei pezzi da cento, batté persino le mani grassocce e poi ci si accarezzò il viso colmo di un entusiasmo infantile, e si teneva così il viso nei palmi delle mani gioendo di quelle banconote, e poi ricominciava e continuava a far schioccare i pezzi da cento sul pavimento, e se qualche banconota era capovolta o sottosopra, lui la voltava in modo che fossero tutte uguali, e io stavo lì fermo e avevo paura sia di tossire che di andar via, quei soldi erano un vero patrimonio, una mattonellina uguale all'altra, ma erano soprattutto quell'enorme entusiasmo e quella gioia silenziosa ad aprire prospettive nuove anche per me, perché quei soldi piacevano pure a me allo stesso identico modo, ma una cosa del genere non mi era mai venuta in mente, in quel modo mi si presentò anche la mia idea, che tutti i soldi che avrei guadagnato, per il momento non certo i pezzi da cento ma le banconote da venti corone, anch'io quelle banconote le avrei aggiustate allo stesso identico modo, provai un piacere enorme a guardare quell'uomo grasso dall'aria infantile, col pigiama a strisce, e già capivo e vedevo bene che quello sarebbe stato anche il mio compito per il futuro, chiudere un giorno anch'io allo stesso modo, o dimenticare di girare la chiave, e aggiustare lo stesso sul pavimento l'immagine del mio potere, della mia abilità, le figure geometriche che danno l'autentica felicità... E una volta sorpresi allo stesso modo anche il poeta Tonda signor Jódl, lui alloggiava da noi e, dato che almeno sapeva dipingere, allora il principale, invece del conto, gli confiscava ogni volta qualche quadro, e lui aveva pubblicato nella nostra cittadina un libricino di poesie, la vita di Gesù Cristo si intitolava, certo a spese proprie, anche lui però si era portato in camera l'intera tiratura e lì, sul pavimento, aveva messo un esemplare accanto all'altro, non la smetteva mai di togliersi e di rimettersi il cappotto, tanto era il nervoso che gli dava quel Gesù

Cristo, e in quel modo rivestì l'intera camera, con quei libricini bianchi, ma non gli finirono, per cui continuò nel corridoio, fin quasi alle scale arrivò a mettere quei suoi quadernetti, e di nuovo si toglieva il cappotto per rimetterselo poi dopo un istante, a seconda di quanto sudava se lo gettava semplicemente sulle spalle, quando però gli riprendeva il freddo, allora si rinfilava anche le maniche, per avere, un attimo dopo, tanto caldo da liberarsi rapidamente del cappotto, e dalle orecchie gli cadeva sempre dell'ovatta, anche quella se la tirava via o se la schiacciava dentro a seconda se voleva sentire o no il mondo attorno a sé, per cui i nostri clienti, appena potevano, a quel poeta che predicava il ritorno alle capanne, e infatti non dipingeva nient'altro che le capanne ai piedi delle Krkonoše, loro gli giocavano sempre qualche tiro, perché lui diceva che compito del poeta è cercare l'uomo nuovo.

I nostri clienti, però, non lo avevano in simpatia, o forse in fondo sì, ma gli giocavano sempre qualche tiro, lui infatti, quel poeta, non soltanto si toglieva il cappotto nel ristorante per poi rimetterselo, ma si sfilava e rinfilava anche le scarpe, a seconda dell'umore che gli cambiava ogni cinque minuti a furia di cercare quell'uomo nuovo, per cui si sfilava e rinfilava anche le galosce, e così i clienti, quando si sfilava le galosce, loro ci versavano dentro della birra o del caffè, e stavano tutti a guardare, con le forchette mancavano la bocca per guardare di sguincio, mangiando, il poeta infilarsi le galosce, e il caffè gocciolargli dalle scarpe, o la birra, e lui che scoppiava a urlare a tutto il ristorante: « Progenie malvagia, idiota e scellerata!... per voi ci vogliono le capanne...» e poi gli scendevano le lacrime, ma non per la rabbia, per la felicità, perché quella birra versata nelle galosce lui la considerava una forma di attenzione, che la città contava su di lui, che in effetti non gli mostravano rispetto ma lo consideravano un giovane pari a loro... la cosa peggiore era però quando gli bloccavano una galoscia con un chiodo, e il poeta se la infilava e, quando voleva tornare verso il tavolo, non ci riusciva, ed era un miracolo se non capitombolava, varie volte era caduto con le mani davanti, tanto erano inchiodate saldamente quelle galosce, e si rimetteva a insultare i clienti, progenie malvagia, idiota e scellerata!, ma gli perdonava subito tutto, e gli offriva un disegnetto o un libro di poesie, per il quale subito incassava i quattrini per avere di che vivere... lui in fondo non era cattivo, al contrario, sovrastava l'intera città, e io spesso lo sognavo in quel modo, come l'angelo che sta sull'emporio All'angelo bianco, il poeta stava lì in alto sopra la cittadina e agitava le ali, e lui le ali ce le aveva... io vedevo addirittura, e avevo paura di far domande al signor decano, io quando lui si toglieva e si rimetteva in quel modo il cappotto e, il suo bel viso si chinava su un foglio di carta, perché a lui piaceva scrivere poesie ai nostri tavoli, io vedevo che quel suo profilo serafico, quando lui si voltava a quel modo, era come se sulla sua testa si librasse un'aureola, un cerchio del tutto normale, una fiammella violacea tutt'intorno alla sua testa, come la fiamma accesa di un fornello della ditta Primus, come se nella sua testa ci fosse del petrolio e, sopra di essa, risplendesse uno di quei cerchi sfrigolanti che fanno luce nelle lampade alle fiere di paese... e anche quando passeggiava per la piazza, nessuno sapeva portare l'ombrello come quel nostro cliente, nessuno sapeva portare il soprabito gettato sulla spalla con nonchalance come quel poeta, e nessuno neanche sapeva portare il cappello a cencio come quell'artista, anche se dalle orecchie gli spuntava un batuffolo bianco di ovatta, e anche se – prima di attraversare la piazza – lui il suo soprabito se lo toglieva e se lo rinfilava cinque volte, e dieci volte si toglieva il cappello e di nuovo se lo rimetteva, come salutasse qualcuno... e lui non salutava mai nessuno, faceva soltanto profondi inchini alle vecchie al mercato, alle rivendugliole, questa era una sua caratteristica, nella sua ricerca dell'uomo nuovo, quando era umido o pioveva lui si faceva sempre mettere in una pentola del brodo di carne e un panino, e lui stesso li portava a quelle vecchie intirizzite e, mentre li portava attraverso la piazza, beh non era come se stesse portando soltanto del brodo, lui in quel pentolino, io lo vedevo, lui a quelle vecchie, a ciascuna di loro, portava in sovrappiù il proprio cuore, un cuore umano in brodo di carne, oppure il proprio cuore tagliato a fettine e preparato con cipolla e paprica e portato allo stesso modo come il prete porta l'ostensorio o il Santissimo Sacramento per l'estrema unzione, e così quel poeta portava uno dopo l'altro quei pentolini, e piangeva per se stesso, per com'era buono e per come, anche se in fondo l'aveva presa da noi a credito, aveva pur sempre comprato la minestra per quelle vecchiette, non perché si scaldassero, ma perché sapessero che lui, Tonda Jódl, pensa a loro, vive di loro, le considera come se stesso, come una parte della sua idea del mondo, e quel suo comportamento lo considera come effettivo amore per il prossimo, subito ora, non dopo la morte... e quella volta che stava stendendo allo stesso modo anche lui il suo libricino nuovo sul pavimento, fino al corridoio, quella volta la donna delle pulizie, mentre portava il secchio fuori dal bagno, gli calpestò le copertine bianche del Gesù Cristo, ma Tonda non le urlò contro progenie malvagia, idiota e scellerata!, ma lasciò invece lì ogni impronta e firmò quella suola quasi da uomo, e quel Gesù col marchio del piede invece che a dieci corone lui lo vendeva a venti... ma dato che quel libricino era stato stampato a sue spese, di conseguenza non ce n'erano più di duecento copie, e a Jódl avevano promesso che a Praga una casa editrice cattolica di quei libricini gliene avrebbe stampati diecimila, per cui era stato intere giornate a far calcoli, si toglieva il cappotto e se lo rinfilava, e per tre volte era caduto perché gli avevano inchiodato le galosce che si era tolto, e mi ero anche dimenticato che lui ogni cinque minuti mandava pure giù qualche medicinale, per cui era sempre pieno di quelle polverine come un mugnaio, come se si fosse rotto un sacco di farina, e aveva il petto e le ginocchia tutte bianche su quel vestito nero, e alcune medicine, Neurasténin si chiamava, quelle se le beveva direttamente dalla bottiglia, per cui attorno alla bocca aveva come un cerchietto giallognolo, come uno che mastichi tabacco... e così beveva e si imbottiva di quei medicinali che avevano appunto come conseguenza il fatto che ogni cinque minuti avesse tanto caldo da sudare, per poi sentire di nuovo freddo, e tremava da far traballare tutto il tavolo, e così il mastro falegname misurò quanti metri copriva quella vita di Gesù Cristo, la camera e il corridoio, e Tonda poi calcolò che quei diecimila esemplari, una volta pubblicati, sarebbero stati una quantità tale di libricini che, poggiati per terra, ne sarebbe venuto fuori il selciato di una strada da Čáslav fino a Heřmanův Městec, ne sarebbe venuta fuori una superficie tale che avrebbe coperto l'intera piazza e tutte le strade adiacenti del centro storico della nostra cittadina, che se si fosse messo un libro di poesie dopo l'altro si sarebbe ottenuta una linea, la striscia discontinua al centro della carreggiata da Čáslav fino a Jihlava, e con quei libri aveva rimbecillito anche me al punto che io, sul selciato della nostra cittadina, non camminavo che sopra libri poggiati per terra, e capivo che doveva essere una bella sensazione vedere su ciascuno di quei ciottoli impresso il proprio nome e, diecimila volte, La vita di Gesù Cristo, per la quale, però, Tonda si era indebitato, per cui arrivò la signora Kadavá, la proprietaria della tipografia, e sequestrò a Tonda La vita di Gesù Cristo, e due aiutanti li portarono via in un cesto per la biancheria, e la signora Kadavá disse, a esser precisi urlò, Gesù Cristo sta da me in tipografia e per otto corone non le darò mai più di un solo Cristo... e Tonda si tolse il cappotto e mandò giù un sorso dalla bottiglia di Neurasténin, e urlava, e tuonava, progenie malvagia, idiota e scellerata!...

E tossii, ma il signor Walden stava lì disteso sul pavimento accanto al tappeto, un tappeto tutto come a disegni di pezzi da cento corone, pieno di banconote verdi... Il signor Walden guardava al di là di quel campo, stava lungo disteso, col braccio robusto sotto la testa come un cuscino... uscii e richiusi, poi bussai e il signor Walden chiese: Chi è? e io gli faccio, sono io, l'apprendista cameriere, ho portato l'acqua minerale... Avanti, disse, e io entrai, e il signor Walden continuava a stare disteso su un fianco, sul palmo della mano teneva poggiata la testa, i capelli erano riccioluti e pieni di brillantina, per cui quei capelli gli luccicavano quasi come i brillanti sull'altra mano, ed era ritornato di nuovo sorridente e disse, dammene una e mettiti giù. E io tirai fuori dalla tasca il cavaturaccioli con l'apribottiglia e l'acqua minerale mormorava piano. E il signor Walden beveva e nelle pause indicava le banconote e diceva, piano e con delicatezza come quell'acqua minerale, io lo so, tu eri già venuto, e io avevo lasciato che ti rifacessi gli occhi... ricordati, i soldi ti apriranno la strada dappertutto, questo mi insegnava il vecchio Koreff dal quale ho imparato il mestiere, e quello che vedi qui su questo tappeto me lo sono guadagnato in una settimana, vendendo dieci bilance... e questa è la mia provvigione, hai mai visto niente di più bello? Appena arrivo a casa, lì a casa li sparpaglierò così per tutto l'appartamento, insieme a mia moglie li stenderemo su tutti i tavoli e sul pavimento, comprerò un salame, lo taglierò a tocchetti e me lo mangerò per tutta la serata, non me ne lascio neanche un pezzetto per il giorno dopo, perché tanto poi di notte mi sveglierei lo stesso, e quel salame lo finirei, io per il salame ci vado matto, tutto intero il pezzo, un giorno o l'altro te lo racconterò, quando torno la prossima volta... e poi Walden si alzò, mi carezzò, lasciò la mano sotto il mio mento e mi guardava negli occhi e mi diceva, tu farai strada, ricordati, tutto sta in te, lo capisci? Tutto sta nel saperci fare... Ma in che modo?, gli faccio io. E lui disse, ti ho visto alla stazione vendere i würstel, io sono uno di quelli che ti hanno dato un biglietto da venti corone e tu, su quella corona e ottanta, mi hai dato il resto con una lentezza tale che il treno si è messo in moto ed è partito... e poi, disse il signor Walden e aprì la finestra e prese una manciata di spiccioli dalla tasca dei pantaloni e li gettò sulla piazza deserta, aspettò, alzò un dito perché ascoltassi le monetine tintinnare e rotolare sul selciato... e aggiunse, devi saper gettare in questo modo gli spiccioli dalla finestra, perché dalla porta ti arrivino i pezzi da cento, lo capisci? E si era alzato il vento e c'era corrente e tutte le banconote da cento come seguendo un ordine si erano sollevate, saltellavano, si erano rianimate e si erano spostate, come le foglie in autunno, verso un angolo della camera. E così stavo a guardare il signor Walden, e così stavo sempre a guardare tutti i commessi viaggiatori e, dopo che mi ero stancato gli occhi a guardarli, pensavo sempre chissà com'è la loro biancheria, chissà come sono le loro camicie? E avevo sempre l'idea che tutti avessero le mutande sporche, alcune completamente ingiallite al cavallo, che tutti avessero i colletti delle camicie sporchi, e i calzini completamente imbrattati, per cui se non avessero alloggiato da noi, le mutande, le camicie e i calzini li avrebbero di sicuro gettati dalla finestra, così come li gettavano dalla finestra dei bagni pubblici Carlo, dov'ero stato allevato per tre anni da mia nonna, mia nonna nei vecchi mulini aveva un bugigattolo, una stanzetta dove non arrivava mai il sole e dove il sole nemmeno poteva arrivare perché era rivolta a nord, e poi si trovava giusto accanto alla ruota del mulino, una ruota così grande che andava in acqua all'altezza del primo piano e arrivava fino al terzo, e mia nonna era l'unica a potermi tenere con sé e allevarmi, mia madre, lei mi aveva avuto che non era sposata per cui mi aveva dato a sua madre, vale a dire a mia nonna, e mia nonna abitava giusto accanto a quei bagni pubblici Carlo, la fortuna di tutta la sua vita consisteva nell'aver ricevuto in affitto quella stanzetta al mulino, lei aveva sempre pregato Dio che l'esaudisse e le desse quella stanzetta giusto accanto ai bagni pubblici, perché quando arrivava il giovedì e il venerdì, e ai bagni pubblici venivano a lavarsi i commessi viaggiatori e le persone senza fissa dimora, allora mia nonna già alle dieci del mattino stava sul chi vive, e anch'io poi non vedevo l'ora che arrivasse il giovedì e il venerdì, e anche gli altri giorni, la biancheria però non volava tanto spesso dalla finestra dei gabinetti dei bagni pubblici, e noi guardavamo dalla finestra e, fuori della nostra finestra, ogni momento uno di quei viaggiatori di commercio gettava le mutande sporche, e queste si fermavano per un attimo in volo, si mostravano, e poi cadevano giù, alcune cadevano in acqua allora la nonna si abbassava per prenderle e le tirava su con un gancio, io la nonna la dovevo tenere per i piedi perché non precipitasse giù nello sprofondo, oppure le camicie gettate via allargavano all'improvviso le braccia come un vigile a un incrocio, o come Nostro Signore Gesù Cristo, così per un istante nell'aria quelle camicie si crocefiggevano, e cadevano a capofitto sui raggi e sui cerchioni della ruota del mulino, e la ruota girava ed era sempre un'avventura, a seconda della situazione, o lasciare la camicia sulla ruota e lasciare che questa, girando, portasse la camicia o la mutanda fino alla finestra della nonna, così che bastava allungare il braccio e prendere la camicia, oppure togliere col gancio la camicia dall'asse dove era andata ad avvoltolarsi e dove, a furia di girare, si liberava sempre, ma la nonna la raggiungeva lo stesso e col gancio la tirava via in cucina attraverso la finestra, e subito gettava ogni cosa in una tinozza, e la sera dava una sciacquata alle mutande e alle camicie e ai calzini sporchi del primo commesso viaggiatore, e l'acqua la ributtava subito indietro nell'acqua che scorreva sotto le pale della ruota del mulino... E la sera poi era bello quando, nel buio, all'improvviso, da una finestra del gabinetto dei bagni pubblici Carlo volavano fuori delle mutande bianche, una camicia bianca sullo sfondo scuro della voragine del mulino, nel rettangolo della nostra finestra quella camicia bianca o quelle mutande bianche lampeggiavano un istante, e mia nonna riusciva ad acchiapparle al volo col gancio prima ancora che cadessero giù nel profondo, sui cerchioni bagnati e lucidi, e talvolta anche di sera o di notte, quando dal fondo dell'acqua saliva una corrente d'aria e i detriti dell'acqua venivano a galla, e l'acqua e la pioggia frustavano il viso della nonna tanto che alle volte per una camicia doveva lottare con la corrente, la nonna non vedeva lo stesso l'ora che arrivasse qualunque giorno, ma in particolare il giovedì e il venerdì, quando i rappresentanti si cambiavano le camicie e le mutande e, dato che facevano soldi, si compravano camicie, mutande e calzini nuovi, e la roba vecchia la gettavano dalla finestra dei bagni pubblici Carlo giù in basso, dove stava appostata la nonna col gancio, e poi la biancheria lei la lavava e la riparava e la metteva in ordine nel cassettone, e poi la portava in giro per i cantieri e la vendeva ai muratori e ai manovali, e così viveva con modestia ma tanto bene da potermi comprare anche i panini e il latte per il caffellatte... quello lì fu il mio periodo migliore... ancor oggi vedo mia nonna la notte fare la posta accanto alla finestra aperta, e in autunno e in inverno non era certo una cosa facile, e io continuo a vedere una camicia gettata via fermarsi all'improvviso per un istante nel rettangolo della finestra, nella corrente d'aria che la spinge dal basso, aprire le braccia, e la nonna con un movimento repentino la tira a sé, perché ancora un attimo e la camicia sarebbe precipitata ormai floscia, come un uccello bianco colpito, nelle acque nere turbinanti, per poi ricomparire lentamente come un martire sulla ruota della tortura del mulino, ormai senza più il corpo umano, e alzarsi sul cerchio umido, e una volta scomparsa dalla finestra del terzo piano – dove per fortuna c'era la famiglia del mugnaio e non persone come noi, con le quali avremmo dovuto contenderci le camicie e le mutande, e aspettare che la camicia fosse ritornata nuovamente lungo la traiettoria – scende giù, mentre se fosse scivolata via sarebbe caduta nella nera corrente delle acque, e la gora avrebbe spinto quei capi di vestiario sotto le tavole nere, da qualche parte via, oltre il mulino... Vi basta? Con questo per oggi termino.

L'albergo Tichota

Fate attenzione a quello che ora vi racconto.

Mi comprai una valigia nuova di fibra vulcanizzata e nella valigia ci ripiegai il frac nuovo, quello che mi aveva cucito il sarto di Pardubice sul mio manichino, passai io stesso a ritirare il frac, e il rappresentante della ditta non aveva davvero mentito. Mi aveva preso le misure del petto, mi aveva ricoperto tutto di strisce di carta oleata, si era trascritto tutte le misure che mi aveva preso, le aveva messe in una busta e si era fatto dare l'acconto, e poi io ero andato a ritirare il frac. E il frac mi andava a pennello, ma a me quello che interessava non era tanto il frac, quanto sapere dove fosse quel mio busto gonfiato, quel mio tronco. E il principale in persona, anche lui era piccolo come me, come se avesse capito che io volevo arrivare più in alto di dov'ero allora, sempre più in alto, che era quello ciò che mi interessava, stare in alto, attaccato al soffitto nel magazzino della società, lui mi ci portò. Era una cosa enorme. Attaccati al soffitto si libravano busti di generali e di comandanti di reggimento, busti di attori di prim'ordine, persino lo stesso Hans Albers si faceva confezionare lì il suo frac, anche lui stava lì attaccato al soffitto, la finestra aperta faceva corrente e i busti si muovevano come nuvolette, come pecorelle in cielo quando spira la brezza autunnale, a ciascun busto era appeso un filo sottilissimo e, attaccato a quel filo, c'era la targhetta col nome e l'indirizzo, e a ogni colpo di vento le targhette ballonzolavano allegramente, come pesciolini presi all'amo, poi il principale indicò qualcosa e io lessi il mio indirizzo, e tirai giù il mio busto, era davvero piccolo piccolo, per poco non scoppiai a piangere alla vista del busto di un tenente generale accanto a me, e del busto dell'albergatore signor Beránek, ma poi mi misi a ridere ed ero felice della compagnia nella quale ero capitato, il principale tirò una cordicella e disse che su quel manichino avrebbe cucito dei frac, che quello era il ministro della Pubblica Istruzione, e che uno ancora più piccolo quello era il ministro della Difesa. E tutto ciò mi diede una forza tale che pagai il mio frac e ci aggiunsi duecento corone, come piccolo omaggio di un piccolo cameriere che lascia l'albergo Praga d'oro per passare all'albergo Tichota, da qualche parte a Stránčice, dove mi aveva fatto arrivare il rappresentante di commercio della terza ditta al mondo, la ditta van Berkel, e io salutai tutti e partii per Praga, e con quella valigia scesi poi a Stránčice, era mattina e continuava a piovere, lì doveva essere piovuto non dico l'intera notte ma per diversi giorni, tanta era la sabbia e il fango sulla strada e, al di là delle ortiche, del bietolone e delle làppole, scorreva un fiumiciattolo, traboccante e completamente marroncino, come caffellatte, e io cominciai a salire verso l'alto in mezzo a quel fango, seguendo la freccia Tichota Hotel e, dopo aver superato alcune villette con gli alberi spaccati, non ce la feci a non mettermi a ridere perché in uno di quei giardinetti stavano tirando su un albero spaccato in due e pieno di albicocche in maturazione, il proprietario calvo stava tirando con un cavo la corona spezzata che veniva retta ai due lati da due donne, all'improvviso prese a soffiare un vento tale che il cavo cedette e le donne non ressero più la corona che si spaccò nuovamente in due travolgendo l'uomo insieme alla sua scala a libretto, stava lì tutto sepolto nella trappola dei rami, la testa gli sanguinava per i graffi delle spine, e i rami lo incatenavano a tal punto che se ne doveva stare disteso a terra come inchiodato, crocefisso dai rami robusti, e io stavo in piedi accanto alla staccionata, e le due donne a vedere il loro uomo se ne scoppiarono in una fragorosa risata, si sganasciavano dal ridere, mentre l'uomo roteava gli occhi e urlava, puttane, vacche, aspettate soltanto che mi liberi, e vi infilo nel terreno come un chiodo!, le donne erano probabilmente le figlie, o la moglie e la figlia, io mi tolgo il cappelletto e gli faccio, mi scusi, buon uomo, si va di qui all'albergo Tichota? E quello mi mandò a farmi fottere, e si dimenava tutto, senza riuscire però ad alzarsi, era bello, quell'uomo imprigionato e carico di albicocche mature, e le sue donne avevano smesso di ridere, adesso stavano tirando su i rami perché l'uomo potesse tirarsi su, finalmente riuscì a poggiare le ginocchia per terra e ad alzarsi, la prima cosa che fece fu infilarsi subito il berretto sul cranio pelato, e io pensai meglio di continuare a camminare, salivo su per il sentiero, mi accorsi che la strada era asfaltata, col margine di lastre di granito, battei i piedi e scrollai il fango e l'argilla giallognola. E poi arrivai in cima, scivolavo, una volta caddi su un ginocchio, e sopra di me si trascinavano le nuvole, poi il cielo divenne azzurro come la cicoria lungo la strada, piegata dagli scrosci d'acqua, e lì in alto vidi l'albergo. Era bello come nelle favole, come una costruzione cinese, come la villa di qualche enorme riccone in Tirolo o da qualche parte in Riviera, era bianco con un tetto rosso di tegole che saliva come a onde, le imposte a tutti e tre i piani erano verdi con gli scuri, e ogni piano era sempre un po' più piccolo, fino ad arrivare all'ultimo che era come una bella altana poggiata in cima all'edificio, e sopra quell'altana c'era ancora una cosuccia fatta solo di imposte verdi, come fosse un osservatorio, una stazione meteorologica col macchinario all'interno e, all'esterno, le banderuole sulla cui punta girava un galletto rosso. E a ogni piano le finestre avevano un balcone e sul balcone dava una porta che, come le finestre, aveva gli scuri, delle porte aperte munite di scuri. E io camminavo e non compariva nessuno da nessuna parte, né sulla strada, né alle finestre, né al balcone, c'era silenzio, nell'aria si sentiva soltanto il vento che profumava e si poteva mangiarlo come un gelato, come un'invisibile neve montata, si poteva quasi mangiare col cucchiaino, avevo l'impressione che, se mi fossi procurato un panino o un pezzo di pane, quell'aria la si sarebbe potuta mangiare insieme, quasi fosse latte. Ed ero ormai entrato nel portone, i viottoli erano cosparsi di sabbia portata giù dalla pioggia, l'erba fitta era tagliata e legata in mucchi, camminavo tra i pini da dove lo sguardo si apriva continuamente su lunghi campi, il prato era fitto e tagliato di fresco con la falce. E l'ingresso all'albergo Tichota si inarcava a creare come un ponticello dal quale si passava poi direttamente in una porta a vetri che aveva ancora un'altra porta fatta di scuri verdi, un'ampia porta sul muro bianco, come un arco trionfale. E quell'ingresso si inarcava ed era delimitato da una ringhiera bianca sotto la quale c'era una piccola roccia, un giardinetto artificiale con stelle alpine, e io ero indeciso se ero capitato o no nel posto giusto, e se poi stavo davvero in un albergo, non sapevo se mi avrebbero preso, se davvero il signor Walden aveva pattuito ogni cosa, se io – un piccolo cameriere – sarei andato a genio al principale signor Tichota. E all'improvviso mi prese la paura. Non c'era anima viva, non sentivo nemmeno una vocetta da nessuna parte, e così mi voltai e mi misi a correre attraverso il giardino, ma si sentì un fischio penetrante, così insistente che mi fermai, e il fischietto fischiò tre volte, come a dire tu tu tu. E poi emise un fischio lungo che mi fece voltare, e poi il fischietto fece un fischio breve, come fosse stata una liana o una corda che si avvoltolasse trascinandomi indietro fino alla porta a vetri dalla quale ero entrato. E in quel momento quasi fui investito da un grasso signore seduto su una sedia a rotelle che spingeva le ruote col palmo delle mani, e nella testa grassa teneva infilato un fischietto, e in quell'attimo afferrò con entrambe le mani i cerchioni così saldamente che la carrozzella si bloccò e, arrestandosi con tutta quella violenza, il ciccione si sbilanciò in avanti, per poco non rotolò a terra, dal cranio pelato gli scivolò soltanto giù la parrucca nera, un toupet che il grasso signore si spinse di nuovo sulla nuca. E così mi presentai al signor Tichota, e lui si presentò a me, e io gli dissi della raccomandazione del signor Walden, di quel rappresentante, quel luminare della ditta van Berkel, e il signor Tichota disse che mi stava aspettando fin dal mattino, ma che non ci sperava per via del nubifragio, e che me ne andassi un po' a riposare, e mi presentassi poi a lui in frac e lui mi avrebbe detto quello che voleva da me. E io non guardavo, non volevo guardare, ma quel corpo, quell'enorme corpo sulla sedia a rotelle attirava da solo i miei occhi, tutto era così grosso, come la pubblicità dei pneumatici Michelin, però il signor Tichota, al quale quel corpo apparteneva, ne provava come un grande piacere, girava qua e là per l'ingresso dalle pareti adorne di corna di animali, ed era come corresse su un prato, tanto si trastullava su quella carrozzella sulla quale sapeva andare tanto bene, quasi meglio che se avesse camminato. E il signor Tichota fischiò col fischietto, ma in maniera ancora in qualche modo diversa, come se quel fischietto avesse i registri, e giù dalle scale si precipitò una cameriera col grembiule bianco sopra un vestito nero, e il signor Tichota disse, Wanda, questo è il nostro secondo cameriere, accompagnalo nella sua camera... e Wanda si voltò e aveva il sedere ben diviso, e a ogni passo il gluteo si rigonfiava sempre sull'altra gamba, e aveva i capelli raccolti in uno chignon di stoppa nera, e quella sua pettinatura mi faceva ancora più piccolo, ma io mi ficcai in testa che per quella cameriera non avrei badato ai soldi, e che sarebbe stata mia, coi fiori le avrei ricoperto quei suoi seni, quel suo sedere, il pensiero dei soldi mi ridiede la forza che perdevo ogni volta alla vista di qualcosa di bello, soprattutto una bella donna, ma lei, quella cameriera, non mi condusse verso gli altri piani, ce ne uscimmo su un pianerottolo per poi scivolare giù per le scale in cortile, e lì vidi ogni cosa per la prima volta. Lì c'era la cucina e due cappelli da cuoco, e sentivo il lavorio dei coltelli e allegre risate, e alla finestra si avvicinarono due facce massicce e dei grandi occhi, poi di nuovo una risata che si allontanava mentre io mi affrettavo con la valigia che portavo quanto più in alto potevo, per supplire in tal modo alla mia minuta figura, dato che non servivano a nulla le doppie suole, a malapena poteva servire il fatto che tenevo la testa alta, per avere il collo più lungo, e attraversammo il cortile e lì c'era un edificio, e io rimasi deluso, all'albergo Praga d'oro ero alloggiato come un cliente dell'albergo, qui invece ero alloggiato in una cameretta per la servitù, Wanda mi indicò un armadio, lo aprì, girò il rubinetto e nel lavandino scese dell'acqua, alzò la coperta e mi mostrò che la biancheria del letto era stata cambiata, poi mi sorrise dall'alto e andò via e di nuovo, mentre camminava in cortile – io la vedevo dalla finestra – non poteva fare un passo, uno solo, che non fosse seguito, che non fosse visto, quella cameriera non poteva sperare nemmeno di potersi dare una grattatina da qualche parte... di poter camminare solo così, normalmente, di potersi infilare le dita nel naso, lei lì doveva camminare sempre come a teatro, come in un negozio a vetrate... una volta da noi che ero andato a comprare i fiori, mentre me ne stavo tornando, le ragazze dell'allestimento stavano preparando la vetrina dai Katz, coi chiodini attaccavano la stoffa e se ne stavano lì strisciando carponi una dietro l'altra, e una teneva il martelletto e inchiodava a drappeggio lo cheviot e il velluto a coste e, finiti i chiodini, allungò la mano e, dalla bocca della commessa dietro di lei, prese un chiodino per fermare un altro drappeggio, e così ogni volta, dalla bocca della compagna tirava fuori un altro chiodino e poi un altro ancora, quella ragazzina aveva la bocca piena di chiodini minuti, si stavano certo divertendo in quella vetrina, e io stavo in piedi e reggevo il cestino pieno di gladioli, e a terra avevo un altro cesto pieno di margherite, e guardavo quelle allestitrici, strisciavano carponi ed era di mattina ed era pieno di gente, e le ragazze si erano certo dimenticate di stare in una vetrina, ogni momento si grattavano il sedere o lì da qualche parte, e poi si mettevano di nuovo a strisciare carponi verso il cristallo, col martelletto e in ciabatte, e ridevano da farsi venire le lacrime agli occhi, e una scoppiò a ridere, e dalla bocca le volarono fuori i chiodini e, carponi, si sbellicavano dalle risate, e ringhiavano una contro l'altra, con la baldanza delle ragazze, come cani, e le camicette si allontanavano loro di dosso e si vedeva il seno, e quei seni, quando loro stavano carponi, ondeggiavano di qua e di là ai movimenti delle ragazze che ridevano felici, e tutt'intorno c'erano già un bel po' di persone che fissavano quei quattro seni ondeggianti come le campane nell'arcata principale di un campanile, e poi una guardò la gente lì fuori e divenne seria, e piegò così il braccio facendosi rossa, e l'altra, quando emerse dalle lacrime della risata, la prima le indicò l'assembramento davanti alla ditta Katz, e lei si spaventò talmente che si strinse il braccio alla camicetta, e rotolò all'indietro cadendo col sedere a terra, e le gambe le si aprirono e le si vide tutto, sebbene nascosto dentro moderne mutandine di pizzo, e così come la gente si era messa a ridere, adesso a quella vista la gente divenne seria, e alcuni andarono via mentre altri continuavano a star lì fissi, anche se mezzogiorno era passato già da un pezzo, e già da molto le commesse stavano a mangiare al Praga d'oro, da noi, e loro stavano lì, colpiti dalla bellezza di quelle allestitrici, anche se gli aiutanti avevano già abbassato la saracinesca, a tal punto la bellezza del corpo di una ragazza riesce a colpire talune persone... E io stavo seduto e mi stavo togliendo le scarpe infangate, e poi i pantaloni, aprii la valigia per appendere il frac, e allora mi prese un po' di nostalgia per quel mio albergo Alla città d'oro di Praga, per i Rajský, avevo sempre visto attorno a me una città di pietra e una quantità di gente, piazze ricolme, per quel che riguardava la natura in quei tre anni avevo visto solo i fiori che andavo a comprare giornalmente, e il piccolo parco, e quei petali coi quali ricoprivo il ventre nudo delle signorine dai Rajský, e così, come presi in mano il frac, mi posi di colpo il problema: ma chi era quel mio principale? In quei tre anni io l'avevo visto come in un passato di verdura, di lui e della moglie mi si presentava davanti agli occhi come una brodaglia, in effetti quel mio principale era ancora più piccolo di me, e come me anche lui credeva nel denaro, in cambio del denaro riusciva ad avere delle belle signorine, e non soltanto dai Rajský, perché lui viaggiava, a dir la verità fuggiva via dalla moglie per correre dietro a loro fino a Bratislava, a Brno, di lui si raccontava che, prima che la moglie potesse rintracciarlo, lui riusciva sempre a far fuori qualche decina di centoni, e che tutte le volte, prima di iniziare quel suo bighellonare, lui si appuntava nel taschino del panciotto i soldi per il biglietto di ritorno e la mancia per lo chauffeur perché lo accompagnasse a casa, e che era talmente piccolo che regolarmente lo chauffeur lo portava in braccio come un bambino, sempre addormentato, a tal punto quel suo bighellonare l'aveva ancor più rimpicciolito, per una settimana era minuscolo come un cavalluccio marino... ma la settimana dopo già di nuovo a fare il diavolo a quattro, e in quel momento mi venne di far caso al fatto che gli piaceva bere vini ad alta gradazione, Porto, vino d'Algeri, Malaga, beveva ogni cosa con enorme serietà e con una lentezza esasperante, per cui sembrava quasi non bevesse, a ogni sorso quel mio principale diventava in qualche modo più bello, lo teneva per un po' in bocca e poi lo deglutiva, come ingoiasse una mela, e dopo ogni sorsata dichiarava, dentro ci si sente il sole del Sahara... e qualche volta gli capitava anche di sbronzarsi con gli amici al tavolo, e allora crollava, e i suoi amici raggianti chiamavano la moglie perché andasse a recuperare il proprio marito, e lei difatti arrivava, scendeva con l'ascensore dal terzo piano dove il principale aveva un intero appartamento, arrivava tranquilla, non era certo una vergogna per lei, al contrario, ogni volta tutti le facevano degli inchini, e lei, sia che il mio principale stesse disteso sotto il tavolo o seduto su una sedia a dormire vicino al tavolo, lei lo prendeva per il colletto della giacca, lo sollevava da terra come nulla fosse, come se si fosse trattato di niente di più di una giacca, e se il mio principale stava seduto, in quel caso la moglie lo spingeva a terra, ma il principale non cadeva, lei lo recuperava in aria e con una mano sola lo trasportava tranquilla e senza sforzo, lo trascinava in aria come si fosse trattato davvero soltanto di una giacca, e il principale di regola si riprendeva, e agitava soltanto così la manina, quanto glielo permetteva la giacca tirata su, e la moglie apriva energicamente la porta dell'ascensore, e il mio principale, così come lo teneva ce lo scaraventava dentro, e si sentiva il fracasso delle sue gambe, lei però entrava dietro di lui e premeva il pulsante, attraverso la porta a vetri vedevamo il principale disteso sul fondo dell'ascensore, e in piedi sopra di lui la moglie, salire insieme al terzo piano come salissero al cielo. Correva voce tra i clienti abituali che, anni prima, quando il mio principale aveva comprato quell'albergo Alla città d'oro di Praga, sua moglie veniva insieme ai frequentatori abituali, e che qui in basso c'era come un salotto letterario del quale in fondo non era rimasto che il poeta e pittore Tonda Jódl, che qui si svolgevano dibattiti, si leggevano libri e si faceva anche del teatro, ma che la moglie del principale stava sempre a discutere col marito con una tale foga che quasi ogni due settimane si mettevano a litigare tra loro, di romanticismo o di realismo, o a causa di Smetana o di Janáček, al punto che arrivavano a gettarsi addosso il vino e poi anche a picchiarsi, e il principale aveva un cocker spaniel, e la moglie del principale un fox terrier, e così come i loro padroni bisticciavano di letteratura, neanche i cani resistevano e si mettevano anche loro ad azzuffarsi a sangue. E poi il principale e la nostra signora facevano pace e andavano a passeggio lungo il torrente fuori città, con le teste fasciate o qualche braccio al collo, e dietro di loro si trascinavano il fox terrier e il cocker spaniel, anche loro tutti coperti di morsicature, coi cerotti sulle orecchie morsicate, oppure senza niente, ma con le ferite che ancora si asciugavano dopo la disputa letteraria a morsi... e così poi tutti facevano la pace, per ricominciare poi da capo il mese dopo... doveva essere stato bello, mi sarebbe piaciuto vederlo... E stavo già davanti allo specchio col frac, col frac nuovo, con la camicia bianca inamidata e il papillon bianco e, quando mi infilai in tasca il cavatappi nuovo col manico nichelato e fornito anche di un coltellino, sentii il fischio del fischietto e, uscito in cortile, un'ombra mi passò sopra a volo, qualcuno aveva saltato lo steccato, sulla testa mi si posarono, come due seni di donna, due pezzi di stoffa o qualcosa del genere, e mi cadde davanti un cameriere in frac, si alzò, le code del suo frac si allungavano nell'aria, ma lui continuava a volare smarrito dietro il segnale del fischietto. Diede un calcio alla porta e le ante della porta si infransero e gli si richiusero dietro e si fermarono, rispecchiando in piccolo il cortile e la mia figura che si avvicinava e poi entrava nella porta a vetri.

Ci misi due settimane a capire per chi era stato costruito quell'albergo. Per due settimane non la smetto di meravigliarmi del posto in cui sono capitato, e del fatto che sia poi in genere possibile vivere in quel modo. In due settimane avevo già raggranellato alcune migliaia di corone con le mance, e il mio stipendio, quello mi serviva per le spese di tutti i giorni. Ma per quelle due settimane, anche se me ne sto da solo nella mia cameretta a contare le banconote, io appena sono libero dal lavoro mi metto a contare le banconote, benché me ne stia da solo, ho pur sempre la sensazione di non stare da solo, che ci sia sempre qualcuno che mi osserva, la stessa identica sensazione provata dal maître Zdeněk che sta qui già da due anni ed è sempre pronto, a ogni fischio, a saltare lo steccato e a presentarsi nel nostro albergo per la strada più breve. Qui, in effetti, tutto il giorno non c'è niente da fare. Una volta sbrigate le pulizie nel ristorante, e questo non porta via molto tempo, e una volta preparati i bicchieri e tutte le posate, e una volta cambiata e controllata la riserva di tovaglie e tovaglioli, vado con Zdeněk, che ha la chiave della cantina, a preparare la roba da bere, a controllare se ho abbastanza champagne freddo, bottiglie da tre quarti di birra di Plzeň da esportazione, portiamo i cognac nella saletta di servizio perché siano a temperatura ambiente, e poi andiamo in giardino, o meglio nel parco, e lì ci infiliamo i grembiuli e rastrelliamo i viottoli, rivoltoliamo continuamente i mucchi di fieno, ogni due settimane, i mucchi vecchi vengono portati via e vengono sostituiti da mucchi tagliati di fresco oppure già lì lì per diventar fieno e che noi, secondo un piano prestabilito, dobbiamo mettere allo stesso posto in cui c'erano i mucchi vecchi. E poi rastrelliamo i viottoli, ma di regola sono soltanto io a rastrellarli, Zdeněk, quello sta sempre nei villini dei dintorni, da qualche figlia adottiva, come le chiama lui, ma quelle figlie adottive non lo sono di certo, io penso che siano le sue amanti, o delle donne sposate che stanno a passare l'estate, sole tutta la settimana, oppure le figlie di qualcuno che stanno lì a prepararsi per l'esame di laurea. E io rastrello la sabbia e guardo che aspetto ha, visto da dietro attraverso gli alberi o dal prato libero, quel nostro albergo che, di giorno, ha tutta l'aria di un collegio, io ho sempre l'impressione che dalla porta principale debbano precipitarsi fuori delle ragazze, o dei giovinetti con la cartella, o che da qualche parte se ne debbano uscire dei ragazzi coi maglioni di lana, coi domestici che trascinano dietro di loro le mazze da golf, oppure uscirà qualche industriale, e il domestico gli porterà fuori le sedie di vimini e un tavolinetto, e le cameriere stenderanno le tovaglie, e accorreranno i bambini e cominceranno a fare le feste al papà, e poi arriverà una signora con un ombrellino da sole, e si toglierà lentamente i guanti e comincerà a versare il caffè, una volta che tutti si saranno seduti... e invece per tutto il giorno da quella porta non esce nessuno, e nemmeno nessuno vi entra, eppure le cameriere puliscono e cambiano ogni giorno la biancheria a dieci camere, e tolgono la polvere, eppure in cucina ci sono preparativi come per un matrimonio, si prepara una quantità di cibo e di portate per qualche banchetto come io non ne ho mai visti, né mai ne ho sentito parlare, e se anche è accaduto allora si trattava al massimo di qualche circolo di aristocratici, oppure dei racconti del maître del nostro albergo Alla città d'oro di Praga il quale aveva navigato come cameriere di prima classe sul vaporetto di lusso Wilhelmine, che era però colato a picco, quella volta che il maître se l'era lasciato scappare e, mentre se ne scendeva giù in treno, tagliando tutta la Spagna fino a Gibilterra con una bella svedese insieme alla quale si era lasciato scappare il vaporetto, il vaporetto nel frattempo era affondato, e quel racconto dei banchetti di prima classe sul vaporetto di lusso Wilhelmine somigliava un po' a quello che veniva servito qui, in questo remoto albergo Tichota. E, pur avendo motivo di essere soddisfatto, spesso avevo ugualmente paura. Magari stavo rastrellando un viottolo e avevo messo una sedia a sdraio in fondo, dietro agli alberi, ma mi ero appena disteso e avevo appena dato un'occhiata alle nubi che si muovevano, qui le nuvole stavano sempre a spostarsi, insomma mi ero appena appisolato che subito si sentiva il fischietto, come se dietro di me ci stesse il nostro principale, e io dovevo correre per la strada più breve, e mi slacciavo in fretta e furia il grembiule, saltavo lo steccato come faceva Zdeněk, e subito a precipitarmi dritto nel ristorante e a presentarmi al principale che continuava a stare seduto nella sedia a rotelle e, come sempre, c'era qualcosa che lo angustiava, una coperta piegata che gli dovevamo aggiustare, avevamo dovuto legargli attorno alla pancia una fascia come ce l'hanno i pompieri, una fascia con un moschettone come ce l'avevano i due figli del signor Radimský, il mugnaio, i due bambini giocavano lungo il bottaccio, e sulla lingua di terra stava disteso un san bernardo e quando Harry o Vintíř, così si chiamavano i bambini, si avvicinavano barcolloni al bottaccio, prima ancora che si potesse pensare che sarebbero potuti cadere in acqua arrivava il san bernardo e prendeva Harry o Vintíř per quell'anello e lo portava lontano dal pericolo, e così, allo stesso identico modo noi attaccavamo il principale a un gancio e, con una carrucola, lo tiravamo su, non fino al soffitto, ma in modo che la carrozzella potesse passare di sotto, e lì indicavamo al principale dove poteva essere che non andava, e aggiustavamo la coperta o ne mettevamo una nuova o ne aggiungevamo un'altra, e facevamo scendere di nuovo il principale nella carrozzella, era così buffo appeso in aria, era così tutto inclinato che il fischietto che gli pendeva a piombo dal collo indicava l'angolo di pendenza del principale... e poi se ne andava di nuovo in giro per la sala, e per le camere e le camerette, aggiustava i fiori, quel nostro principale aveva una terribile passione per i lavori femminili, e tutti tutti i locali del ristorante, si trattava soprattutto di camere, sembravano stanzette borghesi o le camere di un piccolo castello, c'erano dappertutto tende e asparagus, ogni giorno c'erano rose e tulipani appena tagliati e tutto quello che la stagione offriva, e sempre abbondanza di rametti di asparagus, e il principale preparava dei vasi così belli, e li aggiustava così a lungo, ogni volta si avvicinava, li riaccomodava, poi di nuovo si allontanava e guardava da lontano non solo i fiori, ma come tutto fosse in armonia con quello che c'era intorno, e ogni volta doveva mettere sotto quei vasi un centrino diverso. E dopo che per tutta la mattinata si era sbizzarrito a infiocchettare le stanze, allora si dedicava alla preparazione dei tavoli... e, di regola, non erano più di due, e si apparecchiava al massimo per dodici persone e, di nuovo, mentre io e Zdeněk poggiavamo in silenzio sul tavolo i piatti di tutti i tipi, con le forchette e i coltelli, il principale, colmo di un silenzioso entusiasmo, metteva i fiori nel centrotavola e controllava se nella saletta di servizio avevamo fiori a sufficienza e ramoscelli di asparagus tagliati di fresco e pronti in acqua, per adornare all'ultimo momento le tovaglie, un attimo prima che i clienti si sedessero... E così il principale, quando aveva davvero spezzato, come diceva lui, l'atmosfera da ristorante e aveva introdotto nel proprio albergo la grazia di un ambientino biedermeier, andava con la carrozzella fino alla porta da dove sarebbero entrati i nostri clienti, e rimaneva per un po' così davanti alla porta, con le spalle alla hall e alle stanze, con la fronte rivolta alla porta, si concentrava così per un po', e quando poi voltava di scatto la carrozzella e si avvicinava, allora guardava come fosse stato un estraneo, come fosse stato un cliente che non era mai entrato lì prima, e osservava con stupore la hall, poi passava da una stanza all'altra e guardava con aria da intenditore tutti i particolari, la disposizione delle tende, noi dovevamo accendere tutto, tutte le lampadine dovevano fiammeggiare la sera quando terminavano i preparativi, e in quell'istante il principale era bello, come se avesse dimenticato di pesare centosessanta chili e di non poter perciò camminare, e così passava con occhi da estraneo, poi quegli occhi li metteva via e riprendeva di nuovo i propri, si stropicciava le mani e fischiava, ancora una volta in maniera un po' diversa, e io già sapevo che sarebbero accorsi in un battibaleno i due cuochi e l'avrebbero informato fin nei minimi particolari su come stavano andando i gamberi e le ostriche, e come erano venuti i ripieni à la Suvaroff e come andavano i salpicon. Il terzo giorno che stavo qui, il nostro principale era partito e aveva investito con la carrozzella il capocuoco avendo appurato che era stato messo del cumino nei medaglioni di vitello ai funghi... E poi svegliavamo il domestico, un gigante che dormiva tutto il giorno e mangiava tutti gli avanzi dei banchetti notturni, un numero tale di porzioni da far venire il capogiro, intere zuppiere di insalata, quello che non eravamo riusciti a mangiare né noi né le cameriere, il domestico se lo finiva tutto intero, tutto quello che avanzava nelle bottiglie se lo scolava lui, e aveva una forza enorme, per cui la notte indossava un grembiule verde e si piazzava a tagliar legna nel cortile illuminato, non faceva nient'altro che tagliar legna, con metodici colpi di accetta tagliava, ogni giorno sul far della sera stava lì a far legna, tutta la notte a tagliare, naturalmente io avevo capito, e poi lo sentivo anche bene, che lui tagliava la legna sempre quando da noi veniva qualcuno, e da noi arrivavano solo automobili, automobili del corpo diplomatico, gruppi di automobili, sempre e soltanto la sera tardi o di notte, e il domestico tagliava la legna che profumava, e lo si vedeva lì e stava lì solo per essere visto da tutte le finestre, e quel nostro cortile illuminato e la legna ordinata tutt'intorno, tutto ciò emanava un senso di sicurezza, quel colosso di due metri che tagliava la legna, quell'uomo con l'accetta che una volta aveva quasi ammazzato un ladro, e tre li aveva ridotti così male che aveva dovuto portarli lui stesso col carretto giù alla stazione di polizia, un domestico che quando qualche macchina bucava una gomma lui sollevava l'asse anteriore o quello posteriore e lo reggeva con le braccia fino a che la ruota non veniva cambiata, un domestico il cui vero compito era però tagliare in maniera decorativa la legna nel cortile illuminato, per essere visto dai nostri clienti, come la cascata dell'Elba che viene riempita e si aspetta che qualche guida conduca i visitatori e poi, a un dato segnale, viene aperta la chiusa là in alto e gli spettatori si godono la cascata. Lo stesso avveniva col nostro domestico. Devo però completare il ritratto del nostro principale. Quando magari io me ne stavo in giardino appoggiato a un albero a contare banconote, ecco che si sentiva il fischio, come se il nostro principale fosse stato un Dio onniveggente, e anche con Zdeněk, quando nessuno ci poteva vedere noi ci sedevamo o ci distendevamo sui mucchi di fieno, e immediatamente si sentiva un fischiettio, niente più di un avvertimento, un fischio perché continuassimo a lavorare senza poltrire, per cui poi poggiavamo sempre il rastrello o la zappa o il forcone accanto a noi e ci distendevamo, e non appena si sentiva il fischio ci alzavamo velocemente e zappavamo e rastrellavamo, portavamo coi forconi il fieno arruffato, e quando si faceva di nuovo silenzio e noi avevamo appena messo da parte i forconi, ecco che si sentiva di nuovo il fischio, per cui in seguito stavamo distesi e, stando distesi, rastrellavamo, solo così per fare, facevamo qualcosetta coi forconi, come se quegli attrezzi fossero attaccati a dei fili invisibili. E Zdeněk mi raccontava che il principale, quando c'è fresco come adesso, lui è come un pesce nel suo elemento, che il peggio arriva quando comincia il caldo, lui allora quasi si scioglie, non riesce ad andare dove vorrebbe, per cui deve rimanere tutto il tempo in una camera a bassa temperatura, in una specie di frigorifero... però continua sempre a sapere tutto, a vedere ogni cosa, anche quello che non può vedere, come se su ogni albero, come se ad ogni angolo, dietro ogni tenda, su ogni ramoscello avesse una spia... è una cosa ereditaria, mi disse Zdeněk allungandosi nella sedia a sdraio, suo padre aveva un'osteria da qualche parte ai piedi delle Krkonoše, anche lui stava sui centosessanta chili, e quando la temperatura si alzava lui si doveva trasferire in cantina, lì aveva un letto e in quel modo serviva la birra e i liquori, per non sciogliersi, altrimenti in quella calura estiva si sarebbe sciolto come burro, capisci?

E così ci alzammo e prendemmo a casaccio un viottolo in cui io non ero mai passato, pensavamo al padre del nostro principale che, nell'osteria del paese, per l'estate si trasferiva di buon grado in cantina, per non finire come burro, e lì dava la birra, e ci dormiva, e il viottolo ci portò in mezzo a tre abeti argentati, e io mi fermai, quasi mi spaventai. E Zdeněk si spaventò ancora di più e mi prese la manica e cominciò a balbettare, questa poi... e davanti a noi c'era una piccola casetta, una casupola come di marzapane, come quelle che si vedono a teatro, ci avvicinammo e davanti c'era una minuscola panchina, e anche la finestrella era minuta come quelle delle camerette dei casolari di campagna, e la porta aveva la maniglia, come le porte delle cantine, se fossimo voluti entrare anch'io mi sarei dovuto chinare, ma la porta era chiusa... e così ci fermammo e guardammo attraverso la finestrella, e restammo lì a guardare per cinque minuti e poi ci fissammo l'un l'altro e cominciammo quasi ad aver paura, alle braccia mi stava venendo la pelle d'oca, lì in quella casetta tutto era preciso identico come in una camera del nostro albergo, lo stesso tavolinetto piccolo, le seggioline, tutto come per bambini, anche le tende erano le stesse, e anche il tavolino per i fiori, e su ognuna di quelle seggiolette stava seduta una bambola o un orsacchiotto, sui muri c'erano due mensolette e, sopra di esse, come in un negozio, giocattoli d'ogni specie, tutta la parete piena di giocattoli, piccoli tamburi e corde per saltare, tutto aggiustato con grande cura, come se qualcuno un istante prima che arrivassimo li avesse messi in ordine solo per tenderci un tranello, per farci spaventare o per impressionarci... un'intera casupola con un centinaio di giocattoli... E all'improvviso si sentì un fischio, non di quelli ammonitori, per farci lavorare, per non farci stare in panciolle, ma un fischio da stato di emergenza col quale il principale ci chiamava, e ci mettemmo a correre, prendemmo per il prato e, passando per la scorciatoia, uno dopo l'altro saltammo sudati lo steccato...

E così ogni serata dell'albergo Tichota era gravida di attesa fino a scoppiare. Non veniva nessuno, non arrivava nessuna macchina, eppure l'intero albergo era pronto come un orchestrion nel quale all'improvviso qualcuno infila una monetina da una corona e quello comincia a suonare, quell'albergo era come una banda, il maestro ha la bacchetta sollevata, tutti i suonatori sono pronti e concentrati, ma la bacchetta non dà ancora il tempo... E non potevamo né sederci né appiccicarci a un muro, o mettevamo a posto qualcosa oppure stavamo leggermente appoggiati al tavolinetto di servizio, persino il domestico nel cortile illuminato stava piegato in avanti sopra il ceppo, con l'accetta in una mano e nell'altra il ciocco di legno, e anche lui aspettava il segnale per mettere in moto melodicamente la propria accetta e perché l'intero albergo si mettesse in movimento, come in un tiro a segno che ha le molle tese ma non arriva nessuno, fino a che non si presentano i clienti, caricano di pallini la carabina ad aria compressa e colpiscono il bersaglio, e allora ciascuna di quelle immagini sagomate e dipinte su latta, e i perni ricongiunti, e i meccanismi tutti si mettono a lavorare, adesso e domani, così come ieri, solo se qualcuno centra il bersaglio nero. Questo mi faceva anche venire in mente la favola autentica della Bella addormentata nel bosco dove tutti si irrigidivano nella situazione in cui erano stati colti dalla maledizione fino a che, a un tocco della bacchetta magica, tutti i movimenti iniziati venivano completati e quelli che stavano per iniziare iniziavano. E così, allo stesso modo, all'improvviso si sentì in lontananza una macchina e il principale, seduto sulla sedia a rotelle vicino alla finestra, diede il segnale col fazzoletto e Zdeněk infilò una monetina nella pianola meccanica che cominciò a strimpellare I milioni di Arlecchino, quell'Ariston o orchestrion che fosse era imbottito e con le pareti di feltro, il suono sembrava provenire da qualche altra parte, da un altro ristorante, e il domestico mise in movimento l'accetta, e sembrava stanco, ricurvo, come se fosse lì a tagliar legna già da mezzogiorno, e io mi gettai il tovagliolo sulla manica e aspettavo chi sarebbe stato quel nostro primo cliente. Ed entrò un generale col mantello da generale foderato di rosso, quell'uniforme se la faceva certo confezionare dalla stessa ditta del mio frac, quel generale aveva però un'aria triste, dietro di lui entrò il suo autista, portò la sciabola d'oro, la poggiò su un tavolino e uscì nuovamente, il generale attraversò le stanzette, osservò ogni cosa e si stropicciò le mani, si piantò poi a gambe larghe, mise le braccia dietro la schiena e guardò in cortile il nostro domestico che stava lì a tagliare la legna, e intanto Zdeněk aveva portato il secchio d'argento per lo spumante e io stavo portando a tavola le ostriche e le scodelle coi gamberetti e i gamberi, e quando il generale si sedette Zdeněk aprì lo champagne, dell'Henkell Trocken, riempì la coppa, e il generale disse siete miei ospiti, e Zdeněk fece un inchino e portò due bicchieri e li riempì, il generale si alzò, batté gli stivali ed esclamò Prost! e bevve, ma non più di un sorso, noi vuotammo i nostri bicchieri fino in fondo, e il generale fece una smorfia e sussultò e sbottò pieno di disgusto: per tutti i diavoli, una cosa del genere non posso berla!, e poi si mise un'ostrica nel piattino, sollevò la testa e la sua bocca vorace aspirò la carne molliccia del mollusco cosparsa di limone, di nuovo come se avesse mangiato con gusto, e invece sussultò, e fremeva per il disgusto tanto che gli lacrimavano gli occhi. E ritornò, finì il bicchiere di champagne, e quando se lo fu scolato urlò: Aaaaah, ma una cosa del genere non posso davvero berla!, e passava da una stanza all'altra e ogni volta che ritornava si prendeva, dalle scodelle preparate, qui un po' di gamberetti, qui una foglia d'insalata, qui si prendeva dei salpicon, e ogni volta io avevo paura perché il generale urlava dal disgusto e sputava dei Per tutti i diavoli, è immangiabile!, e di nuovo tornava e allungava il bicchiere e se lo lasciava riempire, e faceva delle domande a Zdeněk e Zdeněk faceva un inchino e spiegava del Veuve Clicquot, e dello champagne in generale, che però secondo lui il migliore era quello che aveva servito, l'Henkell Trocken, e il generale rinfrancato beveva, ma sputava, poi terminava di bere e andava di nuovo a guardare il cortile, era tutto buio, nel cortile nient'altro che il domestico illuminato e il suo lavoro, e i muri illuminati, completamente coperti di ceppi di pino. E il principale girava senza farsi sentire, veniva, faceva un inchino e riandava via, il generale stava riacquistando il buonumore, come se il disgusto per quel che mangiava e beveva fosse stato superato, come se gli avesse aumentato l'appetito. Poi passò a una bottiglia di cognac e si scolò tutta una fiaschetta di Armagnac, e dopo ogni sorso dal bicchiere faceva una smorfia e bestemmiava orrendamente e sbottava, alternando il ceco e il tedesco: Diesen Schnaps kann man nicht trinken![1]. E lo stesso poi con le specialità francesi, a ogni boccone sembrava che il generale avrebbe vomitato, giurava che non ne avrebbe preso più neanche un boccone, che non ne avrebbe bevuto neanche un sorso, assaliva il maître e me, cosa mi presentate? Voi mi volete avvelenare, farabutti, voi vi augurate che io muoia!, ma poi si scolò ancora una bottiglia di Armagnac, e Zdeněk gli tenne una lezione sul perché il miglior cognac si chiama Armagnac e non cognac, che si tratta di un brandy, perché il cognac esiste soltanto nella regione chiamata

[1] In tedesco nel testo: Quest'acquavite è imbevibile!

Cognac, per cui, dato che il miglior cognac sta a due chilometri dal confine della regione detta Cognac, non lo si dovrebbe più chiamare cognac bensì brandy, e alle tre del mattino, quando il generale annunciò che non avrebbe più retto, che alle due l'avevamo ucciso offrendogli una mela, alle tre il generale aveva già ingurgitato e bevuto quanto sarebbe bastato per una compagnia di cinque persone, eppure continuava a lamentarsi che nessuno gli poteva togliere dalla testa di essere scampato a un cancro o, nella migliore delle ipotesi, a un'ulcera allo stomaco, che il fegato era a pezzi e aveva certamente i calcoli al rene, e così alle tre del mattino cominciò ad essere ubriaco e estrasse la pistola d'ordinanza e colpì un bicchiere in piedi sulla finestra, e forò la finestra, ma il principale arrivò silenzioso sulle ruote di gomma, sorrise e gli fece i complimenti, e si augurò che, per la gioia del principale, il generale volesse tentare di abbattere una lacrima di vetro lavorato del lampadario veneziano, e disse che l'ultimo exploit a cui aveva assistito lì era stato quando il principe Schwarzenberg aveva gettato in aria una moneta da cinque corone centrandola col fucile da caccia a pallettoni giusto un attimo prima che ricadesse sul tavolo... E il principale si allontanò e prese un'asta e indicò sopra al camino il foro da dove era penetrata la pallottola dopo essere rimbalzata sulle cinque corone d'argento. Il generale si stava invece specializzando in bicchierini da liquore, sparava senza che nessuno ci trovasse niente da ridire, e quando forò una finestra e la pallottola fischiò sopra il domestico chino che continuava a tagliare la legna, il domestico non fece che infilarsi il dito nell'orecchio, continuando nel proprio lavoro... Poi il generale si bevve un caffè alla turca e mise nuovamente la mano sul cuore sostenendo che quel caffè non lo poteva proprio bere, e se ne bevve ancora un altro uguale, affermando poi che se ci fosse stata una pollastra arrosto, lui l'avrebbe voluta prima di morire... e il principale fece un inchino e fischiò, non passò molto e accorse il cuoco, fresco e col cappello bianco, portando un'intera casseruola, e il generale alla vista del pollo si tolse la giubba, si sbottonò la camicia e ricominciò malinconicamente con la storia che lui la carne del pollo non la poteva mangiare, e afferrò il pollo e lo spaccò in due e se lo mangiava lamentandosi ogni volta del proprio stato di salute, di non poter mangiare troppo, di non aver mai mangiato una schifezza del genere, e Zdeněk gli disse che in Spagna il pollo lo si accompagna con lo champagne, che lì ci sarebbe stato bene un La Corduna, e il generale annuì, e poi mandò giù un sorso, e addentava il pollo, e ogni volta inveiva, e a ogni boccone e a ogni sorsata storceva la bocca, perché diesen Pulard auch diesen Champagner kann man nicht trinken und essen...[1] e alle quattro, quando con le lamentazioni e gli strilli si era sfogato, come se si fosse liberato di tutto quello che l'opprimeva, chiese il conto, e il principale glielo portò, ogni cosa era già stata segnata, gli porse il conto su un piattino dentro un tovagliolo, ma dovette leggere al generale l'intera consumazione e soprattutto quello che lui aveva realmente mangiato... e Zdeněk glielo disse, una voce dietro l'altra, e il generale sorrideva sempre più, fino a che non scoppiò a ridere, e sghignazzava contento, completamente brillo e in salute, gli era passata anche la tosse, si era anche raddrizzato del tutto, ogni tanto si aggiustava le spalle nella giacca della divisa e, trasfigurato, con gli occhi che gli luccicavano ordinò ancora di preparare un pacchetto per l'autista, al principale pagò con banconote da mille corone, arrotondava per principio alle mille corone, qui la si poteva considerare quasi un'abitudine, e poi diede mille corone per la sparatoria e per il soffitto sforacchiato e per le finestre, e chiese al principale, bastano? E il

[1] In tedesco nel testo: Questo pollo e questo champagne sono immangiabili e imbevibili.

principale fece cenno di sì, che bastavano. E io ricevetti trecento corone di mancia, e il generale si gettò sulle spalle il mantello con la fodera rossa, sollevò la sciabola d'oro, s'infilò il monocolo e uscì, dietro di lui tintinnavano gli speroni da cavallerizzo, e mentre camminava in quel modo, con la scarpa sapeva allontanare la sciabola con grande abilità, per non inciamparci, per non rotolare a terra...

E il generale ritornò il giorno dopo, ma non più da solo bensì con alcune belle signorine e un poeta grasso, e quella volta lì non si sparò, ma rimasero a discutere di letteratura e di certe correnti poetiche con tanto accanimento da dare in escandescenze, e io pensavo che il generale avrebbe ucciso il poeta a colpi di pistola, e invece si calmarono di nuovo e presero a discutere di una scrittrice della quale ripetevano continuamente che confondeva la vagina con un calamaio nel cui inchiostro chiunque poteva intingere la penna, e poi per quasi due ore se ne stettero a sparlare di uno scrittore del quale il generale sosteneva che se quell'uomo avesse saputo trattare i propri testi come sapeva trattare le vagine altrui, ciò sarebbe stato un bene sia per quello scrittore che per la letteratura ceca... e il poeta sosteneva il contrario, che quello era davvero uno scrittore del quale si poteva dire che, certo, dopo Dio il maggior creatore era Shakespeare, ma subito dopo Shakespeare c'era quel nostro scrittore del quale stavano parlando, ed era stato bello che il principale, appena quelli erano arrivati, aveva dovuto mandare qualcuno per far venire la musica, e la musica suonò per loro senza sosta, e loro con quelle signorine bevevano da far spavento, e il generale non si accontentava soltanto di smoccolare a ogni sorso e a ogni boccone, ma fumava anche come un ossesso e, ogni volta che se ne accendeva una, tossiva a lungo e guardava la sigaretta e urlava che porcheria ci mettono in queste Egypt? Fumava però così forte che il mozzicone brillava nella penombra... e l'orchestrina suonava e beveva, e saltava anche agli occhi che i due ospiti tenevano sempre le signorine sulle gambe, e ogni momento andavano su in camera, e dopo un quarto d'ora tornavano ridendo a crepapelle, e il generale tutte le volte che saliva le scale teneva la mano tra le cosce della signorina che saliva insieme a lui, e si lamentava macché, per me l'amore non esiste più, e sono poi forse delle ragazze queste qui? Però ci saliva, e ritornava anche lui dopo un quarto d'ora, e io vedevo che la signorina era riconoscente e innamorata, e che aveva subito la stessa identica sorte di quelle due bottiglie di Armagnac e delle bottiglie di champagne Henkell Trocken e La Corduna della sera prima, e chiacchieravano di nuovo della morte del Poetismo e della nuova corrente surrealista che stava per entrare nella sua seconda fase, e dell'arte engagé e dell'arte pura, e si rinfacciavano nuovamente urlando che la mezzanotte era passata e le signorine continuavano a non avere champagne e cibo a sufficienza, come se lui quel cibo continuasse a metterglielo dentro e a toglierglielo, tanta era la fame che quelle avevano... e poi quelli dell'orchestrina dissero che avevano finito e che dovevano andare a casa, che avrebbero smesso di suonare, e allora il poeta prese le forbici e tagliò una decorazione d'oro dalla giubba del generale e la gettò ai suonatori e quelli ripresero a suonare, erano degli zingari o degli ungheresi, e il generale salì di nuovo in camera con una delle signorine e di nuovo lungo le scale ripeteva che ormai come uomo era kaputt, e ritornò di nuovo dopo un quarto d'ora, e il poeta gli diede di nuovo il cambio con quella sua prima signorina, e l'orchestrina stava riponendo gli strumenti per andare a casa, e allora il poeta prese le forbici e tolse via altre due decorazioni e le gettò su un vassoio ai suonatori, e il generale prese le forbici e tagliò le onorificenze rimaste e le gettò sul piatto insieme alle altre decorazioni, e tutto per quelle belle signorine, e noi lo commentavamo come l'audacia massima a cui avessimo mai assistito in vita nostra, Zdeněk mi bisbigliò che si trattava delle più alte decorazioni inglesi francesi e russe della prima guerra mondiale... e il generale si tolse la giubba e cominciò a ballare e, inveendo contro la signorina, disse che con lui doveva andare piano, che lui era debole di polmoni e di cuore, e pregò gli zingari di suonare una czarda, e così gli zingari cominciarono, e il generale pure e, dopo un istante, il tempo di tossire e di schiarirsi la gola, cominciò a ballare, e la signorina dovette accelerare il ritmo, e a quel punto il generale lasciò le sue mani e lanciò un braccio verso l'alto mentre l'altro lo trascinava per terra come un gallo, e aumentava la velocità ed era quasi ringiovanito, e la signorina non riusciva quasi a tenergli dietro, ma il generale non mollava e ballava e intanto baciava la signorina sul collo, e i suonatori avevano fatto cerchio attorno ai ballerini, e negli occhi dei musicanti si leggeva l'ammirazione e la complicità, nei loro occhi si leggeva che il generale ballava al posto loro, per cui mantenevano col soldato un collegamento tramite la musica che aumentavano o diminuivano di velocità a seconda del ballo e delle forze del generale che però superava sempre la compagna della quale si sentiva il respiro affannato, il rossore in viso le era aumentato, e in alto sulla balaustra c'era il poeta grasso con la signorina che l'aveva accompagnato in camera, e in quell'attimo egli prese la ragazza in braccio, ed erano usciti i primi raggi di sole, e il poeta portò giù la bella signorina in direzione dei due che ballavano la czarda, e uscì fuori attraverso la porta aperta e offrì in quel modo al primo sole quella signorina ubriaca, seminuda, con la camicetta strappata... e poi verso il mattino, quando già i treni mattutini portavano gli operai al lavoro, arrivò all'ingresso la macchina del generale, una lunga decappottabile, un'Hispano-Suiza sei posti, col finestrino scorrevole davanti e le imbottiture di pelle dietro, e la compagnia pagò il conto, il poeta pagò con tutto intero un libro, diecimila esemplari, come Jódl, La vita di Gesù Cristo, pagò però con gusto e disse che non faceva nulla, che sarebbe andato immediatamente a farsi dare un acconto e poi sarebbe partito per Parigi, e avrebbe scritto un altro libro, ancora più bello di quello che si erano appena bevuti... e caricò il generale in camicia bianca, le maniche erano rimboccate, la camicia sbottonata, e dormiva, seduto dietro in mezzo alle signorine, e davanti c'era il poeta che si era infilato una rosa rossa nel risvolto della giacca e, davanti a lui, la bella ballerina con la sciabola d'oro del generale sguainata stava appoggiata col gomito al parabrezza, con indosso la giubba militare aperta con le decorazioni tagliate via, sul colbacco dei capelli sciolti portava il berretto del generale, e in quel modo, dritta, coi due enormi seni, Zdeněk disse che sembrava la statua della Marsigliese, in quel modo il gruppo scese verso la stazione, e mentre gli operai salivano sui treni, l'automobile del generale passò lungo il marciapiede in direzione di Praga, e la ragazza coi seni al vento sguainò la sciabola gridando: A Praga!, e in quel modo raggiunsero Praga, doveva essere stato bello, ci giunse notizia che il generale col poeta e le signorine, e soprattutto con la signorina con la blusa strappata e i due seni che svettavano fuori a quel modo e la sciabola sguainata, avevano attraversato Na příkopě e il Corso nazionale... e i poliziotti avevano fatto il saluto, mentre il generale con le braccia quasi sul selciato dormiva seduto di dietro nell'Hispano-Suiza... E qui, all'albergo Tichota, capii anche che quelli che si erano inventati che il lavoro nobilita l'uomo erano gli stessi che stavano qui tutta la notte a mangiare e a bere con delle belle signorine sulle ginocchia, quei ricchi che riuscivano ad essere felici come dei ragazzini, e io pensai che i ricchi avevano una maledizione o qualcosa del genere, che le casupole e i bugigattoli e la zuppa acida e le patate danno alla gente una sensazione di felicità e di benessere, che la ricchezza è come una maledizione... ma a quanto pare, anche tutte quelle minchionate sulla felicità di vivere nelle casupole erano una trovata di quei nostri clienti per i quali era indifferente quanto riuscissero a scialacquare in una sola notte, che gettavano banconote ai quattro venti provandone soddisfazione... non ho mai visto uomini felici quanto quei ricchi industriali e quei proprietari di fabbriche... come ho detto, sapevano scatenarsi e divertirsi con la vita come dei frugoletti, si facevano persino i dispetti e si tendevano tranelli, tanto era il tempo che avevano a disposizione per tutto... e ogni volta, in mezzo a quell'allegria, all'improvviso uno chiedeva a un altro se non avesse bisogno di un vagone di maiali ungheresi, o magari di due, o di un treno intero. E poi quell'altro a sua volta, guardando il nostro domestico che tagliava la legna, bisogna infatti dire che quei ricchi avevano sempre la sensazione che quel domestico fosse la persona più felice su questa terra, per cui guardavano trasognati quel lavoro che elogiavano senza però mai farlo e, se avessero dovuto farlo, allora sarebbero stati infelici e sarebbe stata la fine della loro felicità, e così, all'improvviso quell'altro chiedeva, io ad Amburgo avrei una nave di pelli di vacca dal Congo, sapresti mica cosa farne? E l'altro, ancora una volta come se si fosse trattato non di una nave ma di una sola pelle... e quale sarebbe la mia percentuale? E il primo diceva che sarebbe stata del cinque, e il secondo diceva otto, c'è il rischio che ci siano dei vermi, i negri non ci sanno fare con la concia... e così il primo allungava la mano e diceva sette... e per un po' stavano a guardarsi l'un l'altro negli occhi, e poi si stringevano la mano... e ritornavano alle signorine e continuavano a mettere quelle loro mani sui seni delle donne nude e sulle collinette pettinate dei peletti del ventre, e le baciavano a tutta bocca, come se mangiassero ostriche o succhiassero lumache bollite, ma dall'istante che compravano o vendevano treni di maialini e navi di pelli, da allora era come se fossero ringiovaniti della metà. Alcuni di quei nostri clienti compravano e vendevano anche intere strade di palazzine, qui vennero messi in vendita e si vendettero persino un castello e due vecchi manieri, qui venne comprata e venduta una fabbrica, i rappresentanti generali contrattavano qui la fornitura di buste per l'intera Europa, qui furono contrattati prestiti per mezzo miliardo di corone a favore di un paese dei Balcani, vennero venduti due treni di munizioni, qui da noi fu consegnato l'equipaggiamento per numerosi reggimenti arabi... e tutto allo stesso modo, con lo champagne, le signorine e il cognac francese, e con la vista dalla finestra sul domestico illuminato dall'alto che tagliava la legna... Con le passeggiate nel parco al chiaro di luna, giocando ad acchiapparella e a mosca cieca e finendo sempre sui mucchi di fieno che il nostro principale teneva in giardino per decorazione, come il domestico che tagliava la legna... e ritornavano poi all'alba, coi capelli e i vestiti pieni di pagliuzze di fieno e fuscelli secchi, tutti contenti come all'uscita dal teatro... e distribuivano ai suonatori e a me banconote da cento corone, intere manciate di banconote, con lo sguardo significativo come a dire che noi non avevamo visto né sentito nulla, anche se noi avevamo visto e sentito ogni cosa, mentre il principale faceva inchini dalla sua sedia a rotelle con la quale passava silenzioso da una stanza all'altra sui suoi cerchioni di gomma, perché tutto fosse sempre in ordine, per soddisfare qualsivoglia desiderio, perché il nostro principale si ricordava di ogni cosa, persino se qualcuno desiderava al mattino una coppa di latte fresco o di panna fredda, c'era anche quello, e per chi vomitava avevamo nei bagni di maiolica un tale marchingegno, un vomitatoio per singoli, con le sue buone maniglie cromate, e un vomitatoio collettivo, simile a una lunga greppia per cavalli sulla quale c'era un corrimano, per cui i clienti stavano in piedi, si reggevano a quella sbarra e vomitavano in gruppo, infondendosi l'un l'altro coraggio, mentre io quando vomitavo mi vergognavo, anche se nessuno mi vedeva che rigettavo, i ricchi invece vomitavano come se tutto ciò facesse parte del banchetto, della buona educazione, quando avevano finito di vomitare ritornavano con le lacrime agli occhi, per ricominciare subito a mangiare e a bere con ancora più gusto, come gli antichi Slavi... e il maître Zdeněk, lui era un maître come si deve, lui aveva imparato il mestiere a Praga all'Aquila nera, lì c'era un vecchio maître che gliel'aveva insegnato perché era stato cameriere personale in una casa di piacere per aristocratici frequentata nientepopodimeno che dall'Arciduca D'Este, quello Zdeněk serviva come in una nuvola di creatività, lui si considerava in tutto e per tutto come uno degli ospiti dell'albergo, e difatti era sempre loro ospite, a ogni tavolo aveva sempre un bicchiere dal quale sorseggiava soltanto, ma brindava sempre con tutti, andava avanti e indietro, portava il cibo, tutto come in un sogno, con un movimento vorticoso, se qualcuno gli avesse tagliato la strada sarebbe stato il patatrac, qualunque cosa facesse i movimenti del suo corpo erano armoniosi ed eleganti, e non si sedeva mai, non faceva altro che stare in piedi e sapeva sempre quello che ciascuno desiderava, e portava già in precedenza quello di cui il cliente aveva giusto voglia. E una volta ero andato a zonzo con Zdeněk, Zdeněk aveva infatti l'abitudine, anche questa tipica dei nobili, di scialacquare quasi tutto quello che guadagnava, andava in un altro ristorante e si faceva portare tutto quello che i nostri clienti si facevano portare da lui, e ogni volta gli avanzavano ancora tanti soldi che, mentre tornavamo al mattino col taxi, lui svegliava l'oste della più sperduta bettola del villaggio, gli ordinava di andare a svegliare i suonatori, i musicanti, e questi dovevano suonare per lui, e Zdeněk andava da un numero civico all'altro e invitava quelli che dormivano ad andare a bere alla sua salute, ad andare tutti all'osteria, e poi suonava la musica e si ballava fino a che albeggiava, fino al mattino, e Zdeněk, una volta prosciugato tutto quello che l'oste teneva nelle bottiglie e nelle botti, lui svegliava il proprietario del negozio di articoli coloniali e di merceria e comprava intere ceste di bottiglie e le regalava a tutte le vecchie e ai nonnini, e non pagava soltanto quello che avevano bevuto in osteria, ma anche tutto il rosolio e tutto quello che aveva distribuito, e rideva ed era contento solo quando era riuscito a spendere tutto. Ed era poi una caratteristica tutta sua rovistarsi in tasca e, non avendo fiammiferi, allora farsi prestare venti haléř, comprarsi i fiammiferi e accendersi la sigaretta, lui che amava far prendere fuoco sulla stufa dell'osteria a un biglietto da dieci corone arrotolato, e così si accendeva il sigaro... e poi andavamo via, la musica suonava per noi, e quand'era il periodo giusto Zdeněk faceva incetta di fiori all'azienda dei fiori e gettava garofani, rose e crisantemi, e la musica ci accompagnava fin fuori dal villaggio, e l'automobile tutta inghirlandata di fiori ci trasportava all'albergo Tichota perché quel giorno, o meglio quella notte, non eravamo stati di servizio.

Una volta ci era stato annunciato un cliente e il principale ci teneva. Per dieci, venti volte attraversò il proprio ristorante sulla sedia a rotelle, e ogni volta c'era qualcosa che non andava... era stata annunciata la visita di tre persone, ma se ne presentarono soltanto due, sebbene fosse stato apparecchiato per tre, e tutta la notte portammo in tavola ogni cosa anche per quella terza persona, come se fosse dovuta arrivare da un momento all'altro, come se fosse stato un qualche cliente invisibile che stava lì seduto, che girava, passeggiava nel giardino, si dondolava sul dondolo, e cose simili... E per prima cosa una bella limousine accompagnò una signora alla quale l'autista si rivolgeva in francese, e Zdeněk uguale... poi arrivò un'altra limousine, saranno state le nove di sera, e ne scese il presidente in persona, che riconobbi immediatamente, e il principale lo chiamava Vostra Eccellenza... e il presidente cenava con quella bella francese giunta a Praga in aereo, e il signor presidente era come tutto cambiato, si era fatto un po' più giovane, rideva, era loquace, beveva champagne e poi cognac, e quando divenne allegro si trasferirono nella stanzetta col mobilio biedermeier e i fiori, e il presidente fece sedere quella splendida donna accanto a sé e le baciava le braccia, e poi le baciò la spalla, lei aveva le braccia nude, quella donna stupenda indossava una tale toilette, e discorrevano di letteratura e di punto in bianco cominciavano a ridere, il presidente le raccontava qualcosa nell'orecchio e lei si sbellicava dalle risate, e anche il presidente rideva e si picchiava sulle ginocchia, e lui stesso versava lo champagne, e di nuovo allungavano uno verso l'altro i bicchieri, li tenevano per gli steli e li facevano tintinnare allegramente guardandosi negli occhi, e poi bevvero con dolcezza, e la signora rovesciò poi leggermente il presidente sullo schienale della poltrona e fu lei a baciarlo, a lungo, fu un bacio lunghissimo, e il presidente aveva chiuso gli occhi e lei gli accarezzava i fianchi, e lui lo stesso, vedevo il suo anello di brillanti luccicare sulle cosce di quello splendore di donna, e poi all'improvviso, come se si fosse risvegliato era lui adesso a piegarsi su quella donna stupenda e a guardarla negli occhi e a baciarla di nuovo, e per un istante entrambi si irrigidirono in un abbraccio, quando si ripresero il presidente mandò un sospiro così profondo, un sospiro così dolce, e anche la signora sospirò e una ciocca di capelli scesale sulla fronte le oscillò, e si alzarono, si tenevano per mano, come i bambini quando vogliono fare un girotondo, e all'improvviso, tenendosi per mano, si lanciarono verso la porta e corsero fuori, continuavano sempre a tenersi per mano, saltellavano e zompettavano per i viottoli da dove giungeva una risata limpida e il riso allegro e rumoroso del presidente, e io continuavo a non riuscire a conciliare quell'immagine col ritratto del signor presidente sui francobolli postali e nei locali pubblici, avevo sempre avuto l'impressione che il presidente quelle cose lì non le facesse, che per un presidente non sta bene, e invece anche lui era come tutti gli altri ricchi, come me, come Zdeněk, adesso correva nel giardino inondato dalla luce della luna, anche quel pomeriggio avevamo portato dei mucchi di fieno già secco, e vedevo il vestito bianco di quella donna incantevole e la pettorina bianca inamidata del frac del presidente e i suoi polsini bianchi disegnarsi come vasi di porcellana e svolazzare qui e là nella notte, da un mucchio di fieno all'altro, vedevo il presidente superare di corsa quell'abito bianco e afferrarlo e sollevarlo leggermente, vedevo i suoi polsini sollevare quel vestito bianco e sorreggerlo senza sforzo, vedevo i polsini alzare quell'abito bianco come se l'avesse appena pescato dal fiume, o come quando una madre porta nel suo lettino un bambino con la camicina da notte bianca, allo stesso modo il presidente l'aveva portato nel fondo del nostro giardino sotto gli alberi secolari, per mettersi di nuovo a correrci insieme e adagiarlo su un mucchio di fieno. Ma il vestito gli si divincolò e corse ancora oltre, e il presidente dietro, e caddero ancora entrambi in un mucchio di fieno, ma il vestito bianco si tirò di nuovo su e fuggì oltre, fino a che non cadde su un mucchio di fieno e il presidente gli fu poi sopra. Vedevo i suoi polsini e vidi poi l'abito rimpicciolirsi, e i polsini sollevare quel vestito, rovesciarlo come noi rovesciamo i fiori di papavero, e poi ci fu silenzio nel giardino dell'albergo Tichota... e io smisi di guardare, così come smise di guardare anche il principale, tirò le tende, e Zdeněk guardava a terra, e la cameriera che stava ferma sulle scale e di lei si vedeva soltanto il grembiule bianco e la cresta bianca come un diadema in quei suoi folti capelli, anche lei guardava a terra, nessuno di noi guardava ma eravamo tutti eccitati come se lì, su quel mucchio di fieno calpestato e arruffato, come se lì ci fossimo stati noi insieme a quella bella signora giunta in aeroplano fin da Parigi apposta per quella scena nel fieno, come se tutto quello fosse capitato a noi... e soprattutto per essere noi gli unici partecipanti a quella celebrazione dell'amore, per esserci stato concesso dal destino, il quale in cambio non pretende nulla di più del segreto della confessione richiesto al sacerdote. Dopo mezzanotte il principale mi mandò alla casetta dei bambini a portare una brocca di cristallo con della panna fredda, una forma di pane fresco e un pezzo di burro avvolto in foglie di vite. E io presi il cesto con un fremito, camminavo lungo i mucchi di fieno completamente scompigliati, quei mucchi si erano trasformati in giacigli, mi chinai sul fieno, non resistetti e ne sollevai una manciata e ne sentii il profumo, voltai poi per la stradina che conduceva ai tre abeti argentati, e già lì vedevo la finestrina illuminata, e quando mi fui avvicinato vidi che nella casetta dei bambini, lì dove stavano appesi i tamburi e le corde per saltare e gli orsacchiotti e le bambole, lì su una seggioletta piccolina piccolina stava seduto il presidente con la camicia bianca e, di fronte a lui, su una seggioletta piccola uguale, stava seduta la francese, e stavano seduti là così quei due innamorati, uno di fronte all'altra, e si guardavano negli occhi, con le mani appoggiate al tavolinetto, e una comune lanterna con una candela illuminava la casetta... e il presidente si alzò e oscurò la finestrella, doveva star curvo per uscire fuori della casetta, e io gli porsi il cestino, il nostro presidente era così alto, era costretto a stare curvo mentre io stavo dritto dato che ero sempre così piccolino, e gli porsi il cestino e lui mi disse ti ringrazio, ragazzo, grazie... e quella sua camicia bianca indietreggiò nuovamente, il papillon bianco lo portava sciolto, e nel suo frac ci inciampai tornandomene indietro... e poi albeggiò e, quando poi uscì il sole, dalla casetta dei bambini uscì il presidente e quella signora con la sola sottoveste... e trascinava dietro di sé il vestito ormai sgualcito, e il presidente teneva in mano la lanterna con dentro la candela accesa, ma non era che un puntino di fronte al sole appena uscito... e poi il presidente si chinò e prese la giacca del frac per la manica e la trascinava dietro di sé, una giacca piena di fuscelli e di fieno... e camminavano così, trasognati, uno accanto all'altra, ridendo entrambi beatamente... E io li guardavo e all'improvviso sentii che fare il cameriere non era una cosa tanto semplice, che ci sono camerieri e camerieri, mentre io ero un cameriere che aveva servito con discrezione il presidente, e che avrei dovuto tenerlo in considerazione, così come ne aveva fatto la ragione della propria vita il famoso cameriere di Zdeněk che aveva servito l'Arciduca Ferdinando D'Este in una casa di piacere per aristocratici... e poi il signor presidente andò via con una macchina e la signora andò via con un'altra, e con la terza non andò via nessuno, quell'invisibile terzo cliente per il quale era stato ordinato il banchetto, per il quale avevamo apparecchiato, per il quale il principale aveva anche messo in conto il cibo e la camera nella quale quella terza persona non aveva dormito.

All'arrivo della calura di luglio, il principale non passava più dalla cameretta nella stanza e nella sala da pranzo, ma rimaneva in camera sua, in quel frigorifero dove la temperatura non doveva superare i venti gradi, ma pur non facendosi vedere, pur non girando per i viottoli del parco, era lo stesso come se ci vedesse e come se fosse onnipotente. Si occupava di tutto e dava gli ordini e i divieti col fischietto, e a me sembrava che con quel fischietto dicesse più che parlando. A quel tempo alloggiavano da noi quattro stranieri che provenivano da qualche parte della Bolivia, e avevano portato con sé una valigetta misteriosa che custodivano come un occhio della testa, andandoci persino a dormire assieme. Indossavano tutti degli abiti neri, dei cappelli neri, avevano dei baffi neri alla messicana e portavano anche dei guanti neri, e la valigia a cui facevano la guardia era nera anche lei, e anche lei come loro assomigliava a una piccola cassa da morto. Erano lontane le baldorie scapestrate e le dissolutezze delle nostre brigate notturne. Però avevano dovuto pagare davvero parecchio per farsi accettare dal principale. Era la sua specialità, e in genere una prerogativa della ditta che, se qualcuno alloggiava da noi, un brodo d'aglio con frittelle di patate e un bicchiere di latte acido li pagava tale e quale che se avesse mangiato ostriche e gamberi accompagnandoli con dell'Henkell Trocken. E la stessa cosa con l'alloggio, se uno si appisolava fino al mattino su un divano, doveva pagare un intero appartamento al piano di sopra, e questo faceva parte del decoro della nostra casa, dell'albergo Tichota. E io continuavo a voler sapere cosa ci tenessero in quella valigia, fino a che, una volta che il capo di quella nera brigata era rientrato, era un ebreo, il signor Salamon, venni a sapere da Zdeněk che quel signor Salamon aveva contatti con Praga, con l'arcivescovo in persona, e che gli stava chiedendo per via diplomatica di consacrare una statuetta d'oro del Bambino di Praga, terribilmente popolare in Sud America, addirittura al punto che milioni di Indios portano il Bambinello al collo attaccato a una catenina, e che lì circola una bella leggenda che dice che Praga è la più bella città al mondo, che Gesù Bambino ci andava a scuola, e per questo vogliono che l'arcivescovo di Praga in persona consacri quel Bambino di Praga del peso di sei chilogrammi e tutto d'oro. Da quel momento non vivemmo che di quella solenne consacrazione. Non si trattava di una cosa come un'altra, il giorno dopo arrivò la polizia da Praga, e lo stesso comandante del reparto diede lì da noi ai boliviani la notizia che del Bambinello già si era a conoscenza nei bassifondi praghesi, e che c'era addirittura una banda polacca che intendeva rubare il Bambino. E così tennero consiglio e alla fine decisero che sarebbe stato meglio tenere nascosto fino all'ultimo il

Bambinello autentico e di far fare, a spese della Repubblica Boliviana, un altro Bambinello, soltanto di ghisa dorata, e portare con sé fino all'ultimo quel Bambinello dorato, così nel caso fosse compiuto un furto, allora è meglio che rubino o si impossessino del Bambinello falso piuttosto che di quello autentico. E difatti, subito il giorno dopo fu portata una valigetta nera precisa identica e, quando l'aprirono, si trattava di una cosa così bella che venne il principale in persona, uscì da quella sua stanza refrigerata per prostrarsi davanti al Bambinello. Dal canto suo, il signor Salamon continuava a trattare col concistoro arcivescovile, ma l'arcivescovo non voleva saperne di consacrare quel Bambino perché l'unico vero Bambinello stava a Praga, mentre a quel punto di Bambini ce ne sarebbero stati due, io avevo saputo ogni cosa da Zdeněk perché lui conosceva lo spagnolo e il tedesco, e lo stesso Zdeněk era parecchio arrabbiato, era la prima volta che vedevo Zdeněk perdere la calma, fino a che il terzo giorno non arrivò il signor Salamon, e ancora in macchina si era alzato in piedi, e già dalla stazione si vedeva che portava buone notizie, sorrideva e gesticolava, e subito tutti lo attorniarono, e il signor Salamon diede la notizia di aver ricevuto una soffiata sicura che all'arcivescovo gli piace farsi fotografare, per cui aveva proposto di filmare l'intera cerimonia come inserto del cinegiornale della Gaumont, e l'intera cerimonia avrebbe fatto il giro del mondo, dovunque ci fosse stato un cinematografo, lì ci sarebbe stato non soltanto l'arcivescovo ma anche il Bambinello e la cattedrale di San Vito, e in questo modo la Chiesa, come aveva giustamente sottolineato il signor Salamon, la Chiesa ne avrebbe guadagnato in popolarità. Quando arrivò il giorno della solenne consacrazione, tennero consiglio tutta la notte, e così avvenne che io e Zdeněk ricevemmo dalla polizia l'incarico di scortare, io e lui, il Bambinello autentico, mentre in altre tre macchine ci sarebbero stati i boliviani col prefetto di polizia, tutti in frac, e avrebbero scortato l'imitazione del Bambino di Praga, mentre io, Zdeněk e tre agenti che sarebbero stati travestiti da industriali saremmo andati in tutto silenzio col seguito. E fu un viaggio allegro. Io, come era stato stabilito dal capo del gruppo cattolico boliviano, io tenevo in grembo il Bambinello autentico; e così uscimmo dall'albergo Tichota, quegli agenti erano proprio dei buontemponi, quando erano aperti e accessibili al pubblico il tesoro e i gioielli della Corona, loro passavano accanto all'altare laterale in abiti da diacono, pregando solo per finta, e intanto come Al Capone portavano i revolver sotto l'ascella, attaccati a delle bretelline, e quando c'era l'intervallo, loro si erano fatti fotografare un paio di volte insieme a quei gioielli, in abiti da prelati, a ripensarci non facevano che ridere, e durante il viaggio io dovetti anche mostrar loro il Bambino di Praga, e alla fine riuscirono a convincerci a fermarci, che Zdeněk ci avrebbe fatto una foto di gruppo col Bambino di Praga, dietro una palizzata, con la macchina fotografica di quegli agenti travestiti da industriali. Prima che fossimo arrivati, raccontarono che quando c'era qualche funerale di Stato il loro compito era fare in modo che, se il Governo era presente al funerale, nessun intruso potesse avvicinarsi per piazzare qualche bomba tra le corone di fiori, e che hanno un'asta, e che già da prima con quell'asta sforacchiano tutto il verde e la pompa floreale, e si facevano anche fotografare, e ci mostrarono delle foto dove stavano inginocchiati tutt'intorno al catafalco di qualcuno, appoggiati a quell'asta con la quale si controllava se tra le corone di fiori non fosse stata piazzata qualche bomba o magari qualche bombettina. E quel giorno erano di nuovo lì, stavolta come industriali, in frac, e sarebbero stati in ginocchio e avrebbero strisciato in ginocchio dietro alla cerimonia per poter controllare da tre lati che al Bambino di Praga non accadesse nulla. E così attraversammo Praga e, arrivati al Castello, i boliviani ci stavano aspettando, e il signor Salamon prese in consegna la valigetta e attraversò la chiesa, e tutte le luci erano accese come ai matrimoni, l'organo tuonava e i prelati con le insegne chinavano la testa mentre il signor Salamon portava il Bambinello, e la cinepresa ronzava riprendendo ogni cosa, e poi ci fu la cerimonia, si trattò più che altro di una messa solenne, il più devoto a stare inginocchiato era il signor Salamon, mentre noi, in ginocchio, ci avvicinammo poi lentamente all'altare, tutto crollava sotto i fiori e le indorature, e il coro cantava la messa solenne e, quando giunse il culmine, a un segnale del cinereporter il Bambino di Praga fu consacrato, e così una statuetta normale era divenuta un oggetto di culto che, consacrato dall'arcivescovo, emanava un potere soprannaturale, era portatore della grazia divina. Quando la messa terminò e l'arcivescovo passò in sacrestia, il signor Salamon, accompagnato dal vicario capitolare, lo seguì e, quando fu di ritorno, si stava rinfilando il portafoglio nella giacca, certamente aveva donato un consistente assegno a nome del governo boliviano per i restauri della chiesa, o c'è magari qualche tassa per la consacrazione.

E poi vidi anche l'ambasciatore della Repubblica Boliviana attraversare la chiesa col Bambino di Praga, di nuovo con tutto l'accompagnamento dell'organo e del coro, e arrivò nuovamente la macchina e il Bambino di Praga vi fu riposto, noi però non avevamo più niente con noi, e tutti, compreso l'ambasciatore, tutto quel codazzo di persone andò all'albergo Steiner mentre noi ce ne tornammo a casa da soli a predisporre ogni cosa per il banchetto serale d'addio. Quando poi alle dieci arrivarono i boliviani, soltanto lì da noi loro tirarono per la prima volta il respiro, cominciarono a bere champagne e cognac e ostriche e pollo, e per mezzanotte arrivarono tre automobili che accompagnavano alcune ballerine d'operetta, e in quella sola notte ci trovammo davanti tanto lavoro quanto mai prima, tanta gente lì non l'avevamo mai avuta, e il prefetto di polizia che lì conosceva ogni cosa lasciò nuovamente il Bambinello fasullo sul camino della sala dei signori mentre il Bambinello autentico, quello lo aveva portato di nascosto nella casetta dei bambini, e lì, tra le bambole e le marionette e le corde per saltare e i tamburini, lì poggiò il Bambino di Praga consacrato. Poi tutti si misero a bere e le ballerine nude ballavano intorno al falso Bambino di Praga, e quando già albeggiava, quando era tempo che l'ambasciatore tornasse alla propria residenza e i rappresentanti boliviani andassero all'aeroporto per ritornarsene a casa, allora il prefetto di polizia portò il Bambino di Praga autentico e lo sostituì a quello falso, fortuna però che il signor Salamon guardò nella valigetta perché, in tutta quell'allegria e in tutto quel caos, il prefetto ci aveva messo una bella bambola col costume slovacco, per cui tutti a correre verso la casetta dei bambini e lì, tra un tamburino e tre bambole stava disteso il Bambino di Praga, così afferrarono rapidamente il pargolo consacrato e al suo posto misero la bambola in costume slovacco, e partirono per Praga. Dopo tre giorni venimmo però a sapere che i rappresentanti della Repubblica Boliviana avevano dovuto ritardare la partenza dell'aereo perché, per confondere i malviventi, avevano lasciato il falso Bambinello davanti all'ingresso dell'aeroporto e una donna delle pulizie l'aveva subito messo tra le piante di bosso, ma quando sull'aereo i membri della delegazione guidata dal signor Salamon, ormai lì al sicuro, avevano aperto la valigetta, avevano appurato che quello in loro possesso non era il Bambinello autentico consacrato dall'arcivescovo bensì quello falso, non quello d'oro ma quello in ghisa dorata, solo i vestitini erano gli stessi... per cui erano corsi senza perdere tempo e avevano trovato il Bambinello proprio nel momento in cui il portiere gli stava accanto domandando alla gente tutt'intorno a chi appartiene questa valigetta qui?, e dato che non si presentava nessuno, allora aveva lasciato il Bambino di Praga lì sul marciapiede... e proprio in quel momento si erano precipitati i rappresentanti boliviani e avevano afferrato la valigetta e, soppesatala, avevano tirato un respiro di sollievo, l'avevano aperta e avevano visto che si trattava del Bambinello autentico... e se l'erano portato di corsa sull'aereo per andare a Parigi, e poi ancora oltre, nella loro patria, col Bambino di Praga che, secondo una leggenda india, andava a scuola a Praga e Praga, secondo quella leggenda, è la più antica città del mondo... Vi basta? Con questo per oggi termino.

Ho servito il re d'Inghilterra

Fate bene attenzione a quello che ora vi racconto.

La mia fortuna è sempre dipesa dal fatto che mi capitava qualche disgrazia. E così lasciai l'albergo Tichota in lacrime perché il principale pensava che ero stato io a confondere apposta il Bambino di Praga col bambinello falso, che ero stato io ad armeggiare per impadronirmi di quei quattro chili d'oro, sebbene non fossi stato io, e così arrivò di nuovo, con la stessa valigia, un altro cameriere e io partii per Praga, e subito lì alla stazione ebbi la fortuna di essere incontrato dal signor Walden. Stava giusto iniziando il proprio giro e con lui c'era ancora quel suo facchino, quell'uomo triste che portava sulle spalle quelle due macchinette avvolte nel telone, la bilancia e la mensoletta per affettare il salame... e lui mi scrisse una lettera per l'hotel Paris, e ci salutammo nuovamente, e lui doveva tenerci un po' a me, mi accarezzava e mi diceva continuamente poverino, resisti!, sei piccolo, piccolo come sei, poverino, farai lo stesso strada!, ti vengo a trovare. Gridò, e io rimasi lì immobile e agitai a lungo la mano nella sua direzione, il treno era già via da molto e io mi ritrovai nuovamente davanti a qualche avventura. Del resto, io all'albergo Tichota cominciavo ormai ad aver paura. Tutto era iniziato dal fatto che avevo visto che il domestico, lui aveva una gatta che non aspettava altro che il suo ritorno da quel suo strano mestieraccio, oppure aspettava in cortile e lo guardava mentre lui tagliava la legna per essere visto dai nostri clienti, e quella gatta era tutto quello che il nostro domestico aveva, con lei ci dormiva, e a un certo punto un gatto cominciò ad andarle appresso, e la gatta miagolava e non tornava a casa, e il nostro domestico era tutto viola dalla rabbia, dovunque andasse la cercava, si voltava continuamente a vedere se non stesse passando quella sua Mila, infatti al nostro domestico, a lui piaceva parlare da solo, e tutte le volte che gli passavo accanto sentivo in che modo l'incredibile era divenuto realtà... e così, da quel suo monologare venni a sapere che era stato in galera, che aveva preso a colpi di scure una guardia che se la spassava con la moglie, e la moglie l'aveva picchiata con una corda al punto che avevano dovuto portarla all'ospedale, e così gli avevano dato cinque anni ed era stato dentro insieme a un delinquente di Žižkov che aveva mandato la figlia a prendere la birra e la figlia aveva perso il resto delle cinquanta corone, l'uomo allora si era arrabbiato, aveva messo le mani della figlioletta su un ceppo e gliele aveva tagliate, e quello era il primo «in che modo l'incredibile era diventato realtà», e il secondo compagno di cella era invece uno che aveva pizzicato la moglie con un commesso viaggiatore, e con la scure aveva ucciso la moglie e le aveva asportato il pube, e il commesso viaggiatore, sotto la minaccia di essere ucciso con la scure, quel pube aveva dovuto mangiarlo, poi però il commesso viaggiatore dalla paura ne era morto e l'assassino era andato a costituirsi, e in tal modo l'incredibile era divenuto realtà per la seconda volta, e la terza volta era stato lui stesso, in che modo l'incredibile era divenuto realtà, lui nella propria moglie aveva una tale fiducia che, quando l'aveva vista con quella guardia, a lui gli aveva spaccato la spalla in due con la scure, ma la guardia gli aveva sparato a una gamba, per cui al nostro domestico avevano dato cinque anni affinché l'incredibile divenisse realtà... e un giorno quel gatto si presentò addirittura dalla gatta del domestico e questi, con un mattone, schiacciò il gatto contro il muro e con la scure gli spezzò la spina dorsale, e la gatta cominciò a lamentarsi per il proprio gatto, il nostro domestico però l'aveva infilato saldamente in una finestrella con un'inferriata, e lì rimase in agonia per due giorni, e finì tale e quale come quella guardia, e la gatta poi la cacciò via, e lei passeggiava lungo il muro ma a casa non poteva metterci piede, e poi se ne perse notizia, forse il domestico aveva ucciso anche lei, perché lui era troppo tenero e sensibile, e di conseguenza suscettibile, e perciò per ogni cosa tirava subito fuori la scure, per la propria moglie come per la propria gatta, perché lui era di una gelosia spaventosa sia verso la guardia che verso quel gatto, e davanti ai giudici si era rammaricato che alla guardia, invece della spalla non gli aveva tagliato la testa con tutto l'elmo, perché quella guardia stava nel letto della moglie con l'elmo e il cinturone con la pistola... ma c'era soprattutto che il domestico si era inventato e aveva riferito al principale che io avevo intenzione di rubare il Bambino di Praga, che non pensavo ad altro che ad arricchirmi rapidamente a prezzo di qualche latrocinio, e il principale si era spaventato perché il domestico, quello che diceva lui era sacro, e poi da noi nessuno si sarebbe mai permesso di obiettare nulla, perché il domestico aveva la forza di cinque uomini adulti... e in seguito, una volta, ma poi quasi ogni pomeriggio, sorpresi il domestico seduto nella casetta per i bambini, che stava lì a farci qualcosa, forse giocava con le bambole e gli orsacchiotti, non sono mai riuscito a saperlo, e nemmeno ci ho mai provato, e lui un giorno mi aveva detto che non gli sarebbe piaciuto per nulla che io fossi entrato ancora una volta nella stanzetta da bambini, come mi aveva visto fare una volta insieme a Zdeněk, e aveva aggiunto che l'incredibile potuto divenire realtà per la quarta volta... e mi aveva anche indicato il gatto che, con la spina dorsale spezzata, erano due giorni che soffriva giusto accanto alla mia cameretta, e tutte le volte che passavo lì vicino il domestico mi ricordava, indicando la mummia del gatto, come sarebbero finiti tutti quelli che ai suoi occhi, e con due dita indicava i propri occhi, commettevano qualche mancanza... E siccome l'avrebbe fatto tranquillamente anche senza motivo, certo per esser-mi messo a giocare con le sue bambole, per quel motivo non dico che mi avrebbe ammazzato sul posto, ma mi avrebbe almeno conciato male, per farmi spirare lentamente come quel gatto che, senza averci nessuna colpa, andava appresso alla sua gatta... E poi! Adesso che stavo alla stazione capii quanto mi fossi rimbecillito in quei sei mesi di albergo Tichota: i controllori fischiavano, i viaggiatori occupavano i propri posti, i controllori davano coi fischietti il segnale al capomovimento; e io correvo da un conduttore all'altro chiedendo: Desidera? E quando il capomovimento fischiò come a domandare se da parte dei conduttori era tutto a posto, se avevano già chiuso le porte e cose del genere, io mi precipitai anche verso di lui chiedendogli rispettosamente: Desidera? E il treno stava portando via il signor Walden e io attraversavo i crocicchi di Praga, e mi successe due volte che il vigile che dirigeva il traffico all'incrocio fischiasse così forte che io mi misi a correre, poggiai la valigia ai suoi piedi e gli domandai: Desidera? E così proseguii ancora oltre lungo le strade fino a che non raggiunsi l'hotel Paris.

L'hotel Paris era così bello che quasi svenni. Così tanti specchi e ringhiere d'ottone e maniglie d'ottone e candelabri d'ottone, e così splendenti che sembrava un palazzo d'oro. E dappertutto tappeti rossi e porte a vetri che pareva di stare in un castello. Il signor Brandejs mi accolse subito con cortesia e mi condusse nella mia camera, si trattava di una cameretta provvisoria situata sotto il tetto da dove si godeva una vista così bella su Praga che mi misi in testa che – già soltanto per quella vista e per quella stanza – avrei cercato di rimanere lì per sempre. E quando ebbi aperto la valigia per appendere il frac e la biancheria, aprii l'armadio e vidi che era pieno di vestiti, aprii l'altro armadio e quello invece era pieno di ombrelli, e il terzo armadio era pieno di soprabiti e, all'interno, su dei fili assicurati da grandi puntine da disegno, lì stavano appese centinaia di cravatte... e così tirai fuori le stampelle e appesi lì i miei vestiti, e poi guardai Praga, quei tetti, vidi il castello risplendere e, alla vista del castello dei Re boemi, a quella vista cominciarono a scendermi le lacrime e scordai completamente l'albergo Tichota, e in quel momento fui contento che avessero pensato che volevo rubare il Bambinello di Praga perché, se non l'avesse pensato anche il mio principale, adesso sarei stato a rastrellare i viottoli e ad aggiustare i mucchi di fieno, sempre con la paura di qualche fischio da qualche parte, perché adesso ero giunto alla conclusione che anche il domestico aveva un fischietto, e il domestico era di sicuro il prolungamento degli occhi del principale e suppliva alle sue gambe, ci seguiva e poi fischiava allo stesso modo del principale. E scesi giù che era mezzogiorno in punto e c'era il cambio di turno dei camerieri, e stavano pure pranzando, li vedevo mangiare gli gnocchi, gnocchi di patate bolliti con pan grattato, vedevo distribuire a tutti in cucina quegli gnocchi, e vedevo il principale prenderli anche lui, e mangiarli in cucina, allo stesso modo della cassiera, soltanto il capocuoco e i suoi aiutanti avevano per pranzo patate lesse, e anche a me diedero quegli gnocchi col pan grattato, il principale mi fece sedere accanto a sé, e mentre mangiavo mangiava anche lui, ma con una certa attenzione, più che altro come per fare pubblicità, come a dire se posso mangiarli io che sono il proprietario, allora potete mangiarli anche voi che siete miei dipendenti... e dopo un po' si pulì la bocca col tovagliolo e mi accompagnò sul posto di lavoro, e all'inizio fui messo a portare la birra, per cui prendevo al bancone i boccali pieni, me ne aggiustavo un intero vassoio e, per ogni birra, com'era abitudine qui, lasciavo un vetrino rosso, e il vecchio maître dai capelli grigi come un compositore mi indicava col mento dove dovevano andare le birre, ma poi alla fine faceva solo segno con gli occhi, e io non lo delusi mai e portavo la birra sempre là dove andavano gli occhi di quel bel maître, e dopo un'ora vidi che ormai il vecchio maître mi accarezzava con lo sguardo facendomi capire in quel modo che gli piaceva come andavo, quel maître, lui era un personaggio, un autentico attore del cinema, uno fatto per il frac, non ho mai visto nessuno a cui il frac stesse bene come a lui, ed era anche adatto a quell'ambiente pieno di specchi e, anche se era solo mezzogiorno appena passato, qui le luci erano già accese, con lampade a forma di candele, sotto ognuna c'era una lampadina, e dappertutto pendaglietti di vetro cesellato, per cui mentre portavo le birre chiare di Plzeň mi vedevo nello specchio, vedevo di essere anche in qualche modo diverso, di dover correggere in quegli specchi l'idea che io avevo di essere brutto e piccolino, lì il frac mi donava e, quando mi mettevo accanto al maître dai capelli bianchi ricci che sembrava appena uscito dal barbiere, vedevo nello specchio che non avrei voluto fare nient'altro che stare qui a lavorare insieme a quel maître che irradiava continuamente serenità, sapeva ogni cosa, si dedicava a ogni cosa, evadeva le ordinazioni, e sorrideva sempre come fosse stato a un ballo o stesse organizzando a casa una festicciola in famiglia. E sapeva anche chi e quale tavolo non aveva ancora ricevuto il cibo, e interveniva, e sapeva anche chi voleva pagare, nessuno, da quel che avevo visto fino ad allora, nessuno aveva dovuto alzare il braccio e schioccare le dita, e nemmeno agitare il foglietto del conto, il maître guardava in maniera strana, come se osservasse con lo sguardo perso una grande quantità di persone, o come se guardasse il paesaggio da una torre di guardia, o il mare da un vaporetto, come se non guardasse da nessuna parte, perché ogni movimento del cliente e dei clienti gli diceva all'istante cos'è che il cliente avrebbe desiderato o cosa desiderava. E mi bastò poco per accorgermi che al maître il cameriere non andava a genio, già gli aveva rimproverato con gli occhi di aver confuso le pietanze e, invece che al tavolo numero sei, la carne di maiale l'aveva portata all'undici. E quando era già una settimana che ero addetto alla birra, mi accorsi con certezza in quel meraviglioso albergo che quel cameriere, quando portava il cibo sul vassoio dalla cucina, non c'era una volta che non si fermasse prima della porta che dava nella sala del ristorante e, quando pensava di non essere visto da nessuno, passava il vassoio dall'altezza degli occhi all'altezza della pancia e passava in rassegna, con l'acquolina in bocca, le pietanze e ogni volta si spilluzzicava un pezzettino di una cosa e un pezzettino di un'altra, se ne prendeva così poco che era come se con quella pietanza ci si fosse soltanto unto le dita, come se avesse dato solo una leccatina, e invece!, e avevo anche visto che il bel maître una volta l'aveva sorpreso in quel modo ma non aveva detto nulla, era rimasto soltanto a guardare, e il cameriere aveva fatto di nuovo un gesto con la mano, aveva sollevato il vassoio sopra la spalla e con un calcio aveva spalancato le ante della porta precipitandosi nella sala, era una caratteristica tutta sua, correre come se il vassoio gli stesse cadendo in avanti, agitando le gambette, e bisogna dir la verità, nessuno aveva il coraggio di portare tanti piatti quanti quel Karel lì, era questo il suo nome, lui si aggiustava sul vassoio venti piatti, e la stessa cosa quando allungava il braccio, sul quel braccio teso lui ci disponeva, come su uno stretto tavolino, otto piatti, e altri due li teneva tra le dita aperte a ventaglio, e nell'altra mano di piatti ne metteva tre, si trattava di un numero quasi da circo, e al principale Brandejs un cameriere come quello doveva certo far piacere, tutte quelle pietanze trasportate in una sola volta lui lo considerava un vanto della ditta. E così, quasi ogni giorno noi del personale ricevevamo per pranzo quegli gnocchi, una volta coi semi di papavero, un'altra col sugo, una terza abbrustoliti col pan grattato, oppure cosparsi di burro e zucchero, o ancora innaffiati di succo di lampone, o anche di burro e prezzemolo a pezzettini, e tutte le volte anche il nostro principale mangiava quegli stessi gnocchi in cucina, ma sempre non più di tanto, diceva di seguire una dieta, ma poi, quand'erano le due, quello stesso cameriere Karel gli portava un vassoio, e su quel vassoio ogni cosa era d'argento, e sotto il coprivivande c'era sempre un'oca o del pollo, un'anatra, della cacciagione, a seconda del periodo dell'anno, e ogni volta tutta la roba veniva portata in un separé, come se a pranzare fosse un agente o un sensale di quella Borsa merci che dalle sale della Borsa continuava sempre da noi, all'hotel Paris. E invece, a infilarsi di soppiatto in quel separé era sempre il nostro principale, e quando ne usciva gli brillavano gli occhi ed era tutto soddisfatto, con lo stuzzicadenti a un angolo della bocca. E quello stesso cameriere Karel lui certo qualche intrallazzo col principale doveva averlo perché, quando terminava in Borsa la giornata più importante, e questo avveniva ogni giovedì, allora gli agenti di Borsa venivano da noi, e festeggiavano gli affari conclusi con bevute di champagne e di cognac, con vassoi ricolmi di cibo a ogni tavolo, c'era sempre un unico vassoio, ma così pieno che era come un banchetto... e sebbene fosse ancora giorno, già alle undici nel salone sedevano delle signorine tutte belle truccate come quelle che avevo conosciuto dai Rajský quando lavoravo alla Città d'oro di Praga, e fumavano e centellinavano vermouth e aspettavano gli agenti di Borsa, e quando questi arrivavano le ragazze si dividevano, ciascuna aveva già il proprio tavolo, già erano state prenotate per i separé, e quando passavo lì accanto, attraverso le tende tirate giungevano le risatine e il tintinnio dei bicchieri, e questo andava avanti per diverse ore, fino a che a sera gli agenti di Borsa non se ne andavano, raggianti, e le belle signorine uscivano fuori e si pettinavano davanti alle toilette, si rimettevano il rossetto sbavato e portato via dai baci. Si tiravano giù le camicette e lanciavano gli occhi dietro le spalle, era un miracolo se non gli si staccava la testa, e tutto per vedere se la cucitura delle calze che si erano rinfilate, la costura che partiva dalla metà della coscia e arrivava fin giù al tacco, fosse giusto al centro del calcagno. E dopo che gli agenti di Borsa se n'erano andati via, io non potevo mai, né io né nessun altro, entrare nei separé, tutti però sapevano, e io l'avevo visto parecchie volte attraverso uno spiraglio della tenda, che Karel toglieva tutti i cuscini dai divani, e quello era il suo colpo grosso, raccoglieva da lì le monete e le banconote cadute, talvolta c'era anche un anello o qualche pendaglio staccatosi da un orologio, e tutti i soldi che cadevano dalle tasche delle giacche e dei pantaloni e dei panciotti agli uomini della Borsa o alle signorine mentre si spogliavano o si vestivano o si dimenavano un po', e tutto quello che si staccava dalle catene appese ai gilé, tutto quello era suo. E così una volta a mezzogiorno avvenne che Karel si era nuovamente ammucchiato sul vassoio quei suoi dodici piatti e di nuovo, com'era suo solito, si era fermato un attimo vicino alla porta, si era scelto un pezzettino di muscolo di manzo lesso e, in più, un pochino di cavolo e, al posto del dolce, un pizzico di ripieno di vitello, e poi si era rimesso il vassoio sulla spalla, come se quel cibo l'avesse rinvigorito, e si era infilato velocemente con un sorriso nel salone, ma un cliente che stava annusando del tabacco oppure aveva il raffreddore, era uno di paese, tirò su col naso, e nel farlo la spinta fu tale come se qualcuno l'avesse tirato per i capelli, tanto da doversi alzare bruscamente e, starnutendo rumorosamente, con uno spigoletto sfiorò il bordo del vassoio, e Karel, che stava rincorrendo tutto piegato in avanti il vassoio pieno di piatti che volava nell'aria come un tappeto volante, Karel il cibo lo portava sempre in quel modo in aria nel ristorante, insomma, a quel punto il vassoio subì un'accelerazione, oppure le gambe di Karel subirono un rallentamento, di fatto Karel scivolò perché il vassoio si era spostato al di fuori del palmo della mano rivolto verso il cielo, le dita annaspavano inutilmente alla ricerca della guantiera, tutti noi del mestiere, compreso il principale che aveva ricevuto una visita da parte della corporazione degli albergatori, il signor Šroubek in persona stava seduto al tavolo e vide quello che poi accadde e così come noi l'avevamo previsto... Karel fece ancora un balzo, riuscì ancora ad afferrare il vassoio, due piatti però scivolarono a terra, per primi i pezzi di stornello alla Puszta, poi la salsa e quindi il piatto, e la stessa identica cosa poi, con un ritardo di un secondo, la fece anche l'altro piatto, la salsa, la carne e alla fine i knedlíky, il tutto cadde versandosi su un cliente che, come sempre, si era recitato l'intera lista delle vivande, e poi, una volta scelto, aveva alzato gli occhi e aveva fatto la sua ordinazione, ed era stato a lungo a informarsi se la carne non sarebbe stata magari dura e la salsa troppo piccante e se i knedlíky sarebbero stati morbidi, così ogni cosa gocciolò e cadde sulla schiena del cliente e, appena questi si tirò su, i knedlíky gli scivolarono sulla pancia insieme alla salsa, e poi sotto la tovaglia, e un knedlík gli rimase poggiato sulla testa come un berrettino, come la kippà che portavano i rabbini come il sacerdote porta la sua berretta... e Karel, che aveva salvato le rimanenti dieci portate, a vedere tutto ciò e a vedere anche il signor Šroubek, proprietario dell'albergo Dagli Šroubek, lui sollevò ancora di più il vassoio, lo gettò in alto e lo rovesciò, scaraventando tutti e dieci i piatti sul tappeto e, come fosse stato a teatro o a qualche pantomima, faceva segno per mostrare quanto quei due piatti gli avessero rotto le scatole, e così si slacciò il grembiule e gettò a terra anche il grembiule e uscì furibondo e si mise in abiti civili e andò a sbronzarsi. Per me una cosa del genere era ancora incomprensibile, e invece tutti quelli che erano del mestiere, tutti dicevano che se a loro fosse andata allo stesso modo con quei due piatti, con quegli altri dieci poi sarebbe finito preciso identico, perché un cameriere, un cameriere sul posto di lavoro di onore ce ne ha uno solo, e questo rientra nelle regole del buon servire. La cosa, però, era ancora ben lungi dall'essere conclusa. Karel poi ritornò e si sedette in cucina con gli occhi che gli saettavano, con gli occhi puntati sul ristorante, e di punto in bianco saltò su con l'intento di rovesciarsi addosso la credenza dove erano riposti i bicchieri per tutto il ristorante, ed erano accorsi la cassiera e i cuochi, e avevano risospinto indietro la credenza dalla quale volavano giù con fracasso i bicchieri frantumandosi a terra, quei due piatti però avevano dato al signor Karel una forza tale che, pian piano e per tre volte, era quasi riuscito a rovesciare la credenza sul pavimento, ma i cuochi, ormai tutti rossi, erano riusciti di nuovo pian piano a ricacciare per tre volte il mobile al proprio posto e, mentre loro se ne stavano lì quasi a tirare il fiato, il signor Karel saltò in piedi, si attaccò al fornello del ristorante, un fornello così lungo che quando aggiungete legna nello sportellino, prima che raggiungiate il forno, sotto la piastra il fuoco si è già quasi spento, e così lui si attaccò al fornello e si mise a sbatacchiarlo tanto da strappare i tubi, e in un attimo la cucina era invasa dalla fuliggine e dal fumo, ed era tutto un tossire, e a fatica riuscirono a rinfilare il tubo, e i cuochi completamente impiastricciati si lasciarono cadere sulle sedie cercando con gli occhi il signor Karel. Ma quello era scomparso, per cui tutti noi tirammo un respiro di sollievo, quando all'improvviso si udì un fragore e il signor Karel sfondò coi piedi il pavimento di vetro del lucernaio precipitando in cucina, con una gamba immersa fino al pantalone in uno spuntino mattutino a base di brodo di carne e con l'altra in una pentola con gulasch mescolato con salsa di puledro ai porcini... e lui vi sciaguattava dentro, e i cuochi si lasciarono cadere sulle sedie, e c'erano cocci dappertutto, e corsero allora a chiamare il domestico, un ex lottatore, affinché facesse uso della forza e trascinasse fuori il signor Karel che doveva certo averci qualcosa contro l'hotel Paris... e il domestico si piantò a gambe larghe e allargò le zampe superiori, come reggesse una matassa di lana, e disse: dove sei, cànchero? Ma il signor Karel diede al domestico una sventola tale che quello rotolò a terra e dovette intervenire la polizia, e il signor Karel ormai si era tranquillizzato, ma lungo il corridoio stese due poliziotti e prese a calci un casco, quel casco però stava sulla testa dei poliziotti per cui il signor Karel fu trascinato in un separé e lì lo pestarono, a ogni grido i clienti del ristorante sussultavano, e alla fine il signor Karel fu portato fuori, tutto livido, ma fece ancora in tempo a dire alla guardarobiera che con quei due piatti non era ancora finita lì... e difatti, quand'era giunta la notizia che si era calmato, lui di punto in bianco aveva spaccato con un calcio il lavandino di porcellana e aveva strappato i tubi dal muro per cui ogni cosa nella stanza, ivi compresi i poliziotti, ogni cosa era già completamente inzuppata e schizzata prima che si fosse riusciti a tappare con le dita i buchi nelle tubature.

E così divenni cameriere addetto al pubblico sotto la direzione del maître signor Skřivánek, di noi camerieri qui ce n'erano ancora altri due, ma io ero l'unico che potesse stare con la schiena appoggiata al tavolo nella saletta di servizio quando, dopo mezzogiorno, il ristorante era già un po' vuoto. E il maître mi diceva che sarei diventato un buon maître ma che avrei dovuto coltivare la capacità di imprimermi nella mente ogni cliente che entrava, e notare quando usciva, non a mezzogiorno quando funziona il guardaroba, ma il pomeriggio, quando è aperta la sala del Caffè, così da imparare a riconoscere quelli che vogliono soltanto riempirsi la pancia e svignarsela alla chetichella senza pagare il conto. Per riuscire anche a stabilire quanti soldi il cliente porta con sé, e se una cosa se la può o se la potrebbe permettere. Che quella era una cosa fondamentale per un buon maître. E così, quand'era l'ora, il maître mi descriveva a voce bassa che tipo di cliente era quello che stava entrando e che tipo quello che stava uscendo. In poche settimane riuscì ad allenarmi a tal punto che avevo il coraggio di tirare a indovinare io stesso. Ormai non vedevo l'ora che arrivasse il pomeriggio, come se stessi partecipando a qualche avventurosa escursione, tanta era la mia eccitazione, come i cacciatori quando aspettano l'animale a cui fanno la posta, e il signor maître o fumava, con gli occhi socchiusi e annuendo soddisfatto, oppure scuoteva la testa e mi correggeva e andava lui stesso per dimostrarmi sul cliente di avere ragione lui, e infatti aveva sempre ragione. Davvero. E fu così che io lo venni a sapere per la prima volta, quando posi al signor maître la domanda che riassumeva tutto: Com'è che lei sa ogni cosa?, e lui rispose drizzandosi tutto: Perché io ho servito il re d'Inghilterra. Un re?, battei le mani, diosanto, lei ha servito... il re dell'Inghilterra? E il maître annuì soddisfatto col capo. E in tal modo entrammo in una seconda fase che mi mandò in estasi, era come una lotteria, quando voi aspettate che esca il numero del vostro biglietto, come una tombola a un ballo in maschera o in occasione di qualche manifestazione pubblica. Quando il pomeriggio entrò un cliente, il signor maître fece un cenno col capo e passammo nella saletta di servizio e io dissi: È un italiano. E il signor maître scosse la testa dicendo: È uno jugoslavo di Spalato o di Dubrovnik... e ci guardammo per un attimo negli occhi per fare poi un cenno col capo, e io misi venti corone sul vassoio della saletta di servizio, e il signor maître lo stesso. E andai a chiedere al cliente cosa desiderasse e, presa l'ordinazione, già mentre tornavo, il signor maître solo guardando l'espressione del mio viso intascò le due banconote da venti infilandosele nell'enorme portafogli a causa del quale la tasca dei suoi pantaloni era guarnita della stessa pelle del portafogli, e io mi stupii: Signor maître, ma da che lo capisce? E lui disse con modestia: Ho servito il re d'Inghilterra. E così scommettevamo e io perdevo sempre, ma il signor maître mi insegnò anche che, se volevo essere un buon maître, allora non bastava saper riconoscere la nazionalità del cliente, ma anche quello che avrebbe ordinato. E mentre un cliente entrava nel ristorante, noi ci facemmo un cenno d'intesa e passammo nella saletta di servizio e lì ciascuno di noi mise sul tavolinetto il proprio pezzo da venti, e io dissi che il cliente avrebbe ordinato una zuppa di gulasch oppure un brodo di trippa speciale, e il signor maître disse che il cliente avrebbe ordinato un tè e un crostino senz'aglio, e così andai a prendere l'ordinazione e, dopo che ebbi augurato il buon giorno ed ebbi domandato il signore desidera?, quel tale chiese davvero un tè e un crostino e, mentre ancora camminavo, il signor maître si era già preso entrambe le venti corone, e mi disse uno che soffre di cistifellea lo devi riconoscere al primo colpo, da' soltanto un occhiata al cliente, quello magari ha anche il fegato a pezzi... e un'altra volta avevo scommesso che il cliente avrebbe ordinato del tè con pane e burro, mentre il signor maître sosteneva che avrebbe chiesto del prosciutto cotto con un cetriolino sott'aceto e un boccale di birra di Plzeň, e difatti, neanche il tempo di prendere l'ordinazione e di voltarmi, e il signor maître, vedendo come camminavo, mi diede un'occhiata, tirò su lo sportelletto e, invece che verso di me, gridò rivolto alla cucina... un prosciutto cotto... e quando l'ebbi raggiunto aggiunse, rivolto alla cucina... e un cetriolino in aggiunta. E io ero contento di poter imparare in quel modo, sebbene in quel modo avessi dilapidato tutte le regalie perché, appena ne avevamo la possibilità, subito giù a scommettere, e io perdevo ogni volta, ma ogni volta chiedevo signor maître, ma com'è che lei sa tutto? E lui riponeva nel portafogli le due banconote da venti corone e diceva ho servito il re d'Inghilterra. E così, oltre a Karel, ma prima di lui, avevo già conosciuto il maître Zdeněk, quello a cui piaceva svegliare di notte il paese e scialacquare tutti i soldi come fosse stato un aristocratico bancarottiero, e qui per la prima volta mi ricordai anche del maître del ristorante Alla città d'oro di Praga, quel mio primo maître mi apparve davanti così, all'improvviso, si chiamava Málek e si trattava di un taccagno della malora, nessuno sapeva dove mettesse i quattrini ma tutti sapevano che averceli ce li aveva, che doveva averne molti, che di sicuro li stava mettendo da parte per farsi un alberghetto e, una volta finito di fare il maître, si sarebbe comprato o avrebbe preso in gestione un alberghetto da qualche parte nella regione del Český ráj, il Paradiso boemo. E invece era una cosa del tutto diversa, lui una volta si era confidato con me, c'eravamo parecchio sbronzati a un matrimonio e lui era sul tenero e mi aveva detto, e poi me l'aveva pure mostrato, che diciotto anni prima la moglie l'aveva mandato da una sua amica a portare un messaggio, così lui aveva suonato, la porta si era aperta, e lì c'era una gran bella donna, lei era diventata rossa e lui pure, ed erano rimasti così lì in piedi sulla porta fulminati, lei teneva in mano un ricamo, e così lui era entrato, non aveva detto nulla ma l'aveva abbracciata, e lei continuava a ricamare e poi era scivolata sul sofà e aveva continuato a ricamare dietro alla sua schiena, e lui l'aveva posseduta carnalmente, così mi aveva detto, e da allora si era innamorato e metteva da parte i soldi, e in quei diciotto anni ne aveva già un centomila, per pagare e garantire il futuro della propria famiglia, la moglie e i bambini l'anno venturo avrebbe dato loro una casetta e poi lui, ormai coi capelli grigi, e quella sua splendida donna, anche lei ormai coi capelli grigi, sarebbero andati incontro alla propria felicità... questo mi aveva raccontato e aveva anche aperto il suo scrittoio, e dietro c'era un doppio fondo, e lì erano ammucchiate quelle banconote da cento corone, tutto per comprarsi quella sua felicità... e io lo guardavo, e non l'avrei mai detto, guardavo le sue scarpe, aveva la gamba del pantalone leggermente corta e portava i mutandoni di una volta, fino alle caviglie, legati tutt'intorno al malleolo con un laccetto bianco cucito al bordo della gamba della mutanda, e quei mutandoni era come appartenessero alla mia infanzia, a quando stavo da mia nonna ai mulini comunali e i commessi viaggiatori gettavano la biancheria intima dal gabinetto dei bagni Carlo... e, una volta, dei mutandoni proprio precisi identici a quelli si erano allargati ed erano rimasti fermi un attimo in aria... e così ciascun maître era fatto a modo suo, e quel Málek della Città d'oro di Praga, lui mi apparve all'improvviso accanto al maître dell'hotel Paris, e quel Málek mi sembrava un santo, come il pittore e poeta Jódl che vendeva La vita di Gesù Cristo e si toglieva e si rimetteva il cappotto o il soprabito ed era sempre imbottito di pastiglie e con la bocca bordata da un liquido giallognolo, a furia di bere quel suo Neurasténin... cosa verrà fuori da me un giorno?

E così, adesso, ogni giovedì ero io a servire gli agenti di Borsa. Karel non tornò più. E come tutti i ricchi, anche gli agenti di Borsa erano giocherelloni e allegri come cuccioletti e, quando portavano a termine qualche affare, riuscivano a scialacquare e dilapidare banconote come certi macellai quando vincevano a colore. Ma a quei macellai che giocavano a colore era anche successo di tornarsene a casa soltanto dopo tre giorni, senza il carretto, senza i cavalli, senza il bestiame che avevano comprato, ogni cosa se l'erano persa giocando a colore, e tornavano a casa solo con la frusta... E anche a quegli agenti di Borsa era successo talvolta di perdere, ed era anche successo di rimetterci fino all'ultimo centesimo, ma sedevano lo stesso nei separé guardando il mondo come Geremia guardava Gerusalemme in fiamme, mentre ancora la volta prima avevano scialacquato i soldi tirati fuori da quello che in Borsa aveva vinto, un tale colpo di fortuna! E io, poi, divenni pian piano anche il confidente delle signorine che aspettavano al caffè la chiusura della Borsa per poi scendere giù, tutte aggiustate, nei separé, in fondo era indifferente che fossero le undici del mattino o della sera, quando già imbrunisce, o notte fonda o l'alba, fin dal mattino le luci dell'hotel Paris erano accese, l'intero albergo era incessantemente illuminato, come un lampadario che vi siate dimenticati di spegnere. Quello che più mi piaceva era il separé che le signorine chiamavano il gabinetto delle visite, l'ambulatorio, il reparto medicina interna. E mentre gli agenti di Borsa ancora nel pieno delle loro forze cercavano la via più breve per far ubriacare le signorine, per poi sfilargli lentamente la camicetta e la gonna e rotolarsi con loro sulle poltrone e sui divani imbottiti, così come Dio le aveva fatte, e alla fine quegli agenti apparivano totalmente distrutti, che talvolta sembrava gli fosse preso un attacco di cuore, a tal punto si sfiancavano a far l'amore nelle posizioni più insolite, nel reparto medicina interna o in quello che veniva chiamato l'ambulatorio c'era invece sempre allegria. Le ragazze alle quali riusciva il compito di sollazzare i clienti, lo tenevano sempre in gran conto perché qui, come potevo vedere, guadagnavano più che altrove, e gli agenti più anziani ridevano e scherzavano continuamente, e quello spogliare le signorine lo prendevano come un gioco collettivo ai pegni, lentamente, senza nemmeno smettere di centellinare e di aspirare il profumo dei calici lavorati pieni di champagne e di cognac, spogliavano la signorina direttamente sul tavolo, dove poi la signorina si andava a stendere da sola, e gli agenti di Borsa avevano tutt'intorno al suo corpo i bicchieri e le ciotole con caviale e insalata e fette di salame ungherese, si inforcavano gli occhiali e studiavano ogni piega di quel bel corpo di donna e, come a una sfilata di moda o a una mostra nell'atelier di qualche Accademia di Belle Arti, chiedevano alla ragazza di sedersi, alzarsi, di inginocchiarsi, di gettare le gambe giù dal tavolo e di ciondolare le gambette nude come se si stesse lavando i piedi in un ruscello, e quegli agenti non litigavano mai per quale arto fosse rivolto verso ciascuno di loro, per quale parte del corpo si trovassero davanti, ciascuno con un'estasi che ricordava l'estasi di un paesaggista, di un pittore che trasferisca sulla tela quello che nel paesaggio lo colpisce, allo stesso modo quei vecchi si studiavano da vicino, in un'estasi incessante e attraverso gli occhiali, il gomito piegato, il ciuffetto di peli arricciato all'insù, la caviglia e il malleolo, e poi il ventre, e un altro scostava a sua volta leggermente i due bei glutei e, con lo stupore di un bambino, guardava quello che aveva davanti, un altro invece urlava estasiato alzando gli occhi al soffitto come per ringraziare Dio stesso per avergli concesso di guardare tra le gambe allargate di una signorina e di toccare con le dita o con le labbra ciò che maggiormente amava... e così quel separé non risplendeva soltanto per la luce violenta che scendeva dal soffitto, gettata dall'imbuto di pergamena del lampadario, ma anche per i bicchieri che si muovevano e, soprattutto, per i riflessi di quattro paia di lenti di occhiali che si muovevano come pesciolini dalle lunghe pinne trasparenti in un acquario illuminato. E quando gli sguardi si erano ormai saziati, allora gli agenti di Borsa terminavano la loro visita, versavano dello champagne alla signorina che stava seduta sul tavolo e facevano cin cin con lei, la chiamavano per nome, e lei prendeva con le dita dal tavolo quello che voleva, e gli anziani signori scherzavano e si comportavano con cortesia, mentre dagli altri separé giungevano allegre risate che di tanto in tanto lasciavano posto al silenzio, per cui spesso pensavo di dovermi precipitare dentro da un momento all'altro, che di sicuro c'era lì disteso qualche cadavere o qualche agente in agonia... E poi quei miei vecchietti rivestivano di nuovo la signorina, di nuovo come in un film mandato al contrario, così come l'avevano spogliata allo stesso modo la rivestivano, senza niente di quell'indifferenza che compare sempre dopo, quel disinteresse, ma sempre con la stessa cortesia che c'era all'inizio... e una volta pagato, era sempre uno solo degli agenti a pagare, davano al maître la mancia e io ricevevo ogni volta una banconota da cento, andavano via raggianti, soddisfatti, pieni di belle immagini che a loro bastavano sempre per una settimana, già dal lunedì gli prendeva la fregola di fare la visita, il giovedì, a un'altra signorina, perché quei clienti non facevano mai la visita di nuovo alla stessa identica signorina ma ogni volta a una diversa, forse per crearsi una fama nel demi-monde delle prostitute di Praga. Ma ogni volta la signorina che era stata visitata da loro rimaneva nel separé... aspettava... e mentre sparecchiavo il tavolo e quando avevo portato via l'ultima posata, io lo sapevo fin dall'inizio che quello che era avvenuto lì era ormai un'abitudine, lei mi guardava con desiderio, come fossi stato un attore del cinema, quella signorina era eccitata a tal punto da quella visita, sospirava così tanto da essere incapace di andar via, e così quella prima volta, ma poi ogni giovedì, avvenne anche che io dovessi completare quello che i vecchietti avevano cominciato, e ogni volta tutte le ragazze si gettavano su di me con una tale passione, mi si concedevano con una tale bramosia come se quella fosse stata la loro prima volta... e io in quei pochi minuti sembravo bello e alto e coi capelli ricci, io avevo non l'impressione o la sensazione, ma proprio la certezza di essere il re di quelle belle signorine... e invece ciò avveniva perché dopo quella visita i loro corpi erano stati stimolati a tal punto dagli occhi, dalle mani e dalla lingua, che quelle signorine non potevano andar via da quell'esame se non quando io sentivo che avevano raggiunto una o due volte l'orgasmo, e allora si rianimavano, gli tornavano gli occhi, il velo che avevano al posto degli occhi scompariva, la nube nella quale erano state sospinte si disperdeva e tornavano a guardare normalmente, e io tornavo a essere per loro un cameriere piccolino, qualcuno che in sostituzione di qualcun altro bello e aitante faceva, su commissione, quello che io ogni giovedì facevo con sempre maggiore gusto e abilità, perché ciò rientrava nei compiti di quel cameriere eletto che c'era prima di me, Karel, che ne aveva talento e capacità e amore, ma quello ce l'avevo anch'io... E io dovevo averci anche delle altre qualità perché tutte le ragazze, erano loro che mi salutavano per prime quando mi incontravano in albergo o per strada, già quand'erano ancora lontane mi facevano un cenno di saluto, già da lontano quando mi vedevano agitavano il fazzolettino o la borsetta, e se in mano non avevano niente, allora muovevano almeno amichevolmente la manina... e io facevo loro un cenno col capo, oppure con un ampio movimento del cappello porgevo devotamente i miei ossequi, e poi mi mettevo dritto e sollevavo il mento per essere ancora più alto sulle mie doppie suole, per guadagnare quel paio di centimetri... E così cominciai a tenere a me stesso più di quanto ci tenessi prima. Nei miei giorni di libertà mi vestivo per bene, mi era presa la passione delle cravatte, una cravatta come si deve, è lei che completa un abito, ed è l'abito poi a fare il monaco, e io mi compravo cravatte, così vedevo che cravatte come quelle ce le avevano anche i nostri clienti, e questo mi sembrava poco, io continuavo ancora a ricordarmi di quand'ero arrivato, e ricordando aprii l'armadio con gli oggetti e i capi di vestiario dimenticati da noi in albergo dai nostri clienti, e lì vidi cravatte che non avevo mai visto da nessuna parte, cravatte con un cartellino attaccato a un filo sottile, e una cravatta se l'era dimenticata qui Alfred Karniol, un grossista di Damasco, e un'altra poi Salomon Pihowaty, un rappresentante generale di Los Angeles, e una terza Jonathan Shapliner, un proprietario di lavanderie di Leopoli, e una quarta e una quinta, intere dozzine di cravatte, e io avevo voglia di mettermi una cravatta come quelle lì, per cui non pensavo ad altro che a una di quelle cravatte, avevo da scegliere fra tre, una era celeste come di metallo, la seconda era rosso bordò, dello stesso tessuto della prima, luccicavano come èlitre di coleotteri rari o come ali di farfalle, ah, una giacca estiva leggermente aperta con la mano in tasca e lì al collo, che scende fino alla vita, una cravatta come quella, una qualità da metterla tutta in mostra, quando me l'ero messa per prova, davanti allo specchio, non potevo neanche respirare... quelle cravatte non le vedevo affatto separate da me, ma mi guardavo e mi vedevo passeggiare per piazza San Venceslao e per il Corso nazionale, e all'improvviso trasalii. Verso di me camminavo io stesso, vedevo che anche gli altri passanti, soprattutto quelli in abiti eleganti, anche loro trasalivano spaventati dalla mia bella cravatta che non avevano visto mai da nessuna parte, né addosso a nessuno, e io camminavo con nonchalance con quella giacca aperta affinché tutti gli intenditori vedessero quella cravatta, e così stavo dritto davanti allo specchio nella mansarda dell'hotel Paris, sciolsi lentamente quella cravatta di uno scintillante rosso bordò e fissai una cravatta della quale non mi ero mai accorto, ed era quella la Cravatta che ci voleva per me! Era bianca, come di qualche materiale prezioso, grezzo e ruvido, tutta disseminata di pallini azzurrognoli, celesti come nontiscordardimé, e quei pallini facevano parte del tessuto eppure sembravano come incollati, splendevano come faville e, appeso a un filo, c'era un cartellino che staccai insieme al filo, e sopra c'era scritto che quella cravatta se l'era dimenticata lì il principe Hohenlohe, e io mi misi quella cravatta e, quando mi guardai nello specchio, con quella cravatta ero diventato talmente bello che avevo l'impressione che da quella cravatta si fosse travasato in me un po' del profumo del principe di Hohenlohe, e mi incipriai leggermente il naso e il mento rasato e uscii in direzione della Casa di Rappresentanza, e mi misi poi a passeggiare senza scopo a Na příkopě, guardavo le vetrine, ed ero stato davvero un veggente, così come mi ero visto nello specchio della mansarda così accadeva veramente, ah, ma che soldi e soldi!, quelli ce li avevano quasi tutti quelli che possedevano una cravatta originale e vestiti ben cuciti e scarpe scamosciate, e come un lord portavano l'ombrello, mentre una cravatta come quella che avevo io non ce l'aveva nessuno, e così entrai in un negozio di biancheria da uomo, e nemmeno ero entrato che già ero diventato il centro dell'attenzione, il fulcro era quella cravatta, io però quella cravatta avevo saputo annodarla per cui al centro dell'interesse ero io, ordinai ed esaminai alcune camicie di mussolina e poi, per darmi lustro, pregai che mi mostrassero dei fazzolettini bianchi e pregai la commessa di prenderne uno dalla confezione e dì aggiustarmelo nel taschino in petto così come si portano adesso, e lei sorrise e disse, lei vuole scherzare, lei che sa fare tanto bene il nodo alla cravatta... e prese un fazzolettino, finalmente vedevo come si fa, io non c'ero mai arrivato, prese il fazzolettino e lo poggiò sul banco, poi, come se stesse prendendo del sale da una saliera, prese il centro del fazzolettino con tre ditini, lo sollevò leggermente, scosse il tessuto di lino che si increspò, con l'altra mano appiattì le pieghe, ripiegò il fazzolettino e me lo infilò nel taschino della giacca e tirò fuori un po' fuori gli angolini, e io ringraziai e pagai e ricevetti due pacchetti con una bella camicia e cinque fazzolettini, legati con un nastrino dorato, e così entrai ancora in un negozio di tessuti da uomo, e quella mia cravatta bianca a pallini celesti e il fazzolettino bianco, che sbucava con i coni bianchi e le orecchiette appuntite come le cuspidi di una foglia accartocciata di tiglio, non aveva attirato soltanto gli occhi dei commessi, ma anche quelli di due eleganti signori che a vedere una cosa del genere trasalirono, si pietrificarono, dovette passare un po' di tempo prima che riacquistassero la perduta fiducia nelle proprie cravatte e nei propri fazzolettini... e io mi misi poi a scegliere la stoffa per un vestito per il quale non avevo i soldi con me, scelsi del principe di Galles, una stoffa inglese che pregai mi portassero fuori del negozio per poter vedere come appariva al sole, e fui subito considerato un cliente che di stoffe se ne intende, e l'aiuto commesso mi portò fuori l'intera pezza, ne rovesciò un lembo perché potessi valutare a sazietà che aria avrebbe avuto il mio nuovo abito nelle vie della città, e io ringraziai e mi sentii in imbarazzo, ma l'aiuto commesso disse che un cliente come me fa davvero bene a pensarci su e a esitare nell'acquisto, e che il giorno dopo ci sarebbe stato ugualmente tempo, quella stoffa la potevo comprare in qualunque momento perché la ditta Heinrich Pisko stava tranquilla dal momento che quella stoffa era l'unica ad averla in tutta Praga. Così ringraziai e uscii passando dall'altro lato della strada, tutto ciò mi aveva in qualche modo stordito, misi addirittura la testa un po' di lato e aggrottai il viso perché mi si formassero delle nobili rughe sulla fronte, come se stessi meditando, e poi avvenne qualcosa che mi confermò che con quella cravatta ero cambiato parecchio, perché lì veniva verso di me la signorina Věra, quella del separé, quella che l'ultimo giovedì era stata con gli agenti di Borsa nel reparto delle visite, quella che mi conosceva già dal caffè, lei mi vide e io vidi che voleva farmi un cenno con la borsetta e con i guantini bianchi che reggeva insieme al cinturino della borsetta, ma all'improvviso cambiò idea, come se si fosse confusa, ormai non capiva più che quello lì ero proprio io, quello che le si era dovuto offrire affinché lei, eccitata dai vecchi signori, potesse almeno lasciare l'albergo e andare a casa... e io feci finta di essere qualcun altro, lei si girò a guardarmi e poi proseguì oltre, convinta di essersi sbagliata... e tutto per via di quel fazzolettino e di quella cravatta bianca. Ma alla Torre delle Polveri, dove avevo di nuovo attraversato la strada per tornare ancora a passeggiare, con maggior sicurezza, lì a Na příkopě, quando non stavo quasi più in me dalla gioia per quelle mie vestimenta composte di così pochi accessori, vidi incedere verso di me, col bianco colbacco dei suoi vecchi capelli, il maître del mio albergo, il signor Skřivánek, camminava senza guardarmi ma io sapevo che mi vedeva, mi superò, e io mi fermai, come se mi avesse rivolto la parola e mi voltai a guardare il signor Skřivánek, e anche lui si fermò, si girò e stava tornando verso di me, guardandomi negli occhi, e io vedevo che di me vedeva solo quella cravatta, che vedeva soltanto quella cravatta bianca camminare a Na příkopě, nient'altro che una cravatta che cammina... e il maître che sapeva tutto, mi guardò come uno che sa da dove proviene quella cravatta, come uno che sa che l'ho presa in prestito senza permesso. Mi guardava e io dentro di me mi chiedevo, signor maître, com'è che lei sa tutto? E lui sorrise e rispose ad alta voce, com'è che lo so?, ma perché ho servito il re d'Inghilterra... e continuò a camminare oltre a Na příkopě. E sebbene splendesse il sole, era come se si fosse fatto buio, come se io fossi stato una lampada accesa e il signor maître mi avesse tirato giù lo stoppino, come se io fossi stato un pneumatico gonfio al quale il signor Skřivánek avesse aperto la valvola, camminavo e sentivo l'aria uscirsene da me, vedevo di non illuminare più la strada, di non vederci più, avevo l'impressione che con me si fosse afflosciata anche la cravatta, anche il fazzolettino, come se avessi preso della pioggia.

La mia fortuna fu che l'avvenimento e l'onore maggiore che tra tutti gli alberghi e i ristoranti di Praga poteva toccare a uno e a uno soltanto, toccò all'hotel Paris. Si appurò che su al Castello il presidente non aveva posate d'oro, mentre invece gli ospiti giunti a Praga per una cosiddetta visita ufficiale ci tenevano all'oro. Il maestro di sala del presidente e il signor cancelliere in persona si erano dati da fare per vedere se non era possibile farsi prestare le posate d'oro da dei privati, o se non le potevano prestare il principe Schwarzenberg o quello di Lobkowicz. Si rivelò però che quegli aristocratici le posate ce le avevano, ma non in numero sufficiente, e poi dappertutto c'erano le iniziali e gli stemmi dei tosoni arcivescovili ai quali quelle famiglie appartenevano, impressi sui manici dei cucchiai e dei coltelli. L'unico che avrebbe potuto prestare al signor presidente le posate d'oro era il principe Thurn Taxis, ma questi avrebbe dovuto mandarle a prendere a Regensburg, dove l'anno prima erano state portate per il matrimonio di uno dei membri di quella ricca casata che a Regensburg aveva non solo propri alberghi, non solo proprie strade, ma anche interi quartieri e addirittura una propria banca. Così tutti i candidati vennero a cadere e alla fine il signor cancelliere in persona venne da noi, e quando uscì dalla stanza del principale, il cancelliere era arrabbiato, ed era un buon segno, tutto questo, senza che nessuno gliel'avesse detto, il signor Skřivánek, quello che aveva servito il re d'Inghilterra, lo aveva letto dal viso del signor cancelliere, e poi dalla faccia del signor Brandejs, al quale apparteneva l'hotel Paris, era venuto a sapere che il principale si era rifiutato di prestare le proprie posate d'oro, e l'avrebbe fatto solo a condizione che il banchetto si fosse tenuto qui, da noi, e che soltanto allora avremmo tirato fuori i coltelli, le forchette, i cucchiai e i cucchiaini d'oro dalla nostra cassaforte. E così venni a sapere, e quasi stramazzai al suolo, che il nostro albergo possedeva posate d'oro per trecentoventicinque persone... e così avvenne, al Castello decisero che per l'importante ospite africano e per il suo corteggio il pranzo di gala si sarebbe tenuto qui da noi. E si incominciarono a fare le pulizie in tutto l'albergo, arrivarono gruppi di donne con secchi e stracci, e non pulivano soltanto i pavimenti, ma anche le pareti e i soffitti, e tutti i lampadari, e l'albergo splendeva e luccicava, e giunse poi il giorno in cui doveva venire ad alloggiare da noi l'imperatore d'Etiopia col suo seguito, per tutta la giornata i camion fecero incetta dai fiorai di Praga di rose, asparagus e orchidee, ma all'ultimo momento tornò di nuovo da noi il signor cancelliere del Castello in persona e annullò la prenotazione delle stanze, confermando però il pranzo di gala, ma per il principale era lo stesso perché tutte le spese fatte per l'alloggio lui le aveva messe in conto, compresa la pulizia, e così ci preparammo per quel pranzo di gala per trecento persone, ci facemmo prestare i camerieri e il maître dell'albergo Steiner, e per quel giorno il signor Šroubek chiuse il proprio albergo prestandoci i camerieri che aveva, e dal Castello arrivarono anche gli agenti, quelli che avevano trasportato insieme a me il Bambino di Praga, e portarono con sé tre tenute da cuoco e due frac da cameriere e si travestirono immediatamente per allenarsi e sorvegliavano la cucina affinché qualcuno non avvelenasse l'imperatore, mentre i camerieri dal canto loro avevano esaminato le sale del ristorante per vedere da dove sarebbe stato meglio tener d'occhio l'imperatore, ma mentre il capocuoco col cancelliere e il signor Brandejs compilavano il menu per trecento commensali, ci lavorarono per sei ore intere a quel menu e poi il signor Brandejs fece ammassare nei suoi frigoriferi cinquanta cosci di vitello, sei vacche per il brodo, tre puledri da trasformare in bistecche e uno stallone per la salsa, sessanta maialini che non superassero i sessanta chili, dieci porcellini, trecento polli, per non contare un capriolo e due cervi, mentre loro erano indaffarati io col signor maître Skřivánek scesi per la prima volta nelle nostre cantine e il mastro cantiniere, sotto il controllo del maître, controllò un'altra volta le riserve di vino e di cognac e degli altri distillati... mi spaventai, quella era una cantina tanto rifornita quasi fossimo la ditta Oplet, commercio all'ingrosso di vini e liquori, per la prima volta vidi tutta una parete di bottiglie di Henkell Trocken, e bottiglie di champagne frizzante, dal Veuve Clicquot fino a quello della ditta Einhardt di Coblenza, intere pareti di Martell e di cognac Hennessy, centinaia dì bottiglie di tutte le marche possibili di whisky scozzesi, ma vidi anche i preziosi vini della Mosella e del Reno, e i nostri vini moravi di Bzenec e quelli boemi di Mělník e di Žernoseky, e il signor maître Skřivánek mentre passava da una cantina all'altra accarezzava continuamente i colli delle bottiglie, li accarezzava con tanto amore, come fosse stato un alcolizzato; sebbene in effetti lui non bevesse mai alcolici, io non avevo mai visto il signor Skřivánek bere, e in cantina mi venne anche in mente di non aver mai visto il maître Skřivánek sedersi, stava sempre all'in piedi, si accendeva una sigaretta ma rimaneva sempre all'in piedi, e lì in quella cantina mi guardava e aveva letto in me quello a cui stavo pensando, doveva averlo indovinato perché di punto in bianco disse, ricòrdati che se vuoi essere un buon maître, allora non devi mai sederti perché altrimenti poi le gambe ti farebbero male e il servizio per te sarebbe un inferno... E il mastro cantiniere dietro di noi spegneva le luci, e uscimmo nuovamente dalle cantine, e quello stesso giorno giunse la notizia che l'imperatore d'Etiopia aveva al suo seguito i suoi cuochi e proprio lì da noi, e proprio perché avevamo le posate d'oro come ce le aveva lui in Etiopia, proprio da noi i suoi cuochi avrebbero preparato una specialità etiope... E il giorno precedente a quello del banchetto giunsero i cuochi, erano neri e lucidi ma avevano freddo, e con loro c'era l'interprete, e i nostri cuochi dovevano far loro da aiutanti, ma il capocuoco si slacciò il grembiule e se ne andò via quello stesso giorno, era stizzito, si sentiva offeso, mentre i cuochi etiopi, loro cominciarono a cuocere alcune centinaia di uova sode e ridevano mostrando i denti, e poi fu la volta di venti tacchini che cominciarono ad arrostire nei nostri forni, e in alcune grosse zuppiere cominciarono a preparare dei ripieni per i quali avevano bisogno di trenta cesti di panini, e ancora intere manciate di spezie e di prezzemolo furono trasportate su un carretto, e i nostri cuochi tagliavano per loro ogni cosa e noi eravamo tutti curiosi di sapere cosa avrebbero preparato quei negri, e avvenne anche poi che avessero sete, e così portammo della birra di Plzeň, e loro si mostravano soddisfatti e in cambio ci offrirono un loro liquore, era fatto con delle erbe e andava subito alla testa e profumava di pepe e di radice nuova macinata, poi però trasalimmo perché si erano fatti portare due antilopi che erano già state sventrate, le spellarono velocemente, le avevano comprate al giardino zoologico, e le pentole più grandi che avevamo, in quelle ci cucinarono le antilopi, sotto ci gettavano burro a tocchi interi, da un sacchetto versavano quei loro aromi, quelle loro spezie, dovemmo lasciare aperte tutte le finestre tanto era il vapore, e poi a quelle antilopi aggiunsero i tacchini ripieni giunti a metà cottura, lo spazio vuoto lo riempirono con quelle centinaia di uova sode e misero a cuocere tutto insieme, ma poi l'intero albergo quasi stramazzò, il principale stesso fu preso dal panico perché a quello non era preparato, i cuochi avevano portato davanti all'albergo un cammello vivo e lo volevano macellare, noi però ne avevamo paura, l'interprete riuscì però a convincere il signor Brandejs, e così arrivarono i giornalisti e fecero sì che il nostro albergo divenisse il centro dell'attenzione della stampa, e così legarono il cammello che belava in maniera chiara e distinta ncoo, ncoo, come se chiedesse di non essere scannato, ma uno dei cuochi lo sgozzò con uno di quei coltellacci come quelli che usano i rabbini, e il cortile si inondò di sangue e già il cammello veniva sollevato attaccato a una carrucola, infilarono un coltello a cercare le sue interiora e poi l'intero cammello, senza le zampe, fu disossato, allo stesso modo delle antilopi, e furono portati tre interi carri di legna, e il principale dovette chiamare i pompieri e questi, pronti lì con la pompa antincendio, osservavano i cuochi accendere in quattro e quattr'otto il fuoco, un fuoco grande come quello che serve per fare il carbone di legna, e su quel fuoco, su un treppiedi, quando il fuoco scomparve e rimasero i tizzoni ardenti, su quel fuoco girarono lo spiedo e abbrustolirono l'intero cammello, e quando avevano quasi finito, allora a quel cammello aggiunsero le due antilopi dentro alle quali c'erano i tacchini come ripieno, e anche in quelli c'era del ripieno e anche del pesce, e lo spazio vuoto lo imbottirono di uova, e continuavano a versare quei loro aromi e a bere birra perché continuavano ad aver freddo anche vicino a quel fuoco, come i cocchieri delle fabbriche di birra che in inverno, per scaldarsi, bevono birra fredda. E quei cuochi negri, quando già era stato apparecchiato per trecento commensali e le macchine avevano già cominciato ad accompagnarli, e i portieri aprivano le limousine, quei negri in cortile erano riusciti non solo ad arrostire i porcellini e i montoni, ma avevano anche bollito nelle caldaie un brodo nel quale avevano messo tanta carne che il principale non rimpianse di aver comprato così tante provviste... e poi arrivò Hailé Selassié in persona accompagnato dal primo ministro, e tutti i nostri generali e tutti i potentati delle varie armi etiopi, tutti erano coperti di onorificenze, mentre l'imperatore, così com'era arrivato, subito ci aveva conquistati tutti, indossava semplicemente una divisa bianca, senza onorificenze, solo così leggero leggero, mentre i membri del suo governo e alcuni ras delle sue tribù, indossavano mantelli multicolori, e alcuni portavano grosse spade, ma come si furono messi a sedere, allora si vide che avevano un'educazione, erano disinvolti, in tutte le sale dell'hotel Paris era stato apparecchiato e vicino a ogni piatto scintillavano le posate d'oro, una sfilza di forchette e coltelli e cucchiaini, e poi Hailé ricevette il sincero benvenuto da parte del primo ministro, Hailé parlava come se abbaiasse, e l'interprete traduceva che l'imperatore d'Etiopia aveva l'onore di invitare gli ospiti a un pranzo etiope... e uno, vestito in abiti di cotonina, un tipo robusto avviluppato in dieci metri di panno, batté le mani, e intanto noi portavamo gli antipasti preparati dai cuochi negri nella nostra cucina, vitello freddo in salsa nera, mi bastò soltanto una leccatina con un dito in quella salsetta gocciolata che mi venne da tossire, tanto era forte quel concentrato, e quando i camerieri ebbero infilato con eleganza i piattini, vidi per la prima volta le nostre forchette d'oro sollevarsi, trecento forchette e coltelli d'oro luccicavano nelle sale del ristorante... e il maître fece un segnale e fece riempire i bicchieri di vino bianco della Mosella, e giunse il mio momento perché, come avevo notato, si erano dimenticati di versare il vino proprio all'imperatore, infilai una bottiglia nel tovagliolo e, senza nemmeno sapere cosa mi fosse saltato in testa, quando mi fui avvicinato all'imperatore mi piegai su un ginocchio, come un sacerdote, feci un inchino, ma quando mi rialzai tutti mi stavano guardando e l'imperatore mi impresse sulla fronte, o meglio in piena fronte, una croce, benedicendomi in quel modo, e io gli versai da bere... e dietro di me c'era il maître dell'albergo Šroubek che se n'era dimenticato, e io trasalii, che ho fatto!, e cercavo con gli occhi il maître signor Skřivánek, e vidi che annuiva, che era contento che io fossi stato così attento... e io misi via la bottiglia e rimasi a guardare con quanta lentezza l'imperatore mangiava, come intingeva con noncuranza nella salsa un pezzetto di carne fredda, come se avesse voluto soltanto assaggiarla, faceva un cenno di assenso e masticava lentamente e metteva la forchetta di sbieco per far capire che non ne voleva più... sorseggiò un po' di vino e si asciugò a lungo i baffi col tovagliolo... e poi fu portato il brodo, e di nuovo i cuochi negri furono speditissimi, ciò dipendeva forse dal fatto che avevano continuamente freddo e bevevano birra, noi non facevamo nemmeno in tempo a porgere le scodelle per il brodo, tanto andavano veloci, un mestolo dopo l'altro, che anche i poliziotti travestiti da cuochi se ne stupivano e, prima che me ne dimentichi!, quegli agenti si fecero fotografare per ricordo anche insieme ai cuochi negri, e intanto i nostri cuochi in cortile facevano girare lentamente sui carboni ardenti il cammello ripieno che ungevano con un pennellino fatto di un fascetto di menta che intingevano nella birra, era stata un'idea dei cuochi negri, il capocuoco, scoperto quel modo di ungere, era tutto contento e disse, come tradusse l'interprete, che per una cosa del genere i cuochi potevano anche aspirare all'Ordine di Maria Teresa, e poi, dopo quella portata, a tutti i cuochi e alle cameriere e ai maître e ai camerieri passò l'angoscia, perché quei negri tenevano ogni cosa sotto controllo, sebbene continuassero a innaffiarsi di birra... e io mi ero distinto per essere stato scelto dall'imperatore stesso, come mi disse l'interprete, per portare d'ora in avanti il cibo e il vino all'imperatore, e io ogni volta mi piegavo col frac su un ginocchio, e poi allungavo il piatto e indietreggiavo poi di nuovo facendo attenzione a essere pronto al segnale a riempire il bicchiere o a togliere il piatto, ma l'imperatore mangiava così poco, si sporcava soltanto le labbra, così, tanto per gradire, come fosse un degustatore capo, non faceva che odorare, assaggiare un attimo e intingere le labbra nel vino per poi continuare a chiacchierare col primo ministro, e gli ospiti si allontanavano sempre più, in ordine e in dignità, quanto più ci si allontanava da colui che stava offrendo il banchetto, loro mangiavano e bevevano sempre più e con sempre maggiore voracità, fino ad arrivare ai tavoli in fondo o nelle salette laterali, e laggiù mangiavano tanto che era come se avessero continuamente fame, e allora mangiavano i panini, un ospite si era addirittura buttato nella pancia dei ciclamini conditi con sale e pepe che aveva tolto da tre vasi... e gli agenti stavano agli angoli e nei cantoni delle sale, in frac come i camerieri, con le salviette gettate sul braccio piegato, e facevano attenzione che nessuno rubasse qualcuna delle nostre posate d'oro... e così si stava avvicinando il clou del pranzo, i cuochi negri stavano affilando delle lunghe scimitarre, certi coltellacci come quelli rituali dei rabbini, poi due negri sollevarono lo spiedo sulle spalle, un terzo pulì la pancia del cammello con un fascetto di menta piperita ed entrarono nei locali del ristorante... e attraversarono la sala e la saletta di servizio e l'imperatore si alzò in piedi indicando con la mano il cammello arrosto, e l'interprete traduceva che si trattava di una specialità africana e araba... una piccolissima attenzione da parte dell'imperatore d'Etiopia... e due aiutanti portarono al centro dell'albergo due spianatoie di quelle per la maialatura, le misero una accanto all'altra e le bloccarono con due morsetti... e su quell'enorme tavolo fu poggiato il cammello e furono portati i coltelli, e con lunghi tagli divisero il cammello a metà e quella metà ancora a metà, e si spandeva un enorme profumo e ogni volta in ogni porzione c'era un pezzetto di cammello e un pezzetto di antilope, e nell'antilope il tacchino e nel tacchino del pesce e del ripieno e ghirlande amalgamate di uova sode... e i camerieri porgevano i piatti e servivano il cammello arrosto, a cominciare dall'imperatore, e io mi inginocchiai e l'imperatore mi fece un cenno con gli occhi e io gli porsi quel loro piatto nazionale... che doveva essere ottimo perché tutti gli ospiti erano ammutoliti e si sentiva soltanto una cosa bella a vedersi, il tintinnio delle nostre forchette e dei nostri coltelli d'oro... e poi avvenne qualcosa che né a noi né a me, ma forse nemmeno al signor maître Skřivánek, era mai accaduto, per prima cosa un consigliere di Stato, noto buongustaio, fu a tal punto entusiasta di quel cibo, di quel cammello, che si alzò in piedi e cominciò a urlare, e urlava così tanto e il suo viso esprimeva il massimo dell'entusiasmo, ma, rispetto a quanto quel cibo gli era piaciuto, anche quello gli sembrava poco, anche quella smorfia, cominciò come a fare ginnastica, come a qualche raduno ginnico del Sokol, dandosi poi dei colpi sul petto, e prese ancora un altro pezzettino intinto nel sugo, e questa volta il cibo ottenne su di lui un effetto tale che anche i cuochi negri si fermarono con quei loro coltellacci sacrificali e guardavano l'imperatore, ma l'imperatore doveva esserci abituato, non faceva che sorridere, per cui sorridevano anche i cuochi negri, sorridevano e annuivano col capo anche quei capitribù avvoltolati in stoffe preziose a disegni come quelli che portava la nonna sui grembiuli, o in taffetà multicolori, e quel consigliere di Stato non riuscì a trattenersi e si mise a correre urlando nel corridoio, e rientrò di corsa e prese ancora una forchettata, e quello fu il culmine perché fuggì via urlando, fuggì fin fuori dall'albergo e là gridava e ballava e lanciava gridolini di gioia e si dava colpi sul petto, e ritornò dentro di corsa e nella sua voce c'era un canto e nelle sue gambe una danza di ringraziamento per un cammello ripieno preparato in maniera così superba, e di punto in bianco si inchinò ai tre cuochi, profondamente, prima alla russa, fino alla vita, e poi fino a terra. Un altro commensale, un generale in pensione, lui invece non faceva che guardare il soffitto emettendo una lunga nota piena di malinconia, un tale mugolio di beatitudine che saliva in gorgheggi, appena preso un altro boccone, masticava e mugolava e piagnucolava e addentava la carne, e bevuto un sorso di Riesling di Žernoseky si levò in piedi mugolando in maniera tale che anche i cuochi negri lo capirono e gridavano giulivi jes, jes, samba, jes. E poi fu certo questo il motivo per cui il buonumore aumentò a tal punto che il primo ministro diede la mano all'imperatore e accorsero i fotografi e tutto venne fotografato, e scoppiettava continuamente una luce violenta e nei lampi dei bengala i nostri rappresentanti e quelli etiopi si strinsero la mano...

Quando Hailé Selassié andò via inchinandosi, anche tutti gli ospiti si inchinarono, i generali dei due eserciti si scambiavano onorificenze, si decoravano l'un l'altro, e i consiglieri di Stato si appuntavano le stelle sul fianco del frac, le stelle e le sciarpe a tracolla che avevano ricevuto dall'imperatore, e io, il più piccolo di tutti, di punto in bianco fui preso per mano e condotto al cospetto del cancelliere dell'Impero, questi mi strinse la mano per il servizio irreprensibile e mi appuntò una decorazione, certo la più piccola di tutte, ma quanto a dimensioni l'onorificenza più grande, con la sciarpa azzurra per i servizi prestati al trono dell'imperatore d'Etiopia, e quella decorazione io la tenevo appuntata sul risvolto del mio frac, con la sciarpa azzurra a tracolla, abbassai gli occhi e tutti mi invidiarono e, a quel che vedevo, soprattutto il maître dell'albergo Šroubek che in effetti era lui che doveva riceverla quell'onorificenza, dai suoi occhi vedevo che avrei fatto meglio a dargliela, perché ormai gli mancavano pochi anni alla pensione e magari non aspettava altro, perché con un'onorificenza come quella avrebbe potuto aprire un albergo da qualche parte ai piedi delle Krkonoše o nel Paradiso boemo, l'albergo All'ordine dell'impero d'Etiopia, e invece i giornalisti e i reporter fotografarono me e si appuntarono il mio nome, e così io camminavo con quell'onorificenza e la sciarpa azzurra, e raccogliemmo le stoviglie e le portammo in cucina, le posate e i piatti, lavorammo ancora a lungo fino a notte, e quando le donne, sotto la sorveglianza degli agenti travestiti da cuochi e da camerieri, ebbero lavato e asciugato trecento posate d'oro e il signor maître Skřivánek le ebbe contate con l'aiuto del maître dell'albergo Šroubek, si dovette contarle ancora una volta e poi un'altra ancora, e poi fu il principale in persona a contare i cucchiaini piccoli da caffè, e terminato il conto impallidì, mancava un cucchiaino, contarono ancora una volta e poi si consultarono, e io vidi che il maître dell'albergo Šroubek bisbigliava qualcosa al principale ed erano stupiti, e i camerieri che avevamo avuto in prestito si stavano lavando e poi passarono anche loro nella saletta di servizio perché di cibo ce n'era ancora molto, e adesso anche loro e poi anche i cuochi e le cameriere, tutti vennero non certo per finire la roba da mangiare, ma per assaggiare con tranquillità qualche manicaretto di tutto quello che era avanzato, ma stavano soprattutto a guardare i nostri cuochi che analizzavano ogni cosa con gusto cercando di indovinare con quale spezia era stata fatta una salsa e quali procedimenti erano stati adoperati per far venir fuori, come avevano visto, un cibo così superbo che il consigliere di Stato Konopásek, che faceva il degustatore al Castello di Praga, aveva potuto urlare in quel modo per l'entusiasmo... io però non mangiavo molto, vedevo che il principale non mi guardava più, non era contento di quella mia infelice onorificenza, e anche il maître dello Šroubek chiacchierava a bassa voce col nostro maître, il signor Skřivánek, e all'improvviso mi fu chiaro che quello di cui parlavano doveva essere il cucchiaino d'oro, che dovevano certo ritenere che quel cucchiaino l'avevo rubato io, mi versai un bicchierino di cognac che stava lì solo per noi e lo bevetti, me ne versai ancora un altro e mi diressi verso il mio maître, quello che aveva servito il re d'Inghilterra, per vedere se non era arrabbiato con me, gli rivolsi la parola, accennai al fatto di aver ricevuto ingiustamente io quell'onorificenza, quando invece doveva riceverla il maître dell'albergo Šroubek, oppure lui stesso, o il nostro principale, ma nessuno mi stava ad ascoltare, mi accorsi addirittura che il maître signor Skřivánek guardava il mio papillon, me lo fissava così tanto che io sentii lo stesso sguardo di alcuni giorni prima, quando mi aveva guardato la cravatta, quella bianca con i pallini celesti come i puntini sulle ali dei macaoni, quella cravatta che avevo preso in prestito senza permesso dall'armadio dove venivano conservati i vestiti e gli oggetti dimenticati qui dai nostri clienti, e io vedevo negli occhi del signor maître che se mi ero preso senza permesso quella cravatta, allora mi sarei potuto benissimo prendere un cucchiaino d'oro che io per ultimo avevo portato via dal tavolo dell'imperatore d'Etiopia stesso, e difatti era così, io l'avevo portato via e l'avevo messo direttamente nell'acquaio. E mi prese una tale vergogna a star lì col bicchierino allungato col quale volevo brindare insieme al maître che rappresentava per me più di ogni cosa, più dell'imperatore stesso e più del presidente, e lui pure alzò il bicchierino, ma esitò un attimo, io avevo sempre la speranza che avrebbe brindato con me a quella mia infelice onorificenza, ma lui che sapeva sempre tutto adesso non lo sapeva, brindò col maître dello Šroubek che aveva la sua stessa età, e a me non mi guardava più, e lo ritrassi quel mio bicchiere allungato e lo scolai fino in fondo e cominciò a bruciarmi tutto e avvampavo e mi versai ancora un altro cognac... e così com'ero corsi fuori del nostro albergo, nella notte, fuori del mio ex albergo, perché non volevo più stare al mondo, e presi un taxi, il tassista mi chiese dove volevo andare e io dissi di portarmi nel bosco che volevo respirare dell'aria pura... e così partimmo, ogni cosa mi si spennellava addosso all'indietro, prima le luci, mucchi di luci, poi soltanto un lampione qua e là e poi più nulla, solo dietro o entrando in una curva il taxi mi girava Praga a ritroso, e poi si fermò vicino a un bosco autentico... e io pagai e lui guardava la mia onorificenza e la sciarpa azzurra e disse che non si meravigliava che fossi così arrabbiato, e che lui se ne intendeva, molti maître si fanno portare al bosco della Stromovka o da qualche altra parte per fare quattro passi... e io risi e gli dissi che non sarei andato a fare una passeggiatina... ma che forse mi sarei impiccato. Il tassista però non mi credeva, sul serio?, rise, e con che cosa? E io non avevo davvero nulla con cui farlo, dissi con un fazzoletto, e il tassista scese dalla macchina e alzò il cofano e stette lì a cercare e poi, alla luce di una torcia, mi diede una corda, un cappiolino, e rideva e fece un nodo scorsoio e muoveva la corda nel cappio e ridendo mi consigliava come impiccarmi correttamente... e poi abbassò ancora una volta il finestrino e gridò buona fortuna con l'impiccagione! e partì e lampeggiò pure in segno di saluto, e prima di sparire dietro il boschetto suonò il clacson... e io mi inoltrai per un sentierino del bosco, e poi mi sedetti su una panchina, e dopo che ebbi nuovamente ponderato ogni cosa, e soprattutto quando ebbi riconosciuto che ormai il signor maître non mi voleva più bene... mi dissi che non era più possibile stare al mondo, se ci fosse stata di mezzo una ragazza, il sole non splende certo per un solo fiorellino, però un maître che ha servito il re d'Inghilterra e pensa che sarei capace di rubare un cucchiaino che in effetti mancava ma che poteva essere stato rubato da qualcun altro, questo non riusciva a entrarmi in testa... e sentivo tra le dita la corda, e poi ci fu un buio tale che dovevo procedere a tastoni e tastavo gli alberi, ma non erano che alberelli, poi uscii e dal cielo capii che stavo attraversando un'abetaia ancora più piccola, un boschettino, e poi incontrai nuovamente un boschetto, ma si trattava di nuovo soltanto di betulle, betulle alte, avrei dovuto avere una scala per arrampicarmi su un ramo... e poi capii che non era una cosa tanto semplice, e quando poi capitai in un boschetto autentico coi rami abbastanza bassi, si trattava di pini, questa volta i rami vecchi si ergevano in maniera tale che dovevo strisciare carponi... e strisciai così carponi e l'onorificenza mi ciondolava sul mento e sul viso ricordandomi sempre più il cucchiaino d'oro perso all'albergo, e poi mi fermai sempre carponi e rimuginai di nuovo ogni cosa e arrivai di nuovo a quel luogo dolente nel cervello che non riuscivo a superare, il fatto che il signor Skřivánek non mi voleva più bene, che non mi avrebbe più istruito, che non avremmo più scommesso insieme su quello che un cliente ordinava o non ordinava o avrebbe dovuto ordinare, o sulla nazionalità del cliente appena entrato, e così cominciai a lamentarmi come il consigliere capo Konopásek dopo che aveva mangiato alcuni bocconi di quel superbo cammello ripieno... e decisi di impiccarmi, ma come mi inginocchiai qualcosa toccò la mia testa, per un po' rimasi in ginocchio, poi sollevai una mano e riconobbi al tatto delle scarpe, la punta di due scarpe, palpai un pochino più su e riconobbi due malleoli e dei calzini su dei polpacci freddi... mi alzai in piedi e mi trovai ad annusare all'altezza della vita un impiccato, e mi prese una paura tale che mi misi a correre facendomi largo fra gli aguzzi rami vecchi, mi strappavo il viso e la carne dalle orecchie ma mi feci strada fino a un viottolo e lì mi accasciai e svenni con la corda in mano... e poi fui svegliato dalle torce elettriche e da voci umane... e quando aprii gli occhi vidi, non è che lo vedessi, ma sapevo di stare disteso in braccio al signor maître Skřivánek, e lui mi accarezzava e io continuavo a dire là, là, e là poi trovarono quell'impiccato che mi aveva salvato la vita, perché io mi sarei impiccato a un passo da lui oppure insieme a lui, e il signor maître mi carezzava i capelli e mi asciugava il sangue... e io piangevo e gridavo, il cucchiaino d'oro! E il signor maître mi sussurrò non aver paura, è stato ritrovato... e io faccio, e dove? e lui disse piano, non scendeva l'acqua dell'acquaio per cui smontarono tutto e il cucchiaino stava in una curva del tubo... ti chiedo perdono... tutto tornerà come prima... e io gli faccio, e come siete riusciti a capire dov'ero?... e il maître disse che era stato il tassista che ci aveva riflettuto sopra ed era tornato in albergo e aveva chiesto ai camerieri chi di loro avrebbe potuto aver voglia di impiccarsi, e proprio in quell'istante il tecnico delle manutenzioni aveva portato il cucchiaino... e il maître, quello che aveva servito il re d'Inghilterra, aveva capito immediatamente che si trattava di me e così si erano gettati sulle mie tracce...

E fu così che all'hotel Paris ci stavo di nuovo come

un legume nel baccello, il signor maître Skřivánek mi aveva persino affidato le chiavi delle cantine dei vini e di quelle dei liquori e dei cognac, come se avesse voluto rimediare a tutto quello che era avvenuto a causa del cucchiaino d'oro. Il principale, invece, non mi perdonò mai di aver ricevuto quell'onorificenza e quella sciarpa a tracolla, e mi guardava come se non esistessi, sebbene io raggranellassi tanti soldi da ricoprirci ormai tutto il pavimento, ogni tre mesi mettevo sul libretto di risparmio l'intero pavimento coperto di biglietti da cento perché mi ero ficcato in testa che dovevo diventare un milionario, che sarei stato uguale a tutti gli altri, e poi avrei preso in gestione o avrei comprato un alberghetto, un piccolo nido da qualche parte nel Paradiso boemo, e mi sarei sposato, mi sarei preso una fidanzata ricca, e una volta messi insieme i soldi miei e quelli di mia moglie, sarei stato stimato come gli altri proprietari d'albergo, e anche se non mi avessero voluto stimare come persona, avrebbero dovuto tenermi in considerazione in quanto milionario, in quanto proprietario di un albergo e di beni immobili, per cui sarebbero stati condannati a tenermi da conto... Ma poi mi accadde ancora l'imbarazzo di trovarmi per la terza volta di leva, ma anche per la terza volta non divenni soldato perché non avevo l'altezza, anche se avevo cercato di ungere gli ufficiali della commissione, sotto le armi non mi presero lo stesso. E in albergo tutti risero e lo stesso signor Brandejs mi chiese informazioni, per prendermi nuovamente in giro, per cui io bassetto ero e bassetto sapevo che sarei stato fino alla morte, perché ormai non sarei più cresciuto, e se questo avveniva era soltanto grazie alle doppie suole e al fatto che tenevo la testa alta, sempre come se portassi il collettino del frac, quella era la mia unica speranza, che il collo mi si allungasse a furia di portare i colletti alti inamidati. E fu così che andai a lezione di tedesco, che cominciai ad andare a vedere i film tedeschi, leggevo i giornali tedeschi, e nemmeno mi meravigliavo che per le strade di Praga girassero studenti coi calzini bianchi e i giubbetti verdi, e che in effetti in albergo io fossi quasi l'unico a servire i clienti tedeschi, tutti i nostri camerieri si comportavano coi clienti tedeschi come se non sapessero il tedesco, e anche lo stesso signor maître Skřivánek coi tedeschi ci parlava solo in inglese o in francese o in ceco, e così una volta al cinematografo pestai la scarpina a una donna e lei cominciò a parlare tedesco, e io mi scusai con lei in tedesco, e così accompagnai quella donna tutta vestita per benino e, per mostrarle gratitudine per il fatto che mi parlava in tedesco, le dissi che era terribile quello che facevano i Cechi a quei poveretti degli studenti tedeschi, che coi miei stessi occhi li avevo visti sul Corso nazionale togliergli dai piedi quei loro calzini bianchi, mentre a due studenti tedeschi avevano strappato le camicie brune. E lei mi disse che capivo tutto perfettamente, che Praga è un vecchio territorio del Reich e che il diritto di camminarci e di vestirsi secondo le proprie abitudini è un diritto inalienabile, e che tutto il mondo guarda a ciò con indifferenza, ma che sarebbe giunta l'ora, e sarebbe giunto anche il loro giorno, quando il Führer deciderà di non lasciare le cose in quel modo e verrà a liberare tutti i Tedeschi dalla Šumava fino ai Carpazi e... in quel momento, mentre lei diceva quelle cose, io mi accorsi che la stavo guardando con gli occhi negli occhi, che verso di lei non dovevo sollevare lo sguardo come verso le altre donne, io avevo avuto sempre la iella che tutte le donne che mi avevano girato attorno in vita mia, erano tutte non semplicemente più alte di me, ma tra le donne dovevano essere delle vere e proprie gigantesse, tutte le volte che stavamo in piedi io guardavo il loro collo o il seno, e notavo che lei era proprio piccolina come me, che le brillavano gli occhi verdi, e che era punteggiata di lentiggini come me, ma quelle lentiggini brune sul suo viso con quegli occhi verdi creavano un'armonia così bella che io all'improvviso mi resi conto dì quant'era bella, ma mi accorsi anche che pure lei mi guardava allo stesso modo, io portavo di nuovo quella bella cravatta bianca coi pallini celesti, lei però mi guardava i miei capelli biondi come paglia e in aggiunta quegli occhi da pesce fradicio, occhi celesti, lei poi mi disse che i tedeschi del Reich bramavano a tal punto il sangue slavo, a tal punto bramavano quelle pianure e la natura slava, che erano già mille anni che cercavano con le buone o con le cattive di unirsi con quel sangue, e mi confidò che nelle vene di gran parte dell'aristocrazia prussiana scorreva sangue slavo, e quel sangue rendeva quegli aristocratici agli occhi del resto dell'aristocrazia ancora più preziosi degli altri, e io ero d'accordo e mi stupivo di come mi capisse, perché quello non era come chiedere a un cliente cosa volesse per pranzo o per cena, perché io dovevo conversare con quella signorina alla quale avevo calpestato la scarpetta nera, per cui parlavo un po' in tedesco e molto in ceco, avendo però sempre l'impressione di parlare tedesco, nello spirito tedesco... E così da quella signorina venni a sapere che si chiamava Líza, che era di Cheb, che lì faceva l'insegnante di ginnastica, che era campionessa di nuoto nel suo distretto, e aprì la giacchetta e sul petto portava un distintivo formato da quattro F tutte in circolo, come un quadrifoglio, e rideva rivolta a me e continuava a guardarmi così tanto i capelli che io mi sentii in imbarazzo, lei però mi diede fiducia e disse che avevo i più bei capelli biondi del mondo, sicché io cominciai a sudare, e le dissi a mia volta che facevo il maître all'hotel Paris, glielo dissi aspettandomi il peggio, lei invece mi poggiò la mano sulla manica e, quando mi toccò, gli occhi le brillarono così tanto che mi spaventai, lei però mi disse che suo padre aveva un ristorante a Cheb, Alla città di Amsterdam... Fissammo così un appuntamento e andammo al cinematografo a vedere Amore a tempo di tre quarti, e lei arrivò con un cappellino alla tirolese di quelli che mi piacevano da quand'ero piccolo, con un giubbettino verde, per essere precisi un giubbino grigio col colletto verde guarnito con ramoscelli di quercia ricamati, e fuori cadeva la neve, si era sotto Natale, e lei in seguito venne più volte da me all'hotel Paris a pranzo o a cena, e di nuovo, la prima volta che venne, il signor maître Skřivánek la guardò e poi guardò me e passammo, alla vecchia maniera, nello stanzino di servizio, e io mi misi a ridere e feci, allora ce le mettiamo venti corone su quello che la signorina ordinerà?, perché avevo visto che era arrivata di nuovo con quel giubbettino e quel giorno addirittura con le calze bianche, e io tirai fuori le venti corone e le poggiai sul tavolinetto di servizio, ma il signor maître Skřivánek mi guardava come un estraneo, come quando volevo brindare con lui quella sera che avevo servito l'imperatore d'Etiopia e avevano perso il cucchiaino d'oro, io tenevo le dita su quelle venti corone e lui mi stava facendo pregustare apposta il fatto che tutto fosse in ordine, quindi tirò fuori anche lui venti corone, le stava poggiando con lentezza, ma poi, come se quei suoi soldi si fossero potuti sporcare vicino alle mie venti corone, rinfilò velocemente le sue nel portafogli, diede ancora un'occhiata alla signorina Líza e fece un gesto con la mano, e da allora non mi rivolse più la parola, e alla fine del turno mi tolse le chiavi del magazzino della cantina, e mi guardava come se non esistessi... come se non avesse mai servito il re d'Inghilterra, come se io non avessi mai servito l'imperatore d'Etiopia. A me, però, ormai non importava più nulla, perché vedevo e capivo che tutti i Cechi erano ingiusti nei confronti dei Tedeschi, da quell'istante cominciai anche a vergognarmi di essere un socio sostenitore del Sokol, perché il signor Skřivánek ne era un pezzo grosso, allo stesso modo del signor Brandejs, tutti prevenuti contro i Tedeschi e soprattutto contro la signorina Líza che era venuta per me, solo per me, e che io non avevo potuto servire perché il suo tavolo apparteneva al giro di un altro cameriere, notavo con quanta villania la stavano servendo, come le avevano portato il brodo freddo e come in quel brodo il cameriere ci tenesse il pollice... e così mi accadde di sorprendere dietro la porta il cameriere che le stava portando il vitello ripieno sputare nel piatto, e io mi precipitai per toglierglielo, ma il cameriere quel piatto me lo spiaccicò in viso e poi mi sputò in faccia, quando mi fui tolta dal viso la salsa di gelatina che si stava raffreddando, sputò un'altra volta, perché vedessi quanto mi odiava, ma quello fu come un segnale, e dalla cucina accorsero tutti dietro la porta, e vennero tutti i camerieri, e ciascuno di loro mi sputò in faccia, e mi sputarono addosso fino a che non arrivò anche il signor Brandejs in persona e, in quanto dirigente del Sokol di Praga-uno, mi sputò addosso anche lui, e mi disse che mi licenziava... e io così com'ero, coperto di sputi e unto del sugo dell'arrosto di vitello, irruppi nella sala del ristorante in direzione del tavolo della signorina Líza e, così conciato, indicai me stesso, con entrambe le mani mostravo quello che mi avevano fatto a causa sua il Sokol e i Cechi, e lei mi guardò e col tovagliolo mi pulì il viso e mi disse che dalla marmaglia ceca non ci si poteva e non ci si può aspettare nulla di diverso, e che per quello che avevo patito a causa sua lei mi voleva bene...

E poi, quando uscimmo, dopo che mi ero cambiato per accompagnarla, subito davanti alla Torre delle Polveri giunsero di corsa dei mascalzoni cechi e diedero a Líza uno schiaffo tale che quel suo cappellino alla tirolese le volò sulla carreggiata, e quando la difesi gridando in ceco: Cosa state facendo?, e voi sareste dei Cechi? Puàh!, allora uno di quella marmaglia mi spinse di lato e in due afferrarono Líza gettandola a terra, e due le tenevano le mani e uno le sollevò la gonna, e da quelle sue cosce e dai polpacci abbronzati le tolsero brutalmente le calze bianche e io, mentre mi colpivano, gridavo Cosa state facendo, marmaglia ceca! fino a che non ci lasciarono, e le calze della signorina Líza se le portarono via come uno scalpo bianco, come un bianco trofeo, e noi attraverso un sottopassaggio tra le case raggiungemmo la piazzetta, e Líza piangeva e sibilava, masnada di bolscevichi, questa la pagherete, oltraggiare un'insegnante tedesca di Cheb...! e io mi sentivo un grand'uomo, lei si teneva a me ed io ero indignato a tal punto che mi misi a cercare la tessera di membro del Sokol, ma non la trovai per poterla fare in mille pezzi... e lei all'improvviso mi guardò, con gli occhi pieni di lacrime, e lì sulla strada scoppiò nuovamente a piangere, e poggiò la sua guancia sul mio viso e si strinse tutta a me, e io sapevo che dovevo difenderla e proteggerla da tutti i Cechi, che ci provassero soltanto a fare qualcosa a quella piccola ragazza dell'Egerland, torcerle soltanto un capello, a quella figlia del proprietario dell'albergo Alla città di Amsterdam di Cheb, che già l'autunno precedente era stata annessa in quanto territorio del Reich, mentre l'intera regione dei Sudeti era tornata lì dov'era anni prima, di nuovo al Reich, e adesso qui, nella Praga del Sokol, ai poveri Tedeschi capitava quello che avevo visto coi miei stessi occhi, fatto che ribadiva tutti i motivi per cui erano stati annessi i Sudeti e per cui anche Praga avrebbe dovuto subire lo stesso destino, dal momento che la vita e l'onore della popolazione tedesca erano minacciati e calpestati... E così poi avvenne, io non solo fui licenziato dall'hotel Paris ma non venivo assunto da nessun'altra parte nemmeno come cameriere, già il secondo giorno arrivava ogni volta la notizia che ero un ceco che pensava alla tedesca e per di più un membro del Sokol legato a un'insegnante tedesca di ginnastica. E così rimasi a lungo senza un posto fino a che non arrivò finalmente l'esercito tedesco a occupare non soltanto Praga ma l'intera nazione... E la signorina Líza la persi di vista per due mesi e, dopo che le ebbi inutilmente scritto, e non soltanto a lei ma anche al padre, il secondo giorno dell'occupazione di Praga ero andato a fare una passeggiata e, a piazza della Città Vecchia, vidi l'esercito del Reich cucinare dentro le caldaie delle gustose minestre e distribuirle alla popolazione nelle gavette, e mentre me ne sto lì a guardare, chi ti vedo con un vestitino a righe e un distintivo rosso in petto e un mestolo in mano? Líza. Neanche le rivolsi la parola, rimasi per un po' a guardarla versare la minestra e distribuire con un sorriso le scodelle, fino a che non mi ripresi e mi misi anch'io in fila con la gente, e quando fu il mio turno lei mi diede una scodella con la minestra calda, e quando mi guardò non è che sobbalzasse, ma ne fu contenta e così, tutta orgogliosa, si mise in mostra con quegli abiti militari da crocerossina del fronte, o quale altra uniforme fosse, e io le dissi che da allora non avevo più trovato un posto, da quando avevo difeso il suo onore, lì alla Torre delle Polveri, con le calze bianche, e lei si fece sostituire, e subito si attaccò al mio braccio e rideva ed era contenta, e io avevo l'impressione, e lei lo stesso, che proprio a causa di quelle sue calze bianche e di come in albergo mi avevano sputato addosso, l'esercito del Reich aveva occupato Praga, e così passeggiavamo a Na příkopě, i militari in uniforme salutavano la signorina Líza, e io facevo ogni volta un inchino, e fu lì che mi venne l'idea, e forse anche a Líza, e alla Torre delle Polveri svoltammo, superammo il posto dove tre mesi prima lei stava distesa a terra e le erano state tolte le calze bianche e, come entrammo nell'hotel Paris, io feci per cercare un tavolino, già dappertutto sedevano ufficiali tedeschi, e io stavo con la signorina Líza in uniforme da crocerossina, e i camerieri e il signor maître Skřivánek erano pallidi e servivano in silenzio i clienti tedeschi, e io mi sedetti accanto alla finestra e ordinai in tedesco un caffè, un caffellatte alla viennese con un bicchierino di rhum come lo servivamo un tempo, secondo il modello dell'albergo Sacher, Wiener Kaffee mit bespritzer Nazi[1], fu una sensazione piacevole quando entrò anche il signor Brandejs e fece un

[1] In tedesco nel testo: Un caffè alla viennese con una spruzzatina di nazi.

inchino, si inchinò in maniera particolarmente cortese anche verso di me, e di punto in bianco si mise a parlarmi, parlava dell'incresciosa situazione di qualche tempo prima e mi chiedeva scusa... io però gli dissi che le scuse non le accettavo, che non sarebbe finita lì... e quando pagai il conto al signor maître Skřivánek, gli dissi, ecco, vede, non le è valso proprio a nulla aver servito il re d'Inghilterra... e mi alzai e camminavo tra i tavoli, e gli ufficiali dell'esercito tedesco salutavano la signorina Líza e io facevo allo stesso modo un inchino verso di loro, come se quei saluti appartenessero anche a me... quella notte la signorina Líza mi portò a casa sua, prima andammo insieme in un bordello per militari a Na příkopě, in una casa bruna, festeggiammo con lo champagne l'occupazione di Praga, gli ufficiali brindavano con Líza e anche con me, lei ogni volta spiegava che mi ero comportato coraggiosamente, e che avevo difeso il suo onore germanico contro la marmaglia ceca, e io mi inchinavo e ringraziavo per i saluti e per i bicchieri che alzavano, ma non sapevo e nemmeno potevo sapere che quei saluti appartenevano solo e soltanto a Líza, e che loro a me mi guardavano soltanto, senza vedermi, tolleravano di rispettarmi solamente come un'appendice di Líza, comandante delle crocerossine, come avevo scoperto dal modo in cui le si rivolgevano nei brindisi... e io avevo la piacevole sensazione di poter partecipare a quella cerimonia, di stare tra comandanti e colonnelli, di stare tra giovani con gli stessi occhi azzurri e gli stessi capelli biondi che avevo io, che in effetti non sapevo il tedesco come si deve, ma che però mi sentivo come un tedesco, che come nella Bella addormentata nel bosco avevo avuto bisogno di incontrare la signorina Líza, di pestarle la scarpetta nera e svegliarmi come nella favola. E così da quella cerimonia stavamo ritornando in un posto dove non ero ancora mai stato, e Líza mi pregava di guardare il mio albero genealogico, che lì di sicuro doveva esserci da qualche parte un antenato germanico, io le dissi soltanto che sulla lapide di mio nonno c' era scritto Johan Ditie[1], che faceva lo stalliere dei signori, io di quello stalliere di cavalli mi ero sempre vergognato, invece Líza quando lo sentì, beh in qualche modo mi elevai ai suoi occhi, più che se fossi stato un conte ceco, sembrava che con quel Ditie fossero cadute tutte le barriere e le sottili pareti che ci separavano, per tutta la strada tacque, poi aprì la porta di una vecchia casa e salimmo le scale, a ogni piano mi baciava a lungo, mi accarezzava i pantaloni all'altezza del cavallo, e quando entrammo nella sua cameretta lei accese una lampada da tavolo, ed era tutta bagnata, gli occhi e la bocca, e sugli occhi le era sceso un velo, quasi una membrana, mi rovesciò sul canapé e di nuovo mi baciò a lungo, con la lingua tastava e contava tutti i miei denti lamentandosi e gemendo senza sosta, come un cancello non oliato che il vento apra e chiuda in continuazione, e poi non ci fu da fare nient'altro che quello che aspettavo, che però non partiva da me come avveniva prima, ma da lei, era lei ad aver bisogno di me e mi concedeva tutto, si spogliò lentamente guardandomi mentre mi spogliavo anch'io, io pensavo che stando sotto le armi lei avrebbe dovuto avere anche una qualche uniforme in forma di mutandine o di sottoveste, che di sicuro anche le crocerossine dell'ospedale da campo dovevano avere in dotazione della biancheria intima, e invece lei aveva ogni cosa come ce l'avevano le signorine che venivano all'hotel Paris per le visite dei signori della Borsa, come ce l'avevano anche le signorine dai Rajský, e poi i nostri corpi nudi si unirono uno all'altro, tutto era come allo stato liquido, come fossimo stati delle lumache e aderissimo l'uno all'altra solo in virtù di quel corpo umido scivolato fuori dalla conchiglia, Líza fremeva agitandosi terribilmente, e io capii per la prima volta di essere innamorato e amato, era qualcosa del tut-

[1] Ditie: grafia tedesca della parola ceca *dítě*, «bambino».

to diverso da prima, non mi chiedeva nemmeno di fare attenzione, o di essere prudente, ogni cosa veniva invece fatta come doveva essere fatta, i movimenti e l'accoppiamento e la strada in salita e il chiarore e gli sprazzi di luce e dei respiri e dei lamenti soffocati, e poi non aveva nemmeno paura di me, nemmeno un istante, sollevava il ventre verso il mio viso, con le gambe mi teneva forte la testa contro il suo addome, senza vergognarsi nemmeno un istante, anzi, al contrario, come se ciò fosse del tutto naturale, si tirò su e lasciò che la leccassi e la strofinassi con la lingua fino a che non si levò verso l'alto e mi fece assaggiare e provare, con la lingua e sulla lingua, tutto ciò che stava accadendo nel suo corpo... poi, mentre stava distesa sulla schiena con le braccia piegate e le gambe larghe in mezzo alle quali fiammeggiava un ciuffetto di peletti biondi rigirati all'insù, i miei occhi si posarono sul tavolo, e lì c'era un mazzetto di tulipani primaverili e di rametti di betulla giovane, e alcuni ramoscelli di abete, come in un sogno, nemmeno mi fossi ricordato, questo venne soltanto più tardi, dopo mi ricordai di quel motivo ricorrente, come in un sogno strappai i ramoscelli, li feci a pezzi e ricoprii il suo sesso con quei ramoscelli, era bello quel suo ventre rivestito tutt'intorno di ramoscelli di abete, lei mi guardava di sottecchi, e quando mi chinai e la baciai in mezzo a quei ramoscelli, vicino alle labbra sentii gli aghi appuntiti delle conifere, lei mi prese con tenerezza la testa tra i palmi delle mani e si tirò su schiacciando il ventre contro il mio viso con tanto impeto che gemetti per il dolore, e con pochi e veementi sobbalzi dell'addome raggiunse una eccitazione tale che lanciò un grido penetrante, lasciandosi cadere su un fianco e respirando così affannosamente che io pensavo stesse morendo o sarebbe morta... ma non era né l'una né l'altra cosa, si piegò soltanto su di me allargando tutte e dieci le dita e minacciandomi di cavarmi gli occhi e di graffiarmi il viso e tutto il resto, a tal punto era riconoscente e soddisfatta, e allargava di nuovo sopra di me le unghie e le serrava in uno spasimo, per poi crollare dopo un attimo in pianto e passare dal pianto silenzioso a una minuta risata... e io ero tranquillo e silenzioso, stavo disteso, afflosciato, e la vedevo strappare con le dita veloci i resti di quei ramoscelli di abete, di quei rametti piegati come quelli che usano i cacciatori quando vanno a caccia, e la vedevo coprire il mio ventre, il mio sesso afflosciato, tutto il mio addome era pieno di ramoscelli, e poi lei mi sollevò leggermente e con le mani mi carezzava e mi baciava in mezzo alle gambe, e raggiunsi lentamente un'erezione, e all'improvviso quei ramoscelli si sollevarono, e ne sbucò fuori il mio pene e aumentò lentamente scansando i ramoscelli, ma Líza con la lingua aggiustava quei ramoscelli tutt'intorno, per poi sollevare la testa e infilarsi il mio sesso tutt'intero in bocca, fino giù in gola, volevo allontanarla ma lei mi ributtò giù, cacciò via le mie mani, guardavo il soffitto lasciandole fare di nuovo di me quello che voleva, non mi sarei mai aspettato tanta brutalità nel suo comportamento, mi succhiò fino in fondo quasi con crudezza, coi colpi possenti e i movimenti della sua testa, senza nemmeno allontanare i ramoscelli che le laceravano a sangue le labbra, forse si trattava di un'usanza germanica... avevo quasi paura di Líza.. quando poi ebbe strisciato con la lingua sul mio ventre, lasciando su di me una striscia di saliva come una lumaca, mi baciò e la sua bocca era piena di sperma e di aghi di pino, e lei non considerava tutto ciò come qualcosa di sporco, al contrario, quello era l'apice, una parte della messa, questo è il mio corpo e questo è il mio sangue e queste sono le mie salive e questi sono i tuoi e i miei umori, e questo è ciò che ci ha unito e ci unirà per sempre, come mi disse, perché ce lo siamo scambiati l'un l'altra, insieme al profumo degli umori e dei peli...

Vi basta? Con questo per oggi termino.

E la testa non la ritrovai più

Fate attenzione a quello che ora vi racconto.

Il mio nuovo posto di cameriere, e in seguito di maître, si trovava oltre Děčín, tra le montagne. Quando approdai a quell'albergo quasi mi prese un colpo. Non si trattava di un semplice alberguzzo, come mi aspettavo, ma era invece una minuscola cittadina, o un grande villaggio, nel bel mezzo di boschi e di calde sorgenti boschive, vi spirava un'aria fresca che si poteva metterla in una coppa, bastava voltarsi così in faccia a quella piacevole corrente d'aria e deglutire lentamente come fanno i pesci con le branchie, e sentivate ben chiaro e distinto l'ossigeno mescolato all'ozono attraversarvi le branchie, i vostri polmoni e i vostri visceri gonfiarsi lentamente come se giù, prima di arrivare qui, a un certo punto aveste bucato una gomma, è già molto che l'avete bucata e soltanto qui con quest'aria l'avete gonfiata automaticamente fino al numero giusto di atmosfere, per viaggiare non solo con maggior sicurezza ma anche con più gusto. Líza, che mi aveva accompagnato qui con una macchina militare, si muoveva come a casa sua, sorrideva continuamente mentre mi guidava attraverso il lungo viale alberato che costituiva il cortile principale. E c'erano certe statue tedesche munite di corna, statue di re e di imperatori, tutto in puro marmo o in calcare bianco che luccicava come zucchero, e allo stesso identico modo erano fatti anche gli altri edifici dell'amministrazione che si articolavano a partire dal colonnato principale, come foglie di acacia. E anche lì, dappertutto, c'erano altri porticati, prima di entrare in ognuno di quegli edifici potevate passeggiare – oppure eravate costretti a passare – per un colonnato con statue ugualmente munite di corna, e allo stesso modo tutte le pareti erano coperte di rilievi tratti dal glorioso passato tedesco, quando ancora correvano con le scuri e si vestivano di pelli, qualcosa come le Antiche leggende boeme di Jirásek, però in abiti tedeschi. E Líza mi spiegava ogni cosa e io non la smettevo di stupirmi, e mi ricordai del domestico dell'albergo Tichota che diceva sempre, e gli piaceva chiacchierarne, di come l'incredibile era divenuto realtà, e anche adesso era così, Líza mi mostrava con orgoglio che qui c'era l'aria più salubre dell'Europa Centrale, e un altro posto analogo si trovava vicino Praga, sopra Ouholičky e Podmořání, e che questa qui era la prima stazione europea per la conservazione della razza, che il partito nazionalsocialista vi stava organizzando il primo incrocio tra il sangue aristocratico delle ragazze tedesche e i soldati di sangue puro sia dell'Heereswaffe che delle SS, tutto avveniva su base scientifica, qui non solo si andava regolarmente ogni giorno ai coiti nazionalsocialisti, così come avevano i loro coiti alla svelta gli antichi Germani, ma soprattutto qui le future partorienti, che portavano in grembo gli uomini nuovi dell'Europa, qui loro sgravavano pure, e soltanto dopo un anno se ne tornavano in Tirolo e in Baviera e nella Foresta nera o al mare a continuare lì, nelle prime scuole e negli asili, l'educazione dell'uomo nuovo, ormai ovviamente senza le madri ma sotto lo sguardo vigile della nuova scuola. E così Líza mi indicava le piccole belle casette edificate con la forma delle costruzioni di paese, con le pianticelle che scendevano dai davanzali delle finestre e delle terrazze e dei balconcini di legno, e io vedevo quelle future madri e quelle madri, tutte robuste come contadine, ragazzotte bionde, come se neanche appartenessero a questo secolo, ma come le nostre ragazze delle parti di Humpolec o Haná, villaggi tanto sperduti che lì si portano ancora mutande a righe e camiciotti come li portano da noi i membri del Sokol, o come quello che aveva indosso la Božena della leggenda mentre faceva il bucato e Oldřich si era innamorato di lei passandole vicino a cavallo, avevano tutte dei bei seni e tutte, quando camminavano, perché qui quelle ragazze stavano sempre a passeggiare lentamente, tutte attraversavano quei colonnati e, come se quello facesse parte del loro lavoro, guardavano le statue dei combattenti muniti di corna, oppure si fermavano davanti ai bei re e imperatori tedeschi imprimendosi forse nel cervello quei visi e le figure e anche la storia di quei gloriosi uomini del passato. Questo lo venni poi a sapere origliando alle finestre della sezione istruzione dove si tenevano lezioni su quegli uomini leggendari e dove le future madri venivano esaminate per vedere se magari quella storia non se l'erano dimenticata, sembrava però che la conoscessero a memoria, perché quelle donne, come diceva Líza, dovevano certo sapere che quelle immagini nelle teste delle ragazze si sarebbero infiltrate lentamente attraverso il loro corpo giù verso quello che all'inizio era solo come uno sputo, poi un girino, in seguito qualcosa come una ranocchietta o un rospo e poi ormai un piccolo esserino, un omuncolo che, da nanetto che era, sarebbe cresciuto lentamente un mese dopo l'altro fino al nono, quando si sarebbe trasformato in un essere umano, e tutta quella scienza e quel guardare si sarebbe dovuto necessariamente e regolarmente manifestare anche in quella nuova creatura... e Líza passeggiava lì in mezzo insieme a me tenendosi addirittura al mio braccio, e io mi accorsi che, quando lanciava un'occhiata ai miei capelli bianchi, si metteva a camminare con ancora più gioia, e quando mi aveva presentato al comandante del suo reparto, mi aveva presentato come Ditie, così com'era scritto sulla tomba di mio nonno a Cvikov, e io sapevo che Líza desiderava anche lei di poter vivere qui quei nove e più mesi, e offrire anche lei al

Reich un rampollo di sangue puro... E a immaginarmi che ogni cosa con quel futuro bambino si sarebbe dovuta svolgere esattamente come quando andavamo con la vacca dal toro, o con la capra dal caprone comunale, io guardai il viale con le colonne e le statue e lì in fondo mi accorsi di non vederci nulla, che quello che ci vedevo faceva venire i brividi, la piccola nube di una grande paura che mi circondava tutto... E quando pensai – e questa era la mia difesa – che ero così piccolino che nel Sokol non mi avevano preso nemmeno nella squadra, sebbene sulle parallele e agli anelli mi dimenassi come quelli alti, e quando mi ricordai come era finita all'hotel Paris con quel cucchiaino d'oro, e come, per finire, tutti mi avevano sputato addosso solo perché mi ero innamorato di un'insegnante tedesca di ginnastica, e adesso invece mi aveva stretto la mano il comandante stesso di un campo socialista per la conservazione della razza, e avevo visto come guardava i miei capelli giallo paglierino, come aveva riso con simpatia come se avesse visto una bella ragazza, come se avesse bevuto un liquore o il suo distillato preferito, a quel punto mi raddrizzai tutto. Anche se non avevo il colletto duro del frac, forse per la prima volta ebbi l'impressione che non era necessario avere un fisico imponente ma che l'importante era sentirsi imponente, per cui mi guardai intorno tranquillo e smisi non solo di essere un camerierucolo, ma anche quell'apprendista cameriere, quel piccolo cameriere che a casa sua era condannato a rimanere piccolino fino alla fine dei suoi giorni, e a farsi chiamare Nanerottolo e Tappetto e ad ascoltare battute sul mio cognome Dítě, mentre qui ero Herr Ditie, per i Tedeschi quel mio nome aveva perso il suo significato di «bambino», certamente lo mettevano in relazione con qualcosa di totalmente diverso, in tedesco non c'era addirittura proprio nulla con cui metterlo in relazione, per cui qui avevo cominciato ad essere una persona rispettabile già soltanto per il fatto di chiamarmi Ditie e, come mi disse Líza, un nome come quello me l'avrebbero invidiato persino gli aristocratici di Prussia e di Pomerania che avevano sempre nei propri nomi l'impronta della radice slava, così come ce l'avevo io, von Ditie, cameriere nel reparto cinque dove dovevo occuparmi di cinque tavoli a mezzogiorno e a cena, e di cinque ragazze tedesche incinte, tutte le volte che suonavano per farsi portare del latte, coppe di acqua fredda delle sorgenti montane, focacce tirolesi o ciotole di carne fredda, e in genere tutto ciò che avevamo nel menu...

E soltanto qui io cominciai a sbocciare, e così come durante il servizio al Tichota o all'hotel Paris ero stato in gamba, allo stesso modo qui divenni come il beniamino di quelle tedesche incinte. Del resto con me si comportavano allo stesso modo anche le signorine nel bar dell'hotel Paris quand'era giovedì e venivano gli agenti di Borsa nei separé... quelle tedesche, però, come del resto anche Líza, mi guardavano tutte quante compiaciute i capelli, il mio frac, e Líza poi era riuscita a ottenere che, quando la domenica e i giorni festivi servivo in tavola, potessi portare a tracolla la sciarpa azzurra e l'onorificenza d'oro a raggiera, con una pietra rossa al centro e la scritta Viribus Unitis, perché soltanto qui avevo scoperto che anche in Etiopia l'unità monetaria erano i talleri di Maria Teresa... E così qui, in questa cittadina tra i boschi dove una sera dopo l'altra i soldati di tutte le armi si ristoravano con del buon cibo e diventavano allegri con i vini speciali del Reno e della Mosella, mentre le ragazze bevevano solo coppe di latte perché poi, ogni notte, venissero ammessi gli uomini, sotto il controllo scientifico, quasi fino all'ultimo istante, così io qui avevo il titolo di cameriere che aveva servito l'imperatore d'Etiopia, io qui ero come il signor maître del Paris, Skřivánek, quello che aveva servito il re d'Inghilterra, e anch'io avevo qui un aiuto cameriere più giovane che ammaestravo come aveva fatto il signor

Skřivánek con me, affinché riconoscesse di quale regione fosse questo o quel soldato, quello che avrebbe ordinato da mangiare, e puntavamo anche noi dieci marchi, li mettevamo allo stesso modo sul tavolinetto, e io vincevo quasi sempre e constatai che la sensazione di vittoria, è quella a essere determinante, perché non appena una persona si scoraggia, o si lascia prendere dallo scoraggiamento, allora se lo porterà appresso per tutta la vita e non si riprenderà mai più, soprattutto nella propria patria e nel proprio ambiente dove lo guardano come si guarda un tappetto, come quell'eterno apprendista cameriere che avrei continuato a essere dalle mie parti, mentre qui ero stimato e rispettato dai tedeschi... E così tutti i pomeriggi quando c'era il sole portavo coppe di latte o di gelato, ma talvolta, su ordinazione, anche coppe di latte caldo o di tè, alle piscine azzurre dove coi capelli sciolti nuotavano quelle belle tedesche incinte, completamente nude, io venivo considerato, e questo mi dava soddisfazione, come fossi stato uno dei medici, potevo guardarle mentre i loro corpi chiari fluttuavano, mentre allungavano le braccia e le gambe, mentre al ritmo dei movimenti delle gambe tutto il corpo si distendeva per permettere alle braccia e alle gambe di passare ai bei movimenti del nuoto. Ormai però a me di quei corpi non me ne importava poi molto, io ero innamorato, e ne rimanevo stupefatto, di quei capelli fluttuanti che, come un fumo chiaro di paglia, si scioglievano e si allungavano dietro i corpi, capelli che si stendevano in tutta la loro lunghezza al ritmare possente delle braccia e delle gambe, per poi quasi fermarsi per un attimo, e le punte si arcuavano leggermente come le lamiere di una saracinesca, e poi quel sole stupendo e sullo sfondo le piastrelle azzurre o verdi sulle quali le increspature dell'acqua gettavano le membrane screpolate degli orli delle onde e del sole, un tale sciropposo sgocciolio, e le ombre e i movimenti del corpo sulle pareti e sul pavimento azzurro della piscina, e io, quando finivano di nuotare e si davano lo slancio con le gambe e si tiravano su e rimanevano così, coi seni e l'addome con l'acqua che vi gocciolava sopra, come naiadi, io allora porgevo loro le coppe e loro bevevano oppure mangiavano lentamente, per rimmergersi nuovamente nell'acqua, univano le mani come per pregare, e con le prime bracciate aprivano l'acqua, e anche adesso non nuotavano per se stesse ma per quei bambini futuri, e così alcuni mesi dopo, ma ora si trattava di piscine coperte, vedevo nuotare qui non più soltanto le madri ma anche quei bambini piccoli, quei frugoletti di tre mesi, loro già nuotavano con le donne, con le mammine, così come le femmine degli orsi nuotano con i loro piccoli, come fanno le foche subito il giorno stesso, o come le anatre che incominciano a nuotare appena fuori dal guscio. Solo che ormai avevo capito che quelle donne che qui ingravidavano e portavano nel ventre i bambini e facevano il bagno, loro mi consideravano un vero e proprio servo, niente di più che un servo, anche se in frac, addirittura come se neanche esistessi, come fossi stato il loro attaccapanni, perché davanti a me non si vergognavano. Ero un valletto, qualcosa come i buffoni e i nani che avevano le regine, perché quando uscivano dall'acqua stavano attente che nessuno le vedesse attraverso le tavole dello steccato. Una volta erano state sorprese da un SS ubriaco, avevano strillato e si erano strette gli asciugamani al ventre, con le braccia si erano coperte il seno ed erano scappate nelle cabine, quando però io avevo portato su un vassoio le coppe, loro se ne erano state tranquillamente nude, scherzavano, con una mano stavano appoggiate ai sostegni e con l'altra si asciugavano lentamente il biondo ventre peloso, con movimenti lenti e attenti, si erano pulite a lungo in mezzo alle gambe e poi i glutei, e io stavo lì fermo, loro prendevano le coppe e sorseggiavano come se io fossi stato un tavolinetto di servizio, e io potevo scivolare con gli occhi su di loro, fin dove volevo, niente di me riusciva a disturbarle e a farle uscire dalla loro tranquillità, con gli asciugamani di spugna continuavano ad asciugarsi con cura e attenzione in mezzo alle gambe, e poi alzavano le braccia e si asciugavano con cura tutte le pieghe del seno, sempre come se a loro di me non gliene importasse nulla... mentre quando una volta, proprio in un momento analogo, era sceso in picchiata un aeroplano, loro lanciando gridolini si erano disperse nelle cabine per riprendere poi dopo un istante le stesse posizioni di prima, mentre io stavo lì in piedi reggendo la guantiera con le coppe refrigeranti... Se non ero di servizio, allora scrivevo a Líza delle lunghe lettere, il suo indirizzo era ormai dalle parti di Varsavia che era stata conquistata da noi, poi lettere spedite a Parigi, e poi, forse in seguito a quelle vittorie, anche qui da noi l'ordine divenne meno rigido, fuori città avevano eretto dei panopticum e dei tiri a segno e delle giostre e delle altalene, e in genere tutto ciò che c'era a Praga alla Fiera di San Matteo, attrazioni d'ogni tipo ma, come le nostre baracche, anche quelle insegne erano dipinte con ninfe e satiri e donne e animali allegorici d'ogni genere, e così verso quei tiri a segno e verso le insegne sulle giostre e verso le targhe di lamiera delle altalene affluivano eserciti di Germani con gli elmi muniti di corna, e io da quelle immagini imparavo la storia patria tedesca, tutto l'anno passavo da uno all'altro, quando ero di libertà, e facevo domande al responsabile per la cultura, e lui mi spiegava ogni cosa con gioia e mi diceva mein lieber Herr Ditie, quel Ditie lo pronunciava in maniera così bella che io lo pregavo continuamente di insegnarmi, su quelle immagini e sui rilievi, il glorioso passato tedesco, affinché potessi anch'io prima o poi generare magari un bambino tedesco, così come avevamo deciso io e Líza che, sotto l'impressione della vittoria sulla Francia, era arrivata e mi aveva detto che mi offriva la sua mano ma che sarei dovuto andare a chiederla al padre, il proprietario del ristorante Alla città di Amsterdam a Cheb. E così l'incredibile divenne realtà e io a Cheb dovetti sottopormi a una visita medica davanti al tribunale supremo, davanti a un giudice e a un medico delle SS e, secondo la domanda che avevo presentato per iscritto e nella quale avevo riportato tutt'intera la mia famiglia a ritroso fino a quel cimitero di Cvikov, là dove giaceva il nonno Johan Ditie e, con riferimento alla sua origine ariana e germanica, chiedo rispettosamente di poter prendere in moglie Líza Elisabetha Papanek e, secondo le leggi del Reich, chiedo altresì di venire esaminato dal punto di vista fisico per vedere se, secondo la legislazione di Norimberga, in quanto membro di altra nazione, sia capace non solo di congiungermi carnalmente ma anche di fecondare il sangue ariano tedesco. E così, mentre a Praga i plotoni di esecuzione giustiziavano i condannati a morte, a Praga come a Brno e negli altri tribunali dove avevano il diritto di giustiziare, io me ne stavo nudo davanti a un medico che, con un bastoncino, mi sollevava il sesso, dovetti voltarmi e, col bastoncino, lui mi guardò nell'ano, soppesò poi i miei testicoli dettando a voce alta quello che vedeva e giudicava ed esaminava al tatto, e poi mi chiese di masturbarmi leggermente e di portargli un po' di sperma allo scopo di sottoporlo ad analisi scientifica perché, come aveva detto quel medico nel suo terribile tedesco dell'Egerland che non avevo capito, pur intuendo molto bene ciò a cui si stava riferendo in preda alla rabbia, se un merdoso d'un ceco vuole prendersi una tedesca, allora il suo seme deve essere almeno due volte più prezioso del seme dell'ultimo domestico dell'ultimo albergo della città di Cheb, e aggiunse che il catarro che una tedesca come quella mi avrebbe sputato in mezzo agli occhi, se per lei era una vergogna per me era un onore... E io all'improvviso vidi in lontananza le notizie dei giornali, di come io quello stesso giorno, mentre i Tedeschi fucilano i

Cechi, io me ne sto qui a giocare col mio sesso per essere degno di sposare una tedesca. All'improvviso mi prese il terrore, che laggiù c'erano le esecuzioni mentre io me ne stavo qui davanti a un dottore, col sesso nel pugno, senza riuscire ad avere un'erezione e offrire due gocce di sperma. E poi si aprì la porta e lì c'era il dottore con le mie carte in mano, e certo soltanto allora doveva aver letto con attenzione di chi si trattava, perché si rivolse a me con cortesia: Herr Ditie, was ist denn los...?[1], e mi diede una pacca sulla spalla consegnandomi alcune fotografie, e accese la luce e io vidi alcuni gruppi di nudi pornografici, li conoscevo bene, prima, tutte le volte che le guardavo, quando avevo quelle fotografie tra le dita diventavo subito tutto duro, e invece più guardavo quelle foto porno e più vedevo i titoli e le notizie dei giornali che annunciavano che quelli lì e altri quattro erano stati condannati e fucilati, ogni giorno degli altri e dei nuovi, innocenti... e io sto qui col sesso in una mano, con l'altra poggio sul tavolo le foto pornografiche non riuscendo ancora a raggiungere quello che mi veniva richiesto per essere poi capace di fecondare una donna tedesca, la mia fidanzata Líza, così alla fine dovette intervenire una giovane infermiera, con pochi movimenti durante i quali io non potevo e nemmeno dovevo pensare più a nulla, perché la mano dell'infermiera era così esperta che dopo un paio di minuti portava via, su un foglio di carta, due gocce del mio seme che mezz'ora dopo veniva definito eccellente, assolutamente capace di fecondare degnamente una vagina ariana... e così l'ufficio per la difesa dell'onore e del sangue tedesco non ebbe nulla in contrario a che io sposassi un'ariana di sangue tedesco e, con possenti colpi di timbro, ottenni il permesso di matrimonio, mentre i patrioti cechi con gli stessi colpi degli stessi timbri venivano condannati a morte. Le nozze si svolsero a Cheb, in una

[1] In tedesco nel testo: Signor Ditie, che le succede?

sala rossa al Comune, dappertutto c'erano bandiere rosse col simbolo della croce uncinata, anche gli impiegati indossavano uniformi brune con fasce rosse al braccio, e sulla fascia c'era una croce uncinata, io indossavo il frac, e nuovamente la sciarpa azzurra a tracolla e l'onorificenza che avevo ricevuto dall'imperatore d'Etiopia, e Líza, la sposa, portava nuovamente quel suo completino alla tirolese, col giubbettino ornato di rametti di quercia e, sul risvolto, una croce uncinata in campo rosso, e non si trattò affatto di un matrimonio quanto invece di una cerimonia militare durante la quale si parlava continuamente di sangue e onore e dovere, e alla fine il sindaco, anche lui in uniforme, con gli stivali e la camicia bruna, ci chiese in quanto promessi sposi di avvicinarci a una specie di altare, una lunga bandiera sciolta con la croce uncinata stava lì appesa e sul tavolinetto c'era un busto di Adolf Hitler illuminato dal basso, imbronciato dalle lampadine che gettavano dal basso ombra sulle sue rughe, e il sindaco prese la mia mano e la mano della sposa e le infilò nella bandiera, e attraverso la stoffa ci strinse la mano e assunse un'aria solenne, ed era quello il momento del matrimonio, e il sindaco ci disse che da allora appartenevamo uno all'altra, e che nostro dovere era pensare sempre e soltanto al partito nazionalsocialista e mettere al mondo dei figli che dovevano essere educati anch'essi nello spirito del partito, e poi il sindaco quasi scoppiò in lacrime e ci disse solennemente che non ce la prendessimo a male di non poter cadere entrambi nella lotta per la Nuova Europa, ma che loro, i soldati e il partito, loro avrebbero continuato in quella lotta fino alla vittoria finale.. e poi un disco intonò Die Fahne hoch, die Reihe dicht geschlossen[1], e tutti cantavano insieme al disco, anche Líza, e io mi ricordai che prima cantavo Sulle mura di Strahov e Dov'è la mia patria?, ma cantavo

[1] In tedesco nel testo: In alto la bandiera, serrare le fila!

anch'io a bassa voce, Líza mi urtò leggermente col gomito, con gli occhi che le lampeggiavano, e così continuai a cantare insieme agli altri... esa marschiert[1] e lo cantavo con sentimento e, in fondo, come se fossi stato un tedesco, e quando diedi un'occhiata a chi era testimone delle mie nozze, c'erano lì anche i colonnelli e tutti i capoccia del partito a Cheb, sapevo che se le mie nozze si fossero svolte al mio paese, allora sarebbero passate come se nulla fosse, mentre qui a Cheb erano quasi un avvenimento storico, perché qui Líza era conosciuta... e poi la cerimonia nuziale terminò e io stavo lì in piedi e allungavo la mano per ricevere le congratulazioni, ma cominciò a colarmi il sudore perché tenevo il braccio teso ma gli ufficiali, sia quelli della Wehrmacht che delle SS la mano non me la davano, anche per loro continuavo a non essere che un cameriere, un apprendista, un nanerottolo ceco, un tappetto, mentre tutti si erano quasi gettati su Líza e si congratulavano con lei in maniera così provocatoria che io rimasi da solo, nessuno mi aveva dato la mano, il sindaco mi aveva affibbiato una pacca sulla schiena, e io avevo cercato di dargli la mano, ma lui non l'aveva accettata, per cui ero rimasto un attimo fermo, come se quella stretta di mano mi avesse irrigidito tutto il corpo, e il sindaco mi prese per la spalla e mi accompagnò in ufficio per firmare e pagare le tasse per il matrimonio, e io ci provai ancora una volta, lasciai sul tavolo cento marchi in più, e uno degli impiegati, con un ceco zoppicante, sebbene io con lui parlassi tedesco, mi disse che qui non si davano mance, che qui non era né un ristorante, né una mensa, né una locanda, né un'osteria, ma un ufficio dei creatori della Nuova Europa nella quale sarebbe stato determinante il sangue e l'onore, e non certo come a Praga il terrore e le bustarelle, e le altre costumanze capitalistiche e bolsceviche.

[1] In tedesco nel testo: Marciano le SA.

E il banchetto nuziale si tenne al ristorante Alla città di Amsterdam, e io vidi ancora una volta che in effetti tutti bevevano anche alla mia salute, ma tutto ruotava attorno a Líza, e cominciai a entrare nel ruolo di ariano tollerato, ma che rimaneva pur sempre un ceco, anche se avevo i capelli biondo chiaro, e a tracolla la sciarpa, e a lato del frac quell'onorificenza d'oro a raggiera. Non lasciavo però che nulla trapelasse, come se non vedessi, sorridevo, ed ero addirittura soddisfatto di essere il marito di una donna così famosa che tutti gli ufficiali, che di sicuro erano scapoli, aspiravano o avevano potuto aspirare a lei, ma nessuno di loro ce l'aveva fatta, ed ero stato invece io ad averla affascinata, certo quei soldati lì non sanno fare niente altro che saltare con gli stivali addosso a una donna in un letto, sempre con quell'idea di difendere il sangue e l'onore, senza nemmeno pensare che a letto sono necessari anche l'amore e il gioco e il gusto di giocare, come sapevo fare io, come avevo capito tanto tempo prima Dai Rajský, quando avevo rivestito di margherite e di petali di ciclamini il ventre di una cameriera nuda... e per finire, due anni prima, anche il ventre di quella fervente tedesca, di quel comandante di crocerossine dell'Esercito, di quel pezzo grosso del partito. E mentre lei riceveva lì le congratulazioni, nessuno riusciva a immaginarsi quello che vedevo io, lei distesa nuda sulla schiena e io che le ricopro l'addome di verdi ramoscelli d'abete, e lei accoglie quel gesto con lo stesso rispetto, con un rispetto forse persino maggiore del sindaco che aveva stretto le nostre mani attraverso la bandiera rossa compiangendoci perché non potevamo cadere entrambi nella lotta per la Nuova Europa, per l'uomo nuovo nazionalsocialista. E Líza a vedermi sorridere, a vedere che avevo accettato il gioco al quale ero stato condannato da quel mio ruolo, prese il bicchiere e mi guardò, quella cerimonia solenne aveva irrigidito tutti, e io mi alzai per essere ancora più grande, stavamo uno di fronte all'altra con i bicchieri tra le dita, e gli ufficiali guardavano, per vedere meglio guardavano fissi, cercavano di indovinare, come se fossimo stati a un interrogatorio, e Líza rise come rideva quando stavamo a letto insieme, quando io mi comportavo con lei con galanteria tutta francese, ci guardavamo l'un l'altra come se lei fosse stata nuda e io pure, e davanti agli occhi le scese nuovamente quel velo, quella leggera membrana, quell'istante in cui le donne non che cadano in deliquio, ma abbandonano le ultime resistenze e danno piena libertà perché si agisca con loro così come suggerisce quel momento che spalanca le porte di un mondo diverso, il mondo dei giochi dell'amore e delle tenerezze... e così mi baciò a lungo davanti a tutti, e io chiusi gli occhi, tenevamo in mano i bicchieri con lo champagne e, mentre ci baciavamo, i nostri bicchieri si rovesciarono e il vino gocciolò lentamente sulla tovaglia, e l'intera compagnia si ammutolì e da allora rimasero tutti come allibiti, e adesso mi guardavano con rispetto, stavano persino continuamente a studiarmi, deducendone che dal sangue slavo il sangue tedesco avrebbe tratto un vantaggio ancora maggiore che da quello soltanto tedesco, e io nel giro di un paio d'ore divenni sì uno straniero, ma uno straniero che, con una leggera invidia o un leggero odio, tutti tenevano in considerazione, e persino le donne mi guardavano studiando quello che avrei mai potuto combinare a letto insieme a loro. E riconoscevano che io ero capace di giochi e di brutalità particolari, e sospiravano dolcemente e alzavano gli occhi al cielo e si mettevano a chiacchierare insieme a me, anche se confondevano i der, i die e i das, io parlavo e quelle donne, che con quel loro terribile tedesco dovevano parlarmi lentamente, articolando le frasi come all'asilo, loro si divertivano con le mie risposte e trovavano che i miei difetti in tedesco erano una cosa incantevole, che provocava il loro riso, che mostrava loro il fascino delle pianure e delle betulle e dei prati slavi... tutti i soldati, invece, sia quelli dell'Heereswaffe che delle SS si erano tutti irrigiditi nei miei confronti, erano quasi arrabbiati, avevano capito tutti molto bene come mi ero conquistato la bella bionda Líza che, davanti alla purezza e al sangue tedesco, aveva dato la precedenza a un amore bello e sensuale... davanti al quale loro, anche se erano ricoperti di decorazioni e di medaglie delle campagne di Polonia e di Francia, loro erano impotenti...

E così, quando dal viaggio di nozze ritornammo in quella cittadina sopra Děčín, lì dove facevo il cameriere, Líza espresse il desiderio che avessimo un bambino. Ma tutto questo non era fatto per me, io come un vero slavo ero soggetto all'umore, io riuscivo ad agire spinto dall'ispirazione del momento, e quando lei invece mi disse di prepararmi, allora per me fu la stessa identica cosa di quando il medico del Reich mi aveva chiesto, secondo le leggi di Norimberga, di portargli un po' del mio seme su un foglio di carta bianco, fu la stessa identica cosa quando Líza mi disse di prepararmi, che quella sera lei stava nelle condizioni di concepire quell'uomo nuovo, il futuro fondatore della Nuova Europa, perché era già una settimana che ascoltava al grammofono Wagner, il Lohengrin e il Siegfried, aveva già deciso che se fosse stato un maschietto si sarebbe chiamato Siegfried Ditie, per tutta la settimana era andata a guardare le scene sui rilievi dei loggiati e dei porticati, si piantava lì all'imbrunire, quando contro il cielo azzurro si stagliavano i re e gli imperatori tedeschi, gli eroi e i semidei germanici, mentre io pensavo che le avrei coperto ancora una volta il ventre di fiori, che prima avremmo giocato come bambini, tanto più che siamo dei Ditie, dei signori Bambino, Líza quella sera si presentò con una lunga tunica, con occhi privi di amore ma pieni di doveri e di quel loro sangue e di quel loro onore, mi diede la mano farfugliando qualcosa in tedesco e guardando il cielo, come se da quel soffitto e attraverso quel soffitto ci guardassero tutti gli abitatori dell'Olimpo tedesco, tutti i Nibelunghi, ivi compreso lo stesso Wagner del quale Líza invocava l'aiuto affinché fosse ingravidata così come lei voleva, secondo la nuova dignità germanica, affinché per mezzo della sua grazia nel suo ventre fosse concepita la nuova vita dell'uomo nuovo che avrebbe fondato e vissuto l'ordine nuovo del nuovo sangue, del nuovo modo di pensare e del nuovo onore, e io ad ascoltare tutte quelle cose sentii che mi stava abbandonando tutto ciò che fa di un uomo un uomo, per cui stavo semplicemente disteso e guardavo il soffitto e sognavo il paradiso perduto, sognavo com'era bella ogni cosa prima del matrimonio, e come io con tutte le donne avevo vissuto come un cane bastardo, mentre adesso ero stato messo davanti al mio compito come un cane di razza con una cagna di razza, e io li conoscevo e li avevo visti i problemi che ne derivano, con gli allevatori che devono stare ad aspettare intere giornate il momento giusto, come quando da noi era venuto un allevatore fin dall'altro capo della Repubblica con una cagna, e se ne era dovuto riandare perché il fox terrier che aveva anche ricevuto dei premi non l'aveva voluta, alla fine quando erano venuti per la seconda volta avevano dovuto mettere la cagna nella stalla su un mastelletto, e la signora con un guantino aveva dovuto infilarle dentro il sesso del cane che, con la frusta sulla testa, aveva dovuto coprire la femmina, mentre con lo stesso identico gusto quella cagna di razza si concedeva a un qualsiasi bastardello, oppure c'era stato un capitano che aveva un san bernardo ed erano stati per interi pomeriggi con una cagna che era arrivata addirittura dalla Šumava senza riuscire a farli unire perché la cagna era più alta del cane... alla fine l'ingegnere Marzin li aveva portati su un pendio del giardino, lì aveva scavato un gradino, erano stati un'ora a preparare il terreno per le nozze di quel san bernardo fino a che la sera, tutti trafelati, predisposto con l'ultimo colpo di pala il pendio, si risolse di mettere il cane al disopra di quel gradino, per cui, essendo di un gradino più basso, raggiungeva l'altezza giusta e così si arrivò all'accoppiamento, ma tutto per dovere, con la forza, mentre seguendo l'istinto un lupo si accoppia con enorme gusto con un bassotto femmina, o una femmina di setter irlandese con uno spinone... e io stavo lì nelle stesse condizioni... E così l'incredibile divenne realtà e un mese dopo dovetti andare farmi delle iniezioni, iniezioni ricostituenti, ogni volta tutta intera una confezione di aghi, spuntati come chiodi, nel sedere, per rinforzare la psiche, e completata dieci volte quella confezione, una notte riuscii a coprire Líza secondo le prescrizioni... e così rimase incinta, e adesso però era lei a doversi andare a fare le iniezioni ricostituenti, perché i dottori avevano il timore che non avrebbe portato a termine la gravidanza dell'uomo nuovo, o l'avrebbe abortito, e così di tutto il nostro amore non era rimasto nulla, e di quel coito nazionalsocialista non era rimasto che un rapporto in tunica, Líza addirittura non mi aveva nemmeno toccato il sesso, e io ero stato soltanto ammesso secondo la prescrizione e l'ordine del nuovo Europeo, cosa della quale non ero soddisfatto, mentre ugualmente tutta la faccenda del bambino non era che scienza e chimica, e soprattutto iniezioni, per quelle iniezioni simili a chiodi Líza aveva un sedere così sforacchiato che preferivamo dedicarci alla cura delle ferite, e soprattutto delle ferite causatemi dalle iniezioni, ferite che buttavano continuamente acqua, per poter mettere al mondo un bel bambino nuovo. E in quel periodo mi capitò un fatto spiacevole, mi ero accorto già alcune volte che dall'aula dove si tenevano lezioni sul glorioso passato degli antichi Germani adesso si sentivano lezioni di russo, anche qui i soldati, quando avevano adempiuto al loro obbligo verso la razza ingravidando belle ragazze dai capelli biondi, in più imparavano il russo, le frasi fondamentali, per cui una volta il capitano mi aveva chiesto cosa ne deducessi ad ascoltare sotto le finestre un corso di russo, e io dissi che tutto lasciava prevedere una guerra con la Russia, e quello cominciò a urlare che io sobillavo la popolazione, e io dissi che lì non c'era nessuno, solo lui ed io, e lui urlò che con la Russia avevamo un patto di alleanza, e che quella era sobillazione e messa in circolazione di notizie false, e io soltanto allora mi resi conto che quello era il capitano che alle nozze aveva fatto da testimone a Líza, e che era quello che non solo non mi aveva dato la mano ma nemmeno mi aveva fatto le congratulazioni, perché aspirava a Líza da prima di me e io gli avevo rotto le uova nel paniere, e adesso era venuto il momento di rendermi la pariglia, e mi fece rapporto, e io mi trovai davanti al comandante della cittadina dove veniva allevata la Nuova Europa... e quando si fu sfogato urlandomi che quella era una sciocchezza, che sarei finito davanti alla corte marziale, che ero uno sciovinista ceco, in quel momento nel campo suonò l'allarme, e il comandante, sollevata la cornetta, impallidì, ed era così, era la guerra, come avevo previsto, e soltanto quando fummo in corridoio il comandante mi disse, come aveva fatto a capirlo?, e io risposi con modestia che avevo servito l'imperatore di Etiopia...

E il giorno seguente mi nacque un figlio, e Líza lo fece battezzare col nome di Siegfried, come aveva visto sulle pareti del colonnato e come aveva sentito nella musica di Wagner, al quale si era ispirata per quel figlioletto. Io però fui lo stesso licenziato e fu stabilito che dopo le ferie avrei iniziato a lavorare in un ristorante a Košíček[1], nel Paradiso boemo. Era completamente sul fondo delle rocce, come in un cestino, quel ristorante con albergo sprofondato nelle nebbie mattutine e nell'ultima aria trasparente, un alberghetto anch'esso destinato agli innamorati, alle coppiette che passeggiavano trasognate fra le rocce e i

[1] In ceco *košíček* vuol dire «cestino».

belvedere, per rientrare, mano nella mano o sottobraccio, per pranzo e per cena, tutti i movimenti dei nostri ospiti erano lenti e tranquilli, perché anche quel Košíček era destinato all'Heereswaffe e alla SSwaffe, agli ufficiali che prima di partire per il fronte orientale si incontravano qui per l'ultima volta con le mogli, con le fidanzate, qui ogni cosa era del tutto capovolta rispetto a quella cittadina dove veniva allevata la nuova razza, dove i soldati arrivavano soltanto come cavalli da monta o stalloni di razza per ingravidare in maniera scientifica, quella sera stessa o nel giro di un paio di giorni, le femmine tedesche col seme germanico... A Košíček, invece, era tutto diverso, così corrispondente ai miei gusti, per cui neanche qui c'era allegria ma una tristezza malinconica, un'aria trasognata quale non mi sarei aspettato in dei soldati, quasi tutti i nostri ospiti erano come poeti un attimo prima di iniziare a scrivere una poesia, non era però che fossero fatti a quel modo, anche loro erano certamente insolenti e sfrontati e arroganti come gli altri tedeschi, sempre ebbri per aver conquistato la Francia, anche se poi un terzo degli ufficiali delle divisioni Grossdeutschland erano caduti in quella campagna di Francia... qui quei soldati avevano davanti una strada diversa, una missione diversa, una battaglia diversa, perché era un altro paio di maniche andare sul fronte russo che a novembre si era già incuneato fin sotto Mosca stessa, senza però andare oltre, per cui gli eserciti continuavano a spandersi sempre più, fino a Voronež e ancora oltre nel Caucaso, e quella distanza e poi le notizie dal fronte, principalmente le notizie da dietro il fronte, dove i partigiani rendevano difficili i collegamenti, al punto che in effetti il fronte era ormai nelle retrovie, come mi aveva detto Líza che dal fronte ci veniva e quella campagna di Russia non le stava piacendo per nulla. Mi aveva portato anche una piccola valigetta, e io non immaginavo nemmeno lontanamente che valore potesse avere il suo contenuto, si trattava però di un valigino pieno di francobolli, come se la fosse procurata potei solo supporlo, Líza però era già stata in Polonia e in Francia unicamente a caccia di francobolli negli appartamenti degli ebrei e, nella stessa Varsavia, nel corso di perquisizioni nelle case degli ebrei che venivano deportati, aveva fatto bottino di quei francobolli che, disse, dopo la guerra avrebbero avuto un valore tale che ci avrebbero permesso di comprare da qualunque parte un albergo senza limitazioni di sorta. Mio figlio, invece, che stava qui con me, era un bambino strano. Non riuscivo a ritrovare in lui nemmeno uno dei miei tratti, non un segno né mio né di Líza, e nemmeno nulla di ciò che prometteva l'ambiente con il suo Walhalla, in quel bambino non c'era addirittura nemmeno traccia della musica di Wagner, anzi, al contrario, era un bambino timoroso che già a tre mesi aveva avuto le convulsioni. E io servivo clienti di tutte le regioni tedesche, sapevo riconoscere e poi ormai riuscivo a scoprire e a indovinare con estrema precisione se un soldato tedesco era della Pomerania o era un bavarese o un soldato della Renania, distinguevo con precisione un soldato che veniva dalla costa da uno che veniva dall'interno, se si trattava di un operaio o di un contadino... era quello il mio unico divertimento, dalla mattina alla sera e fino a notte lavorare senza requie, senza un momento libero, perché io ormai non sapevo divertirmi altrimenti che tirando a indovinare quello che uno avrebbe ordinato da mangiare, e di dove fosse, e non solo con gli uomini ma anche con le donne che arrivavano pure loro con una missione segreta, ma quella missione era la tristezza e la paura, e una tale solenne malinconia, mai più in vita mia ho visto coppiette di sposini o di fidanzati che fossero così tenere e piene di premure l'uno per l'altra, che avessero negli occhi tanta nostalgia e tanta tenerezza, era come quando da noi le ragazze cantavano Occhi neri, perché piangete...? oppure Mugghiavano i monti... e altre cose così. Nella regione attorno a Košíček, con qualunque tempo passeggiavano le coppiette, sempre un giovane ufficiale in uniforme e una giovane donna, in silenzio e imbacuccati uno nell'altro, e io che avevo servito l'imperatore d'Etiopia una cosa del genere non l'avevo mai provata e non avevo mai potuto immaginarla, fino a che qui non giunsi alla conclusione che la possibilità per quei due lì di non rivedersi più... ecco, quella possibilità faceva di quelle due persone delle persone belle, era quello l'uomo nuovo, non quello vittorioso e chiassoso e orgoglioso ma, al contrario, una persona umile e malinconica, con gli occhi belli di una bestiolina spaventata... e dagli occhi di quelle coppiette di innamorati, perché qui, dall'angolo visuale del fronte, anche le coppie sposate ritornavano ad essere degli innamorati, dai loro occhi io imparai anche a guardare il paesaggio circostante, i fiori sul tavolo, i bambini che giocano, imparai che ogni ora è un santissimo sacramento, perché il giorno e la notte prima della partenza per il fronte gli innamorati non dormivano più, non che se ne stessero a letto insieme, ma qui c'era qualcosa che contava ancora di più del letto, qui c'erano gli occhi e un rapporto umano che, in tutta la mia vita di cameriere, io non avevo quasi mai conosciuto con un'intensità simile a quella che vedevo e vivevo qui... In verità io, pur essendo un cameriere e talvolta anche un maître, io qui mi sentivo come in un grande teatro o in una grande sala cinematografica davanti a una triste rappresentazione teatrale o a un triste film d'amore... e capii anche che il rapporto più umano che lega una persona a un'altra è il silenzio, un'ora di silenzio, poi un quarto d'ora e poi quegli ultimi due minuti, quando arrivava un calesse, delle volte un carro militare, altre ancora un'automobile, e le due persone si alzavano silenziose, si fissavano a lungo, sospiravano, e poi l'ultimo bacio, e la silhouette dell'ufficiale si ergeva nel carretto, e poi si sedeva, e il veicolo partiva in direzione della collinetta, l'ultimo voltarsi, un fazzoletto agitato e poi, quando la carrozza o l'automobile scomparivano lentamente come il sole dietro la collina, e non c'era più nulla, davanti all'ingresso di Košíček era rimasta immobile una donna, una tedesca, una persona in lacrime, e continuava ad agitare la mano, a muovere le dita dalle quali era caduto il fazzolettino... per poi voltarsi e precipitarsi su per le scale in uno scoppio di pianto, fino alla cameretta, e lì, come una carmelitana che avesse visto un uomo in convento, cadere di colpo col viso nel piumino e sprofondare nel letto in un lungo pianto rigeneratore... poi, il giorno dopo, quelle innamorate partivano per la ferrovia con gli occhi rossi, e quello stesso calesse o un carro o un'automobile portavano altri innamorati dai quattro punti cardinali, da tutti i presidi, da tutte le città e i paesi, per darsi qui l'ultimo appuntamento prima di partire per il fronte, perché le notizie dal fronte erano così cattive, nonostante la veloce avanzata dell'esercito, che Líza era sempre più afflitta da quel Blitzkrieg, che qui ormai non avrebbe più resistito e avrebbe portato Siegfried a Cheb, al ristorante Alla città di Amsterdam, e poi sarebbe partita per il fronte, che lì sarebbe stata meglio...

E così l'incredibile divenne realtà ancora una volta e adesso io non stavo più a Košíček, l'anno prima c'ero stato per l'ultima volta, anch'io mi ero accomiatato allo stesso modo, anch'io avevo agitato allo stesso modo la mano prima che il calesse passasse al di là delle colline, anch'io ero scoppiato a piangere e avevo raggiunto poi in ferrovia la mia nuova destinazione. I preziosi francobolli li tenevo in una valigetta del tutto ordinaria insieme alla roba da mangiare, in una valigia di fibra vulcanizzata che avevo trovato abbandonata, perché mi era bastato controllare sul catalogo Zumstein il valore di alcuni francobolli per capire immediatamente che non avrei avuto più bisogno di ricoprire la mia stanza di biglietti da cento corone, perché se anche con quei biglietti da cento ci avessi fatto carta da parati, anche se ci avessi tappezzato il soffitto e l'ingresso e il bagno, e anche la cucina, l'intero appartamento rivestito dalle piastrelle verdi delle banconote da cento, non si sarebbe riusciti lo stesso a raggiungere la somma che avrei ottenuto un giorno per quei francobolli, secondo lo Zumstein con soli quattro francobolli avrei ricavato tanto da diventare milionario, e così calcolavo dentro di me che prima o poi sarei tornato, i Tedeschi hanno ormai perso la guerra per cui la fine è questione di poco, perché appena un ufficiale superiore andava da qualche parte, io gli leggevo in viso l'intera situazione, le mie notizie e le mie informazioni dai campi di battaglia io le leggevo su quelle facce, anche se si fossero infilati nell'occhio i monocoli lampeggianti io lo avrei capito lo stesso, anche se portavano gli occhiali neri io vedevo chiaramente come sarebbe andata a finire, anche se si fossero tirati sulla faccia un cappuccio o nere maschere, dal loro modo di camminare io potevo capire, dal portamento e dal comportamento di quel generale, com'era la situazione sul campo di battaglia... e così camminavo lungo il marciapiede alla stazione e mi venne di guardarmi allo specchio, e appena mi guardai, all'improvviso vidi me stesso come una persona estranea, come quei Tedeschi di tutte le regioni e di tutte le sfumature possibili di professioni, malattie e predilezioni che io riconoscevo, perché io avevo servito l'imperatore d'Etiopia, perché in fin dei conti ero stato alla scuola del signor maître Skřivánek che a sua volta aveva servito il re d'Inghilterra, e così mi stavo guardando, e dall'angolazione di quello sguardo che scendeva in profondità vedevo me stesso così come non mi ero mai visto, come un membro del Sokol che – mentre i patrioti cechi venivano giustiziati – si faceva esaminare dai medici nazisti per vedere se sarei stato capace di unirmi con un'insegnante tedesca di ginnastica, e mentre i Tedeschi dichiaravano guerra alla Russia mi ero sposato e avevo cantato Die Reihe dicht geschlossen[1], e mentre a casa la gente soffriva io me la spassavo negli alberghi e negli albergucci tedeschi, dove servivo l'esercito del Reich e la SSwaffe, e una volta finita la guerra non avrei potuto ugualmente più mettere piede a Praga, mi vedevo non che mi impiccassero da qualche parte, ma ero io stesso a impiccarmi al primo lampione, o nel migliore dei casi mi davo dieci o più anni di galera... e così stavo lì fermo nella stazione mattutina completamente deserta e mi guardavo, come fossi stato un cliente che mi stava venendo incontro e che poi si sarebbe allontanato da me, io però che avevo servito l'imperatore d'Etiopia, io ero condannato anche alla verità, e così come mi ero rivolto con curiosità alla sofferenza e all'intimità degli estranei, adesso con lo stesso identico metodo guardavo me stesso, e quello sguardo mi faceva star male, soprattutto quel mio sogno di diventare milionario e mostrare a Praga e a quei proprietari d'albergo che io ero uno di loro e non una persona qualsiasi, ma fors'anche superiore a loro, e che adesso più che mai dipendeva da me, da quello che avrei fatto, il poter tornare a casa e comprarmi il più grande degli alberghi e divenire uguale sia al signor Šroubek che al signor Brandejs, a quei membri del Sokol che neanche mi guardavano e coi quali si può parlare solo da una posizione di forza, dalla posizione di quella mia valigetta nella quale, per soli quattro di quei francobolli che Líza aveva depredato a Varsavia o da qualche parte a Lemberg, mi sarei potuto comprare un albergo... l'albergo Ditie... Dítě... o forse sarebbe stato meglio comprare qualcosa in Austria o in Svizzera? mi consigliavo con la mia immagine allo specchio, e dietro di me entrava silenzioso in stazione un convoglio espresso, un treno militare proveniente dal fronte... e quando si fu fermato, io vedevo nello specchio le tendine abbassate, e in quel momento una tendina

[1] In tedesco nel testo: Serrare le fila!

si alzò, una mano che reggeva una cordicella l'aveva sganciata, e sul letto stava distesa una donna in camicia da notte, sbadigliava da slogarsi la mandibola strofinandosi gli occhi, e finito di stropicciarseli guardò con gli occhi assonnati dove si fosse fermato il treno. E io guardavo e lei mi guardava ed era Líza, mia moglie, la vidi alzarsi e baluginare dietro lo steccato degli scompartimenti, e si precipitò fuori così com'era, e prima che me ne potessi rendere conto già mi stava appesa al collo e mi baciava come quando era signorina, e io che avevo servito l'imperatore d'Etiopia vidi che era cambiata anche lei come erano cambiati tutti quegli ufficiali che arrivavano dal fronte e, a Košíček, passavano una piacevole settimana con la moglie o con la fidanzata, e Líza doveva aver visto e vissuto allo stesso modo cose incredibili che erano divenute realtà... ed era tornata di nuovo l'insegnante di ginnastica, guidava un convoglio militare di invalidi diretto allo stesso posto dove andavo anch'io, a Chomutov, all'ospedale militare sul lago, e io non feci altro che salire con la valigetta, e poi il treno si mise in movimento e io entrai nello scompartimento di Líza, e mentre le toglievo la camicia dietro le tendine abbassate e con la porta chiusa, lei mi si concedeva con la stessa libertà di quand'era signorina perché la guerra doveva averla resa libera, remissiva, per ricompensa fu lei a sua volta a spogliarmi e restammo nudi, distesi, abbracciati, e lei si faceva baciare da me il ventre, e ogni cosa al ritmo del treno in moto e dei respingenti che si muovevano e si toccavano molleggiando sulle sospensioni automatiche...

E alla stazione di Chomutov stavano già lì in attesa le ambulanze e le macchine e interi autobus, ospedali semoventi su sei ruote, e io non diedi ascolto a Líza e rimasi alla fine del marciapiede sgombro, mi ci lasciarono soltanto perché ero sceso con Líza che si era presentata al comandante della stazione, e fu poi scaricato quello che il treno recava dal fronte, invalidi freschi e abili al trasporto, tutti quelli che non potevano camminare, con le gambe amputate, una sola o entrambe, e tutti quei soldati furono caricati sulle auto e sui convogli, tutto il marciapiede pieno di invalidi, e quando li guardai, non che li riconoscessi, ma sapevo che erano tutti come quelli che venivano ammessi nella cittadina sopra Děčín, come quelli che si separavano a Košíček, e che quello che avevo davanti, quello non era che l'ultimo quadro della loro commedia, del loro teatro, del loro cinematografo. E io col primo convoglio andai lì dov'ero stato destinato, nella mensa dell'ospedale militare, con la valigetta in grembo, mentre la valigia di pelle l'avevo gettata sulla retina attaccata al soffitto, tra gli zaini e le bisacce militari. Quel giorno feci soltanto un giro per la regione circostante e il campo che si stendeva ai piedi di una collinetta, un giardino di ciliegi e di visciole che digradavano fino a un lago di allume che ricordava il lago di Tiberiade o il Gange, il fiume sacro, perché gli addetti trasportavano sopra lunghe pedane gli invalidi con le ferite da amputazione che andavano in cancrena, li trasportavano in quel lago dentro al quale non c'era un solo insetto, un solo pesciolino, ogni minima cosa in quell'acqua cessava di vivere e mai più fintanto che l'acqua fosse scaturita da quella cava di allume, mai più si sarebbe mostrata qui la vita, e lì dentro stavano distesi gli invalidi, quelli che avevano già cominciato a guarire nuotavano lentamente, privi di una gamba oppure di entrambe fino all'altezza del ginocchio, alcuni le gambe non ce le avevano affatto, nient'altro che il tronco, come rane muovevano le braccia nell'acqua dove, dall'azzurro del lago, sbucavano le loro teste, sembrava come in quelle piscine sopra Děčín, erano ancora gli stessi figurini, solo che quando terminavano di nuotare, quando erano rimasti nel lago il tempo ordinato loro dal medico, allora si tiravano su con le braccia e strisciavano sulla riva come tartarughe, e rimanevano distesi aspettando che gli addetti li mettessero negli accappatoi e nelle coperte calde, per trasportare lentamente tutte quelle centinaia di invalidi, uno dopo l'altro, sopra pedane disposte a raggiera, sullo spiazzo principale davanti al ristorante, dove suonava un'orchestrina di donne e veniva distribuito il cibo... Quello che più mi faceva impressione era il reparto schiacciamento del midollo, quelli che trascinavano dietro di sé tutta la parte inferiore del corpo, sia sulla terraferma che nell'acqua sembravano sirene, e poi quelli senza gambe, il loro tronco era così piccolino che sembrava che le teste poggiassero direttamente sulle gambe, naturalmente amavano giocare a ping pong, avevano delle carrozzelle cromate pieghevoli sulle quali erano capaci di muoversi a una velocità tale che giocavano anche a pallone, solo che invece dei piedi usavano le mani, era più che altro una pallamano e, davvero, appena un po' che si rimettevano in salute, e subito quelli senza gambe, quelli senza braccia e quelli con la testa bruciacchiata, a tutti gli prendeva una terribile voglia di vivere, giocavano a pallone e a ping pong e a pallamano fino a che non imbruniva, io gli suonavo la tromba, con qualcosa di simile a una ritirata li chiamavo per cena, e tutti, quando arrivavano su quelle carrozzelle oppure trascinandosi sulle stampelle, tutti sprizzavano salute perché qui, in questo reparto dove io distribuivo il cibo, qui c'erano già quelle che venivano chiamate le riabilitazioni, mentre negli altri tre reparti i medici, con operazioni e scariche elettriche e ionoforesi, rimettevano in sesto i feriti che arrivavano dal fronte... E io, talvolta, di quegli invalidi avevo visioni all'incontrario, e vedevo continuamente le parti del corpo che loro avevano perduto, mi capitava di vedere le parti mancanti mentre quelle reali mi sparivano, e allora mi spaventavo: ma cosa sto vedendo? Poi, però, mi poggiavo ogni volta il dito alla fronte e mi dicevo, lo sai perché vedi in questo modo? Perché hai servito l'imperatore d'Etiopia, perché sei stato alla scuola del maître Skřivánek che aveva servito il re d'Inghilterra. Una volta alla settimana io e Líza andavamo da nostro figlio a Cheb, all'albergo Alla città di Amsterdam... Líza a quel tempo era tornata nuovamente alle sue nuotate e in questo c'era tutta lei, sguazzava in continuazione nel lago, e le nuotate la rassodavano rendendola bella come una statua di bronzo, e io non vedevo l'ora di stare di nuovo insieme e Líza avrebbe girato nuda per casa, tirate le tende, e poi del resto Líza era totalmente cambiata. Si era comprata un libro di un atleta del Reich, un tale Fouté o Fuké, e lì si parlava del culto del corpo nudo e Líza, avendo un bel corpo, si diede al nudismo senza nemmeno mai andare da nessuna parte, la mattina mi portava il caffè con indosso solo la gonna, talvolta arrivava anche nuda, e guardandomi annuiva soddisfatta, e sorrideva perché nei miei occhi vedeva che mi piaceva e che quindi era bella... Con Siegfried, con nostro figlio, erano invece guai, la prima cosa che gli capitava tra le mani, qualunque fosse lui la scaraventava via, fino a che, una volta che strisciava sul pavimento della Città di Amsterdam, non afferrò un martello e il nonno per scherzo gli diede un chiodo, e il ragazzo mise il chiodo in posizione e con un sol colpo lo piantò nel pavimento... e quel ragazzino poi, mentre gli altri giocavano coi sonaglietti e con gli orsacchiotti, mentre gli altri bambini già correvano, Siegfried strisciava sul pavimento e urlava fino a che non riceveva il martello e i chiodi, e li infilava nel pavimento che era un piacere, e mentre gli altri bambini incominciavano già a balbettare, il nostro figlioletto non solo non camminava ma non diceva nemmeno mamma, andava soltanto matto per il martello e i chiodi e, fintanto che stava sveglio, la Città di Amsterdam tremava sotto i colpi del martello e il pavimento era pieno di chiodi infilati dentro, e in quel modo aveva sviluppato il braccio destro al punto che, già da lontano, si vedeva l'òmero robusto... e quando eravamo in visita, io non riuscivo mai a sopportarlo, del resto il nostro figlioletto non riconosceva né me né sua madre, strillava per ottenere quello che noi subito gli davamo, il martello e i chiodi, e a quei tempi i chiodi erano razionati, si ottenevano coi bollini o a borsa nera, in seguito i chiodi dovetti procurarmeli lì dov'era possibile, e nostro figlio coi suoi colpi piantava nel pavimento quei chiodi da sei centimetri, e a ogni colpo io mi afferravo la testa perché per la prima volta avevo capito che quel mio bambino, quel cliente rappresentato da mio figlio, lui era e sarebbe stato un ritardato, e mentre gli altri bambini della sua età sarebbero andati a scuola, lui, Siegfried, avrebbe cominciato a camminare, e mentre gli altri avrebbero terminato la scuola, lui, Siegfried, avrebbe imparato a malapena a leggere, e mentre gli altri già si sposavano, lui, Siegfried, avrebbe imparato a leggere l'ora, e avrebbe portato il giornale e sarebbe rimasto a casa, perché non sarebbe stato utile a nulla, l'unica è che avrebbe potuto piantar chiodi... così guardavo mio figlio e, a ogni visita, vedevo il pavimento di un'altra camera completamente trapassato dai chiodi, e ci azzeccai anche in seguito, perché il nostro ragazzo lo guardavo non come fosse stato mio figlio, ma come un cliente... ma quel ragazzo ossessionato dai chiodi ficcati nel pavimento, quella non era una cosa solo così per fare, quei suoi chiodi infissi col martello nelle tavole del pavimento assumevano un altro significato, mentre tutti, quando la sirena annunciava un'incursione, scappavano nei ricoveri, lui, Siegfried, era tutto contento, raggiante, mentre gli altri bambini se la facevano sotto, lui, Siegfried, batteva le mani e rideva, e all'improvviso mi apparve così bello, come se gli fossero scomparse le convulsioni e quel velo della corteccia cerebrale, e mentre cadevano le bombe Siegfried infilava un chiodo dopo l'altro in una tavola che gli portavano con lui in cantina e rideva a crepapelle... E io che avevo servito l'imperatore d'Etiopia, io ero contento che mio figlio fosse sì uno stupido, ma non al punto da non essere capace di prevedere il futuro di tutte le città tedesche che sapevo sarebbero finite tutte allo stesso identico modo dei pavimenti delle camere dell'albergo, comprai tre chili di chiodi e Siegfried la mattina li ficcava nel pavimento della cucina e il pomeriggio, mentre piantava i chiodi nel pavimento delle camere, io estraevo a fatica i chiodi dalla cucina, e dentro di me ero contento di come i bombardamenti a tappeto del maresciallo Tedder piantassero le bombe nella terra allo stesso identico modo, secondo un piano preciso, perché il mio ragazzo piantava i chiodi secondo precise linee rette e a novanta gradi... il sangue slavo aveva nuovamente trionfato e io ero orgoglioso del mio ragazzo perché in effetti ancora non parlava ma aveva già cominciato a camminare, sempre però come il mitico Bivoj, col martello nella mano sicura...

Di punto in bianco mi vennero allora alla mente immagini già da molto dimenticate e, all'improvviso, stavano lì davanti a me così fresche e nitide che rimasi immobile, col vassoio con l'acqua minerale, come fulminato e bastarono un paio di secondi accanto a quel lago di allume per farmi tornare in mente l'immagine di Zdeněk, il maître dell'albergo Tichota che si divertiva così tanto, quando non era di servizio, a spendere tutti i soldi che aveva con sé, e si trattava sempre di alcune migliaia di corone... l'immagine che mi si era presentata era l'immagine dello zio, capobanda di una fanfara militare, ormai in pensione, un capobanda che tagliava la legna nel bosco nel proprio appezzamento di terreno dove possedeva una casetta tutta coperta di piante e di frasche, e quello zio, essendo stato capobanda ai tempi degli Asburgo, lui indossava sempre l'uniforme, anche quando tagliava la legna, perché aveva scritto due galop e alcuni valzeretti che venivano regolarmente suonati senza che però nessuno sapesse più chi fosse quel capobanda, tutti pensavano che fosse già morto, e così Zdeněk, mentre ce ne stiamo andando in giro col calesse in uno di quei nostri giorni liberi, a un certo punto sentiamo una banda militare di strumenti a fiato, e Zdeněk si bloccò nel calesse e fece segno al cocchiere di fermarsi... e andò poi in direzione di quella banda militare, stava suonando uno dei valzer dello zio, e i pullman erano già lì, l'intera banda militare che si era seduta un attimo doveva andare da qualche parte a una gara tra fanfare, e Zdeněk convinse il capobanda, gli diede tutti i soldi che aveva con sé, quattromila corone per comprare la birra ai soldati, per fare quello che lui gli avrebbe ordinato, e così scendemmo dal calesse e ci sedemmo sul primo pullman, e dopo un'ora di strada scendemmo poi dentro il bosco, e centoventi suonatori in uniforme camminarono lentamente per il viottolo con i loro strumenti luccicanti, voltando poi per un sentiero bordato da folti cespugli sui quali svettavano alti pini, e Zdeněk fece segno di aspettare e attraverso le assi strappate dello steccato scomparve in una macchia sull'appezzamento di terreno, e poi tornò, spiegò il proprio piano, fece un segnale e tutti i soldati, uno dopo l'altro, scivolarono attraverso lo steccato fino ai cespugli, e Zdeněk, come al fronte, dava ordine di circondare la casetta coperta di rami da dove giungevano i colpi di scure, e così l'intera banda circondò in silenzio il ciocco sul quale lo zio tagliava la legna e l'uomo anziano con la sua vecchia uniforme asburgica di capobanda militare, e il direttore della banda militare, ricevuto da Zdeněk il segnale, gettò di colpo in aria il bastone dorato e diede ad alta voce il comando, e dai cespugli si alzarono e cominciarono a uscire i luccicanti strumenti a fiato, e la banda partì con uno sfrenato galop composto dallo zio di Zdeněk e che la banda militare portava alla gara e l'anziano capobanda stava lì fermo, così col piccolo ciocco spaccato in due, e la banda avanzò di un paio di passi, sempre però fino a metà della vita immersi nel sottobosco di pini e querce, soltanto il capobanda col suo bastone dorato stava nel verde fino all'altezza delle ginocchia e gettava in aria il bastone, e la banda suonava il galop, gli strumenti luccicavano al sole, e il vecchio capobanda si guardò intorno lentamente e sul suo viso comparve un'espressione paradisiaca, come se fosse morto, e quando la banda terminò il galop attaccò subito un valzer concertante... e il vecchio capobanda non resistette più, teneva la scure in grembo e scoppiò a piangere, il direttore della banda militare gli si avvicinò col bastone dorato, toccò la spalla del vecchio e, quando quello si fu tirato su, gli consegnò il bastone, e lo zio di Zdeněk si alzò, come poi ci raccontò, pensava di essere morto e di essere finito in cielo in una banda militare, pensava che in cielo suonasse una banda militare e che Dio ne era il direttore e gli consegnava il proprio bastone... e il vecchio dirigeva quella sua composizione e, giunto al termine, dai cespugli sbucò Zdeněk e diede la mano allo zio facendogli gli auguri di buona salute.. e dopo una mezz'oretta la musica era nuovamente salita sui pullman, e i pullman allontanandosi suonarono una fanfara per Zdeněk, una fanfara solenne, e Zdeněk stava lì fermo ed era commosso, si inchinava, ringraziava, e quando i pullman e dietro di loro anche quelle fanfare sparirono sulla strada del bosco, frustati dai rami e dal fogliame dei faggi... In effetti quello Zdeněk, lui era davvero un angelo, tutte le giornate di libertà che passavamo insieme avevano qualcosa di simile, poi per altri dieci giorni lui stava a riflettere su come scialacquare tutti quei fogli da mille, mentre io mi chiudevo dentro a chiave e stendevo per terra i pezzi da cento, e poi camminavo a piedi nudi su quelle banconote come su un pavimento a piastrelle,oppure mi ci distendevo sopra, come su un prato verde, Zdeněk, lui una volta aveva organizzato il matrimonio della figlia di uno scalpellino, un'altra volta invece eravamo andati in un laboratorio di confezioni e avevamo vestito con abiti bianchi da marinaretto tutti i ragazzini di un orfanotrofio, o ancora, a una fiera aveva pagato ai proprietari delle giostre e delle altalene i biglietti per l'intera giornata, e quel giorno tutti avevano potuto andarci su gratis, un altro giorno che non eravamo di turno avevamo invece comprato a Praga i più bei mazzetti di fiori e bottiglie di rosolio ed eravamo andati da un gabinetto pubblico all'altro a fare gli auguri a tutte le vecchiette dei cessi per gli onomastici che non festeggiavano quel giorno, per i compleanni già passati, e Zdeněk aveva sempre la fortuna che una delle vecchie il compleanno o l'onomastico lo festeggiava sul serio... e così una volta mi dissi che sarei andato a dare un'occhiata a Praga e che sarei passato col taxi all'albergo Tichota a domandare se Zdeněk stava ancora lì, e altrimenti dove potevo trovarlo, e che sarei andato a dare un'occhiata anche a dove stavo insieme alla nonna che mi allevava, se c'era ancora lo stambugio nelle cui finestre apparivano le camicie e le mutande che venivano gettate dall'alto, dalla finestra del gabinetto dei bagni Carlo, e la nonna aggiustava le mutande sporche e le vendeva agli operai e ai muratori dei cantieri... E così stavo a Praga alla stazione a cercare un treno per Tábor, per cui tirai su la manica per vedere che ora fosse, e alzando gli occhi vidi che vicino al chioschetto del tabaccaio c'era Zdeněk, rimasi completamente di stucco, si trattava ancora di un classico per me, del modo in cui l'incredibile diveniva realtà, rimasi lì inchiodato con la mano che teneva su la manica, e vidi Zdeněk guardarsi intorno come se stesse aspettando da molto, e poi sollevò il braccio, stava certamente aspettando qualcuno perché voleva guardare anche lui l'ora, ma all'improvviso mi si avvicinarono tre uomini con gli impermeabili di pelle e mi afferrarono le braccia, io continuavo a tenere la mano sull'orologio, vedevo Zdeněk guardarmi come in un sogno, era pallido, stava lì immobile e mi guardava mentre i tedeschi mi caricavano su un'auto e mi portavano via, e io mi stupii di dove mi stessero portando e perché, e quelli mi condussero al carcere di Pankrác, i portoni si aprirono e loro mi condussero di nuovo come un criminale e mi gettarono in una cella... e io all'improvviso fui affascinato da quello che mi era capitato, all'improvviso ero quasi felice, inorridivo al pensiero che mi potessero rilasciare lì per lì, desideravo, dato che ormai la guerra volgeva comunque al termine, desideravo di essere incarcerato, di essere mandato in campo di concentramento, desideravo di essere incarcerato proprio dai Tedeschi, ed ecco i Tedeschi!, la mia buona stella non mi aveva abbandonato, la porta si aprì e venni condotto a un interrogatorio, e dopo che ebbi fornito tutte le mie generalità e il motivo per cui ero andato a Praga, l'inquirente si fece serio, e poi mi chiese chi stessi aspettando. E io dissi che non stavo aspettando nessuno, e allora si aprì la porta ed entrarono due in borghese, si gettarono su di me e mi spaccarono il naso, mi ruppero due denti, caddi a terra, loro mi si piegarono sopra e mi chiesero nuovamente chi stessi aspettando, chi mi doveva passare le informazioni, e io dissi che ero andato a Praga in visita, semplicemente per un viaggio di piacere, e uno di loro chinò il viso, mi sollevò la faccia e mi afferrò per i capelli e mi sbatté la testa contro il pavimento, l'inquirente urlava che guardare l'orologio era un segnale convenuto, e che io facevo parte del movimento bolscevico clandestino... e poi fui portato via e messo tra i reclusi, questi mi tolsero i denti rotti, mi asciugarono il sangue e i sopraccigli spaccati, e io lì a ridere, quasi non sentivo nulla, né le percosse né i colpi né le ferite, gli altri mi guardavano come fossi stato il sole, un eroe, quando mi avevano gettato lì, le SS mi avevano gridato dietro con ribrezzo sporco bolscevico!, e quel marchio risuonava nelle mie orecchie come una musica soave, come un'apostrofe dolcissima, perché avevo cominciato a capire che quello lì era un biglietto d'ingresso, il biglietto di ritorno per Praga, la scolorina, l'unico liquido che avrebbe potuto cancellare quello che avevo fatto sposando una tedesca e stando a Cheb davanti ai medici nazisti che mi avevano esaminato il sesso, per vedere se era capace di avere rapporti con un'ariana tedesca... quella faccia spaccata solo per aver guardato l'orologio era la tessera grazie alla quale un giorno avrei superato tutti i controlli politici e avrei rimesso piede a Praga, come un combattente antinazista, e soprattutto avrei mostrato a tutti quegli Šroubek e Brandejs e a tutti i proprietari di alberghi che io faccio parte del loro gruppo perché, se rimango in vita, io mi compro di sicuro un albergo bello grande, e se magari non proprio a Praga, di sicuro da qualche altra parte, perché con quella valigetta di francobolli – così come voleva Líza – me ne sarei potuti comprare due di alberghi, e scegliere se in Austria o in Svizzera, ma agli occhi di quei proprietari d'albergo austriaci o svizzeri non sarei stato proprio nulla, a quelli non avrei avuto bisogno di mostrare o di dimostrare qualcosa, con loro non avevo conti in sospeso dal passato, non avevo alcun bisogno di mostrare la mia superiorità, mentre ad avere un albergo a Praga ed essere a Praga nella corporazione degli albergatori, e arrivare fino al posto di segretario di tutti gli alberghi praghesi, a quel punto sarebbero stati costretti a riconoscermi... non ad amarmi, ma a rispettarmi, e per il futuro ormai era quella l'unica cosa che mi interessasse... E così rimasi a Pankrác in totale due settimane, ulteriori interrogatori dimostrarono in seguito che si era trattato di un errore, che in realtà aspettavano una persona che doveva guardare l'orologio, che già avevano preso l'agente di collegamento dal quale avevano saputo quello di cui avevano bisogno, compreso il fatto che si trattava di qualcun altro, e io mi ricordai che lì c'era Zdeněk, e che anche lui voleva guardare l'orologio, e che Zdeněk era mio amico e aveva visto che io in effetti le avevo prese al posto suo, e lui sarebbe diventato qualcuno molto importante, e se anche nessuno della cella lo avesse fatto, sicuramente Zdeněk mi avrebbe difeso, e così, tornando dagli interrogatori, prima che mi spingessero con la mano, io provocai un'altra emorragia dal naso e sorridevo di nuovo e ridevo, e dal naso mi scendeva il sangue... e poi mi rilasciarono, l'inquirente si scusò con me, naturalmente accennando al fatto che l'interesse del Reich obbliga a perseguitare per errore novantanove innocenti piuttosto che un solo e unico colpevole possa sfuggir loro.

E così verso sera stavo davanti al portone del penitenziario di Pankrác, e dietro di me era uscito ancora un altro che era stato rilasciato..... e questi, una volta fuori, crollò, si sedette sul marciapiede, i tram passavano nell'oscurità violacea, i passanti fluivano su e giù, i giovani si tenevano per mano e i bambini giocavano nel crepuscolo come se la guerra nemmeno ci fosse, come se al mondo non ci fossero che fiori e abbracci e sguardi innamorati, e le ragazze in quel caldo crepuscolo portavano stivali e gonne così bene aggiustate che anch'io guardai con gusto qualcosa che era stato predisposto per gli occhi degli uomini, ogni cosa offerta di proposito in prospettiva erotica... che bello!... disse l'uomo quando si fu ripreso, e io mi offrii di aiutarlo... gli faccio, per quanto tempo? E lui disse che era stato dentro dieci anni... e voleva alzarsi ma non ci riusciva, dovetti sorreggerlo, mi chiese se non avessi fretta. E io dissi di no e quando mi disse perché ero stato in galera gli dissi che era stato per attività illegale e così andammo in direzione del tram e dovetti aiutarlo a salire in vettura, e ancora dappertutto in tram e fuori c'era una marea di gente, e tutti era come se tornassero o andassero a qualche festa da ballo, e io mi resi conto per la prima volta che in effetti le praghesi erano più belle delle tedesche, che avevano più gusto, che le tedesche ogni cosa la portavano sempre come fosse un'uniforme, che gli abiti, che quei vestiti alla tirolese, quei tailleur verdi e quei cappellini da cacciatore avevano sempre in sé qualcosa di militaresco... E così stavo seduto accanto a quel giovane incanutito, non poteva avere più di trent'anni, e gli dissi che nonostante la canizie sembrava lo stesso giovane, e quando di punto in bianco gli chiesi chi ha ucciso?, lui esitò un attimo, poi guardò a lungo i seni prominenti di una ragazza che per di più si reggeva con una mano a un sostegno del tram, e mi chiese come fa a saperlo? E io dissi che avevo servito l'imperatore d'Etiopia... e così arrivammo al capolinea dell'undici ed era già buio e l'assassino mi disse di andare con lui dalla madre, di accompagnarlo che lui sarebbe potuto cadere lungo la strada... e così fumammo aspettando l'autobus che arrivò presto, e facemmo tre fermate scendendo al Mulino di Koníček, l'assassino mi disse che preferiva passare da dietro, per il villaggio di Makotřasy, per arrivare a casa prima, e soprattutto per fare una sorpresa alla madre e chiederle perdono... dissi che sarei andato con lui solo fino all'inizio del villaggio, fino al portone della casetta della famiglia, del suo focolare, e poi sarei tornato sulla strada principale e da lì avrei proseguito in autostop, e tutto questo lo facevo non per una qualche pietà o per cortesia, ma sempre e soltanto pensando ad avere quanti più testimoni possibile, una volta terminata la guerra, e quella sarebbe terminata da un momento all'altro... e così camminavamo nella notte stellata, la strada polverosa ci portò, attraverso un villaggio oscuro, nuovamente in un'umida pianura blu come carta carbone, con una luna stretta stretta che splendeva arancione gettando dietro di noi o davanti a noi o nei fossati a lato un'ombra sottile, appena riconoscibile... e poi salimmo su una collinetta, minuscola come per un sospiro della terra, e lui disse che adesso da lì già si sarebbe visto il posto dov'era nato e il suo paesino... quando però arrivammo in cima non si vedeva neanche una costruzione... l'assassino esitò e quasi trasalì, balbettò ma non è possibile! che mi sia sbagliato? Forse al di là di quell'altra collinetta... fatti però un centinaio di metri, all'assassino e a me prese paura... adesso l'assassino aveva cominciato a tremare ancora più di quando era uscito dal portone del penitenziario di Pankrác... si sedette, si asciugò la fronte che gli luccicava come se gli gocciolasse dell'acqua... Cosa c'è?, gli faccio. Qui c'era un villaggio ed è del tutto scomparso, sono matto o impazzito o cosa?, balbettava l'assassino... e io gli faccio, qual è il nome del villaggio? E lui disse Lidice... gli faccio, allora quel villaggio è scomparso. I Tedeschi l'hanno raso al suolo e la gente l'hanno fucilata, e quelli che erano rimasti li hanno mandati in campo di concentramento. E l'assassino continuava a domandare, e perché? Gli faccio, perché era stato assassinato il Reichsprotektor e le tracce degli assassini portavano qui... E l'assassino stava seduto con le braccia che gli pendevano sulle ginocchia piegate, come due pale...

E poi si alzò, e camminava come ubriaco in quel paesaggio lunare, e poi si fermò davanti a una specie di palo, e ci cadde davanti e abbracciò quel palo, ma non si trattava di un palo, però, ma del fusto di un albero sul quale si ergeva un unico ramo potato, come se quel ramo servisse per impiccare i condannati a morte. Eccolo, disse l'assassino, ecco, questo qui è il nostro albero di noci, qui c'era il nostro giardino, e qui, camminava lentamente, qui da qualche parte... poi cadde in ginocchio, e con le mani tastava le fondamenta sepolte delle case coloniche e delle costruzioni agricole, stava certamente passando con le dita sull'alfabeto braille rinvigorito dal ricordo, e quando ebbe tastato in ginocchio l'intera casa di famiglia, si sedette sotto il tronco e urlò assassini!, e si alzò e strinse il pugno e vene azzurrine gli spuntarono sul collo alla luce di quella flebile luna... e quando si fu sfogato contro gli assassini, allora l'assassino si sedette a terra, si piegò all'indietro, incrociò le mani sotto le ginocchia e cominciò a dondolare come in una sedia a dondolo e guardava il ramo appena accennato sulla falce della luna e parlava come se si stesse confessando... e mio padre era bello, e era più bello di me adesso, io rispetto a lui sono uno riuscito male, anche se sono bello, e a mio padre gli piacevano le donne e alle donne mio padre piaceva anche di più, e così mio padre andava appresso a una vicina, e io ero geloso di mio padre, e mia madre soffriva e io vedevo che mio padre, vede? Si reggeva qui, a questo ramo, e dopo che si era dato un po' di slancio, lui si lasciava andare con tanta abilità che stava già dall'altro lato dello steccato, e lì c'era la bella vicina, e io una volta aspettai mio padre, e quando ebbe superato lo steccato ci mettemmo a litigare e io uccisi mio padre con la scure, non che volessi ucciderlo, ma io volevo bene a mia madre e mia madre soffriva... e adesso di tutto questo non resta che il tronco del noce... e mia madre sarà morta anche lei... Gli faccio, può darsi che stia in campo di concentramento, tornerà presto... E l'assassino si alzò e disse, viene con me? Andiamo a domandare... e io dissi, perché no?... io parlo tedesco... E così ci incamminammo in direzione di Kladno e prima di mezzanotte eravamo a Kročehlavy e domandammo alle sentinelle tedesche dove fosse l'edificio della Gestapo. E una sentinella ci disse da che parte si doveva andare. E poi ci trovammo davanti a un portone, al primo piano c'era dell'allegria, brusio e chiasso, e tintinnii e striduli risolini femminili... E c'era il cambio delle sentinelle, era l'una dopo mezzanotte, e io dissi al comandante del corpo di guardia se era possibile parlare col comandante della Gestapo. E lui sbraitò was? E che tornassimo la mattina, ma si aprì una porta e proruppe fuori una schiera brilla di SS in uniforme, andavano via salutandosi allegramente come dopo una festa, dopo una seratina o un onomastico o un compleanno, mi ricordavo di quando da noi all'hotel Paris andavano via gli ospiti raggianti, quando era arrivata la loro ora o era tempo di chiudere... e lì sull'ultimo gradino c'era un militare, reggeva un candeliere con delle candele ed era ubriaco, l'uniforme sbottonata, i capelli sulla fronte, e sollevava il candeliere in segno di saluto, e quando ci vide scese fino alla soglia e chiese al comandante del corpo di guardia che gli stava facendo il saluto, chi fossimo. E il comandante disse che avremmo voluto parlare con lui... e l'assassino mi disse di dire quello che poi io tradussi... che lui era stato in galera dieci anni, e che era andato allora a Lidice a casa, e che non aveva trovato né la casa né la madre, per cui voleva sapere che ne era stato della madre. E il comandante rise, dal candeliere inclinato cadevano a terra come lacrime goccioline di cera bollente... e il comandante stava salendo di sopra, ma poi sbraitò, halt! E le sentinelle aprirono la porta e il comandante scese e chiese perché gli avessero dato quei dieci anni. E l'assassino disse di aver ammazzato il padre... E il comandante prese il candeliere con quelle candele che continuavano ancora a gocciolare e illuminò il viso dell'assassino e in qualche modo si ringagliardì, come rallegrandosi che il destino quella notte gli avesse mandato quell'uomo che chiedeva della madre dopo aver ucciso il proprio padre, trovandosi in una situazione nella quale lui, come assassino, per ordine ricevuto o per libera scelta che fosse, si era trovato spesso... e così io che avevo servito l'imperatore d'Etiopia ed ero stato spesso testimone di come l'incredibile era divenuto realtà, vedevo un assassino di stato del Reich, un assassino in grande, ricoperto di decorazioni che gli tintinnavano in petto, salire su per le scale e, dietro di lui, un semplice assassino, un parricida, e io volevo andarmene via, ma il comandante del corpo di guardia mi afferrò per la spalla e mi indicò le scale verso le quali mi voltò brutalmente... E così sedevo davanti agli avanzi del banchetto, davanti a un grande tavolo come sono in genere i tavoli al termine di un matrimonio o di una grande festa di laurea, avanzi di torte e bottiglie iniziate e quasi terminate e scolate, e a metà del tavolo stava seduto l'SS ubriaco che continuava a fare domande e io traducevo come si erano svolti i fatti vicino al tronco del noce dieci anni prima, quello però che più rallegrava il comandante era la perfetta organizzazione a Pankrác, per cui il detenuto non era venuto a sapere quello che era accaduto a Lidice e che ne era stato di Lidice... E qualcosa di ancora più incredibile divenne quella sera realtà, io, celato nei panni del traduttore con la faccia spaccata che si stava cicatrizzando, io senza venir riconosciuto riconoscevo nel comandante della Gestapo un altro di quelli che avevano partecipato alle mie nozze, quell'ufficiale che non mi aveva né fatto i complimenti, né dato la mano, mentre io avevo alzato il bicchiere e avevo battuto i tacchi delle scarpe di coppale, delle mie scarpe laccate, ma ero rimasto col braccio teso e il bicchiere col quale brindavo alla mia felicità, senza però essere ricambiato, per cui quella volta mi ero sentito immensamente umiliato, e non avevo retto all'umiliazione, quella volta mi ero fatto rosso fino alla punta dei capelli, come quando si erano rifiutati di bere alla mia sia il signor Šroubek, proprietario d'albergo, che il signor Skřivánek, quello che aveva servito il re d'Inghilterra... e adesso il destino me ne offriva un altro, un altro di quelli che non si erano accorti della mia profferta, con tutte le migliori intenzioni, di un'amicizia davanti a un bicchiere... e adesso sta seduto qui davanti a me e si vanta di alzarsi e di andare a svegliare un qualche comandante d'archivio, e poi estrae con noi un registro e cerca lì e legge a voce alta di nuovo al tavolo del banchetto, rivoltando le pagine e intingendole nelle salse e nei liquori gocciolati sul tavolo, quelle pagine, fino a che non trova quella giusta per leggervi ciò che era accaduto e l'informazione che la madre dell'assassino stava in campo di concentramento e fino ad allora accanto al suo nome non c'era né una data né una croce che ne indicasse la morte.

Quando il giorno dopo tornai a Chomutov, ero già

stato licenziato, già avevano ricevuto la notizia, e il semplice sospetto era stato sufficiente perché dovessi preparare le valigie, e trovai anche una lettera che Líza era andata da Siegfried, dal nonno a Cheb, Alla città di Amsterdam, e che io andassi da loro e che la valigetta l'aveva presa lei con sé. E così mi feci accompagnare in macchina fin fuori Cheb, dove dovetti aspettare perché era annunciata un'incursione su Cheb e Aš, e mentre stavo disteso nel fossato insieme ai soldati sentii un rombo, come il lavorio regolare e ritmico di una macchina che si avvicini, e fu così che mi si presentò, quasi mi apparve, mio figlio, lo vedevo mentre ogni giorno, e quindi di sicuro anche quel giorno, dato che gli avevo comprato cinque chilogrammi di chiodi da otto pollici, lui li inumidisce ritmicamente e con regolarità e, con possenti martellate, infila nel pavimento con un sol colpo un chiodo accanto all'altro con un entusiasmo tale come piantasse ravanelli, o come piantasse spinaci fitti fitti... Passata poi l'incursione, risalii nella macchina militare e, mentre ci avvicinavamo a Cheb, da lì veniva cantando della gente, vecchi tedeschi che cantavano canzoncine, si trattava però di canzoni allegre, quello che avevano visto doveva averli fatti impazzire o uscire di senno, oppure si trattava di una loro abitudine, cantare nelle disgrazie una canzoncina allegra, e poi ormai a venirci incontro era la polvere e un fumo dorato, e vedevamo anche i morti nei fossati, e cominciarono le strade con le case in fiamme, i reparti della crocerossa estraevano i corpi semisepolti, e le crocerossine fasciavano in ginocchio teste e braccia, e da ogni parte si udivano gemiti e lamenti, e io pensavo a come ero passato di lì in calesse e con le macchine per andare alle mie nozze, e come tutti erano ebbri della vittoria sulla Francia e sulla Polonia, e vedevo quelle bandiere rosse con le croci uncinate degustate dal fuoco, le bandiere e gli stendardi bruciavano crepitando, come se al fuoco piacessero in maniera particolare, al fuoco che saliva su per la stoffa rossa e per l'estremità nera che si attorcigliava come la coda di un cavalluccio marino... e poi mi trovai davanti alla parete in fiamme e crollata dell'albergo Alla città di Amsterdam... e una leggera brezza che si era alzata disperdeva nugoli beige di fumo e polvere, e io vedevo all'ultimo piano mio figlio seduto lì che continuava a prendere i chiodi, e a infilarli nel pavimento con colpi possenti, da lontano vedevo come s'era già irrobustito il suo braccio destro, in fondo di lui non ne era venuto fuori che un braccio robusto e un avambraccio da tennista e un bicipite che continuava a piantare con un sol colpo nel pavimento i chiodi, come se le bombe neanche cadessero, come se non accadesse nulla al mondo... E così avvenne che il giorno dopo, quando la gente ritornò uscendo dai rifugi, Líza, mia moglie, non arrivò, dicevano che doveva essere rimasta da qualche parte in cortile, e io chiesi della piccola valigetta logora, mi dissero che Líza l'aveva sempre con sé.. e così presi il piccone e cercai in cortile tutto il giorno, l'indomani diedi poi a mio figlio quei cinque chilogrammi di chiodi e lui se li piantava contento nel pavimento mentre io cercavo mia moglie, sua madre, fino a che il terzo giorno non urtai contro le sue scarpe, e lentamente, mentre Siegfried urlava e piangeva di non avere chiodi e nessuno glieli portava, per cui picchiava col martello almeno sulla testa dei chiodi già infilati, io estraevo pian piano la mia Líza dalle macerie e dai detriti, e quando giunsi alla metà del suo corpo vidi come, raggomitolata su se stessa, difendeva col corpo la valigetta in fibra vulcanizzata che per prima cosa nascosi con cura e poi disseppellii del tutto mia moglie, ma senza la testa. Lo spostamento d'aria le aveva staccato la testa che poi cercammo ancora due giorni, mentre mio figlio continuava a picchiare col martello e a ficcare i chiodi nel pavimento e nella mia testa. Così il quarto giorno presi la valigetta e me ne andai via senza salutare, e dietro di me si affievolivano i colpi del martello e dei chiodi infilati, quei colpi che poi ho sentito per quasi tutta la vita, perché quella sera doveva venire l'associazione per i bambini ritardati a prendersi mio figlio Siegfried, mentre Líza l'avevamo seppellita nella fossa comune, con la testa come se in effetti ci fosse, mentre si trattava soltanto di uno scialle avvolto messo sul tronco, perché la gente non pensasse chissaché... sebbene a causa di quella testa io avessi rivoltato l'intero cortile.

Vi basta? Con questo per oggi termino.

In che modo diventai milionario

Fate attenzione a quello che ora vi racconto.

La valigetta coi preziosi francobolli mi portò fortuna. Non subito, ma un po' più tardi, perché alla fine della guerra ero incappato nel decreto per i collaborazionisti, sebbene avessi fornito l'indirizzo del comandante della Gestapo, quello che aveva ucciso così tante persone, ed era fuggito nascondendosi da qualche parte in Tirolo, e io a Cheb ero riuscito a far scappar detto a mio suocero il luogo in cui stava, e Zdeněk aveva avuto il permesso dalle autorità americane ed era partito in macchina con due soldati alla sua ricerca, e lo aveva sorpreso che tagliava il prato travestito coi pantaloni alla tirolese e la camicia, e si era fatto crescere la barba.

Fossi stato io stesso a catturarlo, il Sokol di Praga mi avrebbe fatto andare ugualmente in galera, non perché avevo sposato una tedesca, ma perché nel periodo in cui venivano giustiziati migliaia di patrioti cechi io me n'ero stato davanti all'ufficio nazista per il sangue e la difesa dell'onore tedesco, e mi ero fatto esaminare, io, un socio sostenitore del Sokol mi ero fatto esaminare di mia spontanea volontà per vedere se ero capace di unirmi carnalmente a una donna tedesca di razza ariana, così per quel motivo mi avevano dato sei mesi, in virtù di quel decreto... ma poi avevo venduto i francobolli ricavandone somme tali che mi ci coprii i dieci pavimenti del mio appartamento, e quando arrivai alla somma sufficiente a coprirci quaranta pavimenti, mi comprai un albergo alla periferia di Praga, un albergo con quaranta camere... Subito però la prima notte ebbi l'impressione che nella mansarda più in alto qualcuno ogni minuto, con i tonfi spaventosi di un'accetta da falegname, piantasse nel pavimento dei chiodi, e poi ogni giorno non più soltanto in quella prima camera, ma nella seconda, nella terza, nella decima, per finire con la quarantesima, tutto allo stesso tempo, e dappertutto, come se su ciascuno di quei pavimenti strisciasse carponi mio figlio, quaranta figli, e ognuno con possenti movimenti ficcava nel pavimento i chiodi, un pavimento dopo l'altro, così ogni giorno fino al numero quaranta... e quando il quarantesimo giorno, assordato dai colpi, mi informai se nessun altro sentisse dei colpi di martello, risultò che non li sentiva nessuno, soltanto io, e così scambiai quell'albergo con un altro, presi di proposito un albergo con sole trenta camere, ma ricominciò tutto preciso identico come nel primo albergo, e così decisi che i soldi ottenuti con quei francobolli non erano benedetti, che si trattava di soldi presi a qualcuno con la forza, a qualcuno che era stato ucciso per prenderglieli, forse si trattava dei francobolli di qualche rabbino dai poteri soprannaturali, perché quei colpi e i chiodi infissi nel pavimento erano in effetti chiodi che si conficcavano nella mia testa, a ogni colpo sentivo come il chiodo mi sfondava la scatola cranica, col secondo colpo mi entrava fino a metà e poi del tutto, e in ultimo non potevo più nemmeno deglutire perché quei lunghi chiodi da travi alla fine mi arrivavano giù fino in gola... io però non impazzii, la meta che mi ero imposta era di avere un albergo e di essere uguale a tutti gli albergatori, e non volevo e non potevo tirarmi indietro perché ero vissuto solo con l'idea di arrivare magari un giorno lì dov'era arrivato l'albergatore signor Brandejs, non che avrei avuto posate d'oro per quattrocento clienti, così come le aveva lui, ma soltanto un centinaio di posate d'oro, e da me avrebbero alloggiato degli stranieri famosi... e così cominciai a costruire un albergo del tutto diverso da com'erano gli altri alberghi, nei dintorni di Praga comprai una grossa cava abbandonata, e qui cominciai a completare e a migliorare tutto quello che c'era già da prima, sul modello dell'albergo Tichota, la base dell'albergo era costituita da un'enorme fucina col pavimento di terra e due ciminiere, lasciai così com'erano anche quattro incudini, e tutti i martelli e tutte le tenaglie attaccate alle pareti nere, comprai poltrone di pelle e tavoli, tutto secondo i consigli di un architetto, un pazzo che tutto quello che sognava lo eseguiva per me, ed era entusiasta quanto lo ero io, perché il giorno stesso che fu ristrutturata la fucina io ci dormii immediatamente, infatti qui in quelle ciminiere e in quei forni da fabbro, qui sugli spiedi davanti agli stessi clienti si dovevano cuocere gli arrosti di montone e il coniglio alla cacciatora, e così qui la prima notte sentii quei colpi, ma erano ormai fievoli, nella terra del pavimento quei chiodi entravano veloci come nel burro, per cui cominciarono a soffocarsi anche nella mia testa, e mi dedicai con un gusto ancora maggiore alla costruzione delle camere per i clienti, piccole cabine ricavate da un lungo edificio simile a un campo di concentramento, qui prima c'erano il guardaroba e il dormitorio degli operai, io invece li avevo fatti trasformare in camerette, in trenta camere, e per prova feci fare il pavimento con delle mattonelline ruvide e grezze, così come ce le hanno in Italia e in Spagna e in genere là dove fa molto caldo, e il primo giorno mi misi ad ascoltare per prova e sentii soltanto i chiodi scivolare sulla mia testa, mandare scintille, tanto risultava dura quella porcellana, e poi i colpi dopo il vano tentativo cessarono del tutto, e io guarii e cominciai a dormire come dormivo prima... e la costruzione continuava tanto velocemente che nel giro di due mesi l'albergo era aperto, lo chiamai l'albergo nella Cava, perché qualcosa si era rotto in me e mi aveva lasciato[1]. Era davvero un albergo di prima

[1] In ceco *lom*, «cava», ha anche i significati di « frattura», «spaccatura».

classe, e qui si dormiva solo su prenotazione, era situato all'interno del bosco, e le camere stavano a semicerchio tutt'attorno a un laghetto azzurro sul fondo della cava, su una rupe che si innalzava per quattrocento metri ed era di granito feci piantare dagli alpinisti delle stelle alpine e cespugli ornamentali che crescono in condizioni analoghe, e inoltre vi era fissato un cavo d'acciaio che attraversava tutto il laghetto artificiale, un'estremità era assicurata alla cima, per cui il cavo scendeva fino a giù, ogni sera avevo un'attrazione, avevo ingaggiato un artista da circo che usava una puleggia, una carrucola d'acciaio sotto la quale era infilato un corto bastone, lui aspettava il momento giusto, prendeva lo slancio e scendeva giù dalla cima e, sopra il lago, illuminato nel costume fosforescente, si lanciava, e la puleggia scendeva fin giù, lui si fermava un attimo, con un contromovimento raccoglieva le gambe rigide, si raddrizzava e, con le braccia in avanti, si infilava nel lago profondo per poi nuotare piano e con lentezza nel suo aderente costume fosforescente fino alla riva dove c'erano i tavolini e le seggiolette. Tutto era bianco, io avevo fatto pitturare ogni cosa di bianco, il bianco era adesso il mio colore, era qualcosa di analogo al ristorante Barrandov, solo che questo qui era originale, io adesso potevo competere con chicchessia... a dirla tutta, però, l'idea di quella puleggia era venuta a un apprendista cameriere che un pomeriggio era salito sulla cima e lì si era afferrato alla carrucola ed era sceso giù e a metà si era lasciato cadere, con tutti i clienti che urlavano dal terrore e si erano alzati in piedi, oppure si erano rovesciati all'indietro nelle poltroncine, tutte le poltrone erano in stile Luigi quattordici, l'apprendista si raddrizzò, poi in aria si sbilanciò e si infilò col frac a testa in giù nella superficie dell'acqua, come inghiottito dal lago... e io in quell'istante capii che una cosa del genere doveva poi esserci ogni giorno, e di sera con abiti fosforescenti, non potevo andarci a rimettere, ma se anche fosse successo era uguale, perché una cosa del genere non ce l'aveva nessuno non solo a Praga, ma nemmeno in tutta la Boemia e fors'anche in tutta l'Europa Centrale... e come venni poi a sapere, nemmeno da nessun'altra parte al mondo, perché una volta mi avevano annunciato che sarebbe arrivato e avrebbe preso alloggio qui uno scrittore di nome Steinbeck... aveva l'aria di un capitano di lungo corso o di un pirata, e qui da noi gli piacque parecchio, quella fucina trasformata in una sala da ristorante e quei fuochi e quei cuochi che lavoravano direttamente davanti ai clienti, così che mentre si terminava di cuocere gli arrosti di montone e i conigli alla cacciatora quello spettacolo faceva venire ai clienti una fame tale e una tale voglia di cibo che sembravano dei bambini... ciò che però quello scrittore aveva preso maggiormente in simpatia erano tutti quei macchinari per polverizzare il granito, i frantoi pieni di polvere con la struttura messa a nudo, se ne poteva vedere l'interno come a una mostra di frantoi, o a una mostra dove le automobili sono spaccate perché se ne possa vedere il motore, e così quello scrittore era rimasto affascinato dalle macchine disposte sullo spiazzo davanti alla cava, da dove si vedeva la regione tutt'intorno, quelle macchine stavano lì come decine di statue, fresatrici o torni per la pietra, adesso isolati, come inventati da scultori pazzi, e quello scrittore, si chiamava Steinbeck, lui si fece anche portare qui il tavolinetto bianco con le poltrone e le sedie bianche trasparenti, e qui ogni giorno, al pomeriggio, beveva una bottiglia di cognac francese, e la sera un'altra... e in mezzo a quelle macchine con la macinatrice in basso, lui guardava il paesaggio, il paesaggio banale dei dintorni di Velké Popovice, ma quello scrittore all'improvviso rendeva quel paesaggio così bello, e quelle macchine così artistiche, e lo scrittore mi disse che una cosa del genere non l'aveva mai vista, che in un albergo come quello non aveva ancora mai alloggiato, che una cosa del genere in America poteva possederla soltanto qualche attore famoso, un Gary Cooper o uno Spencer Tracy, e che tra gli scrittori se lo sarebbe potuto permettere unicamente Hemingway, e quanto avrei voluto per darglielo, e io dissi due milioni... e lui poi fece dei conti sul tavolo e poi mi pregò di avvicinarmi, tirò fuori il libretto degli assegni e disse che lo avrebbe comprato e mi avrebbe emesso un assegno per cinquantamila dollari... e io gli facevo varie domande, e lui ogni volta portava la sua offerta a sessanta, a settanta, a ottantamila dollari... e io vedevo e sapevo che tutta quella roba lì, che quell'albergo non avrei potuto cederlo nemmeno per un milione di dollari, perché quell'albergo nella Cava era il massimo delle mie capacità, dei miei sforzi, e io adesso ero il primo albergatore tra gli albergatori, perché di alberghi come quello che ha il signor Brandejs, o quello che ha il signor Šroubek, di alberghi del genere al mondo ce ne stanno a centinaia e a migliaia, mentre come ce l'ho io non ce l'ha nessuno... E così una volta avvenne che arrivassero in macchina i maggiori albergatori di Praga, compresi il signor Brandejs e il signor Šroubek, ordinarono la cena, il maître e i camerieri prepararono il loro tavolo col massimo della cura e del gusto, solo per loro avevo fatto illuminare la roccia dal basso con dieci riflettori nascosti sotto i rododendri e distribuiti in modo che l'intera rupe fosse illuminata e facesse risaltare gli spigoli aguzzi e le ombre fantastiche e i fiori e i cespuglietti, e mi ero messo in testa che se quegli albergatori fossero stati propensi alla riconciliazione e ad accettarmi tra loro, ad offrirmi di entrare nella corporazione degli albergatori, io avrei dimenticato ogni cosa così come l'avrebbero dimenticata anche loro. Loro però non solo fecero finta di non conoscermi, ma si sedettero pure in modo da voltare le spalle a tutte le bellezze del mio ristorante, e io mi comportai allo stesso identico modo, potevo farlo e mi sentivo vincitore perché vedevo che loro avevano voltato le spalle a quei pezzi unici del mio ristorante solo perché sapevano e avevano capito che adesso li avevo superati, che da me aveva alloggiato non solo Steinbeck ma anche Maurice Chevalier al seguito del quale era arrivata una torma di donne che erano rimaste nei dintorni della Cava, e Chevalier le riceveva la mattina in pigiama, e loro gli si erano gettate addosso, quelle sue adoratrici, e avevano spogliato il cantante e gli avevano fatto il pigiama a pezzettini affinché ciascuna potesse portarsi via per ricordo un brandello di quel pigiama, se avessero potuto avrebbero fatto a pezzi anche Chevalier e si sarebbero portate via i pezzetti della sua carne, ciascuna secondo il proprio gusto, sebbene per temperamento quasi tutte al famoso cantante avrebbero strappato per prima cosa il cuore e subito dopo il sesso.. e quello Chevalier si era tirato dietro così tanti giornalisti che la foto della mia Cava era su tutti i giornali non solo nostri, ma anche esteri, avevo ricevuto notizie apparse su Frankfurter Allgemeine e Zürcher Zeitung e in Die Zeit, e persino nell'Herald Tribune c'era il mio albergo con le donne impazzite attorno a Chevalier, al centro dello spiazzo, lì dove c'erano le statue fatte di macchine, macchine circondate da tavolinetti e sedie bianche che sugli schienali avevano viticci di vite stilizzati, opera dei mastri fabbri con lastre di ferro... e proprio per questo erano venuti quegli albergatori, non per riconciliarsi con me, erano venuti solo perché quello che vedevano era di gran lunga più forte e più bello di quello che avevano immaginato, e soprattutto anche perché, adesso che lo vedevano, vedevano che quella cava io me l'ero comprata per una sciocchezza, compresa di tutto quello che c'era e ci si trovava dentro, ed erano gelosi di come certo anche perché avevo lasciato ogni cosa così come l'avevo comprata, e l'albergo l'avevo installato all'interno, per cui chi capiva qualcosa mi aveva stimato e mi stimava come fossi stato un artista... e quello era il mio culmine, ciò che aveva fatto di me una persona che non aveva vissuto invano. E così io stesso cominciai a guardare il mio albergo come un'opera d'arte, come una mia creazione, solo perché così lo vedevano gli altri... mi avevano aperto gli occhi e io, anche se solo dopo, anche se solo più tardi, avevo però capito che anche quelle macchine erano in effetti delle statue, delle belle statue che non avrei dato via in cambio di nulla, una volta mi accorsi persino che quel mio oggetto lì nella Cava somigliava a quello che aveva accumulato il viaggiatore Holub, a quello che aveva accumulato Náprstek in quel suo museo delle arti applicate, e sarebbe venuto di sicuro il momento in cui, su ogni macchina, su ciascuna di quelle pietre e su ogni cosa ci sarebbe stata l'etichetta «di valore storico»... e sebbene mi sentissi umiliato da quegli albergatori, di non appartenere al loro gruppo, di non essere un loro pari per quel che riguardava la posizione sociale pur essendo superiore a loro, spesso la notte rimpiangevo che non ci fosse più l'Impero asburgico, che di sicuro se ci fossero state delle manovre e avesse preso alloggio qui non dico l'imperatore in persona, ma un qualche suo arciduca, io l'avrei servito e gli avrei preparato tutto il cibo e l'ambiente in modo tale che lui mi avrebbe elevato al rango di aristocratico, non molto in alto, ma sarei stato magari barone... E continuavo a sognare a questo modo quando arrivò il grande caldo e ogni cosa nei campi si seccò e la terra si spaccava e i bambini gettavano nelle fessure del terreno delle letterine, io sognavo l'inverno, quando sarebbe caduta la neve e avrebbe ghiacciato e io avrei lucidato la superficie del lago e sul lago ci sarebbero stati due tavolini e, sopra, due grammofoni, uno col trombone azzurro e l'altro rosa, simili a grandi fiori, e avrei comprato vecchi dischi e si sarebbero suonati solo vecchi valzer e tipici intermezzi, e nella fucina sarebbero avvampati i fuochi e in cesti d'acciaio avrebbero bruciato sulla riva del lago pezzi di legno, e i clienti avrebbero pattinato, avrei comprato, o li avrei fatti fare, dei vecchi pattini con la chiavetta, e gli uomini avrebbero allacciato i pattini alle signore e avrebbero tenuto i loro piedini sulle ginocchia flesse, e si sarebbero bevuti ponce bollenti... e così sognavo e intanto i giornali e i partiti politici litigavano su chi avrebbe pagato per quella siccità nella quale mi riusciva così bene di sognare gli svaghi invernali alla Cava, e quando anche al Parlamento i deputati e i membri del governo litigarono su chi avrebbe pagato, insomma, per quella siccità e si misero d'accordo che sarebbero stati i milionari, quella risoluzione l'accolsi con enorme soddisfazione perché ero anch'io un milionario, speravo che il mio nome come milionario sarebbe apparso sui giornali, che sarebbe stato accanto a Šroubek e Brandejs e agli altri, che quindi quella siccità mi era stata mandata dalla mia buona stella, e che quella disgrazia era la mia fortuna e mi avrebbe fatto ritrovare là dove in sogno desideravo andare, quando l'arciduca mi elevava al rango di aristocratico, e che io, ancora piccolo come lo ero da apprendista, io ero grande, ero un milionario... come però passavano i mesi nessuno mi spediva nulla, nessuno voleva da me che pagassi la tassa da milionario, già avevo comprato due grammofoni e in più mi ero fatto portare uno stupendo orchestrion, perché non avevo comprato solo l'orchestrion ma anche una vecchia giostra con grandi cavalli e cervi e renne a dondolo, e la giostra la feci smontare e i cavalli e i cervi li feci mettere sulle loro molle originarie sul bordo tutt'attorno al lago, e tutti i clienti con la consorte si sedevano come in un amorino, quelle sedie francesi voltate una di fronte all'altra, e in un canapé del genere, dove potevano stare seduti con una signorina a conversare, io ci mettevo sempre due cervi e due cavalli uno accanto all'altro, come in una cavalcata galante, e davvero si familiarizzava, i clienti occupavano continuamente con le signore i cavalli e i cervi, e l'orchestrion suonava per loro, e i clienti si dondolavano su quegli animali di legno dalle stupende gualdrappe e dagli occhi bellissimi e in genere con tutto bellissimo, perché si trattava della giostra tedesca di un ricco proprietario di tiri a segno e luna park... E così, all'improvviso, venne da me a dare un'occhiata Zdeněk che era diventato un pezzo grosso nel distretto e fors'anche nella regione, era completamente cambiato, non era più come prima, si dondolava sul cavallo e si guardava attorno, e quando mi sedetti anch'io sul cavallo accanto, lui mi parlò a bassa voce e poi prese a riprova un documento piegato e, prima che avessi potuto impedirglielo, lui strappò lentamente quel documento dove io venivo definito un milionario, e c'era scritto che avrei pagato la tassa da milionario, e Zdeněk smontò e gettò nel fuoco quel documento per me così bello, quasi un decreto di nomina, mi sorrise molto triste e finì di bere l'acqua minerale, lui che beveva soltanto liquori forti, e con un sorriso triste andò via da me, lo aspettava un macchinone, un'auto nera, per riportarlo di nuovo là da dove era venuto, da qualche parte in quella politica che faceva, nella quale certo credeva, che lo teneva in pugno e che doveva certo essere bella se era capace di sostituire in lui tutti quei pezzi di bravura durante i quali riusciva ogni volta a scialacquare tutti i soldi che aveva con sé, ogni volta qualche esibizione filantropica, come se quei soldi gli scottassero e così lui li restituiva alla gente alla quale pensava che quei soldi appartenevano... e gli avvenimenti poi stavano precipitando, così come avevo sognato preparai. serate e pomeriggi sensazionali alla Cava, grammofoni e pattini e fuochi, sia nella fucina che tutt'attorno al lago ghiacciato, ma i clienti che venivano o erano tristi o troppo allegri, ma non era più l'allegria che conoscevo, era un'allegria quasi voluta, come i Tedeschi quando si divertivano ma sapevano che a Košíček con le loro fidanzate e le loro mogli ci stavano per l'ultima volta, e poi da Košíček, da quel Cestino, dritti al fronte... Anche i miei clienti si accomiatavano da me allo stesso modo, mi davano la mano e agitavano il braccio fuori dalle macchine come se partissero per l'ultima volta e per non tornarsene mai più, e se poi tornavano, era di nuovo la stessa cosa, erano malinconici, mesti, perché qui quasi non ne arrivava nemmeno l'eco, ma nella politica ogni cosa si era capovolta, era il Febbraio e tutti i miei clienti sapevano che quella era la loro fine, scialacquavano quello che potevano, ma la gioia e l'allegria spontanea stavano dileguandosi, e avevo assorbito anch'io quella loro tristezza, ormai avevo smesso di chiudere a chiave ogni notte, di tirare le tende e di spandere i soldi per terra, come stessi facendo un solitario, di darmi da solo, come fossero carte da gioco, le banconote da cento dell'incasso giornaliero che ogni mattina portavo in banca dove tenevo depositato un milione di corone, proprio in quei giorni... e così arrivò la primavera e i miei clienti, così come gli ufficiali tedeschi ritornavano a Košíček, ma non tutti, allo stesso identico modo anche i miei clienti, i miei ospiti fissi smisero di venire, e io venni a sapere che erano caduti, che erano stati arrestati, messi in carcere, che alcuni erano scappati oltre confine... e così venivano clienti diversi e gli incassi erano ancora maggiori, ma io pensavo, che è accaduto a quelli che stavano da me ogni settimana, e di loro quel giorno ne vennero solo due e mi dissero di essere milionari, e che l'indomani dovevano essere pronti, e che dovevano portare con sé gli scarponi e una coperta e i calzini di riserva e del cibo, che sarebbero stati trasportati da qualche parte in un campo di raccolta perché erano milionari... e io ero contento di essere un milionario anch'io, portai il libretto di risparmio e lo mostrai a quei miei due clienti, uno era fabbricante di attrezzi ginnici mentre l'altro possedeva una fabbrica di dentiere, me l'avevano detto in quel momento, e io mostrai loro il libretto di risparmio, e andai subito anch'io a prendere lo zaino e gli scarponi coi lacci e i calzini di riserva e del cibo in scatola, anch'io mi stavo preparando per quando sarebbero venuti a prendermi, perché il fabbricante di dentiere mi aveva detto che tutti gli altri albergatori di Praga avevano ricevuto una specie di citazione anche loro... E all'alba andarono via e piangevano perché il coraggio di scappare oltre confine non ce l'avevano, ormai non volevano rischiare più niente, mi stavano giusto dicendo che l'America e le Nazioni Unite non avrebbero lasciato le cose così, che avrebbero riavuto indietro tutto, e sarebbero ritornati alle loro ville e alle famiglie... E io aspettai un giorno, poi due, poi una settimana, ricevetti da Praga la notizia che tutti i milionari si trovavano già nel campo di raccolta, che si trattava di un istituto di preti a San Giovanni sotto la Rupe, in un enorme monastero e pensionato per futuri preti che erano stati trasferiti... E così mi decisi, e ciò avvenne il giorno in cui arrivarono dal distretto per darmi con delicatezza la notizia che il Comitato Nazionale mi confiscava la Cava, e che per il momento vi rimanevo come amministratore, che tutti i diritti di proprietà passavano al popolo... Io però ero pieno di rancore, sapevo come dovevano stare le cose, che c'era di nuovo lo zampino di Zdeněk, mi diressi al distretto e passai in ufficio da Zdeněk, e lui non disse nulla, sorrideva soltanto con tristezza, prese nuovamente una scartoffia dalla propria scrivania e la fece in mille pezzi davanti a me, e mi disse che, sotto la propria responsabilità, strappava la mia qualifica in cambio del fatto che avevo preso il suo posto allora, guardando all'orologio che ora fosse, io però gli dissi che una cosa del genere da lui non me l'aspettavo, che io pensavo che fosse un mio amico mentre lui invece mi stava contro, perché io ero uno che per tutta la vita non aveva voluto essere nient'altro e non si era affannato che per avere un albergo ed essere un milionario... E andai via, e nella notte stavo davanti al portone dell'istituto per preti tutto illuminato, davanti al portone c'era un miliziano con un fucile da guerra e io mi presentai come un milionario, il proprietario dell'albergo della Cava, e dissi che volevo parlare col comandante per una cosa importante... così il miliziano alzò la cornetta e dopo un po' mi fece entrare nel portone e poi in un ufficio dove sedeva un altro miliziano, questa volta però senza fucile, davanti a sé aveva elenchi e scartoffie e una bottiglia di birra dalla quale beveva in continuazione... e quando l'ebbe terminata, allungò una mano sotto al tavolo e da una cassetta tirò fuori un'altra bottiglia, l'aprì e bevve con avidità, come se avesse ancora una sete primordiale... e io gli chiesi se non gli mancasse un milionario... che io non avevo ricevuto la citazione, e che ero anch'io un milionario... e lui si mise a guardare tra le scartoffie, con la penna scorreva i nomi, ma poi disse che io non ero un milionario, e che me ne potevo andare a casa tranquillo... io però dissi che si doveva trattare di un errore, che io un milionario lo ero... lui però mi prese per la spalla e mi condusse al portone e mi diede una spinta gridandomi dietro io nel mio elenco non ce l'ho, per cui lei non è un milionario! E io tirai fuori il libretto di risparmio e gli mostrai che sul libretto avevo un milione e cento corone e dieci haléř... e gli faccio, con aria di vittoria, e come la mettiamo con questo? E lui guardò il libretto... e lo supplicai, non mi cacci via... E così lui si impietosì e mi tirò nel seminario e mi considerò un internato, e trascrisse tutti i miei dati e le informazioni di cui aveva bisogno... Quell'internato per studenti di teologia sembrava davvero un carcere, una caserma, una casa dello studente per universitari poveri, non fosse stato che nei corridoi a ogni curva, tra le finestre, dappertutto c'era un crocefisso appeso che si alternava con scene delle vite dei santi. E quasi in ognuno di quei quadri c'era qualche tortura, qualche orrore raccapricciante reso dal pittore con una precisione tale che il fatto che quattrocento milionari abitassero nelle celle dei preti, in quattro o sei per cella, era al confronto un giochetto. Del resto io mi aspettavo che qui ci fosse lo stesso terrore e la stessa cattiveria di quand'ero stato in galera quei sei mesi alla fine della guerra, a causa di quel decreto, e invece era tutto al contrario, qui in questo istituto di San Giovanni era come alle comiche. Nel refettorio c'era una specie di tribunale, arrivavano i miliziani coi fucili da guerra e delle fasce rosse al braccio, la tracolla del fucile gli scendeva in continuazione, l'uniforme non era stata cucita su misura ma, come a farlo apposta, a quelli piccoli stava grande e a quelli grandi stava piccola, per cui preferivano portarla sbottonata, e il tribunale ce lo facevano in questo modo che, per ogni milione, ciascun milionario ricevette un anno, per cui io per quei due milioni ebbi due anni, il fabbricante di attrezzi ginnici che di milioni ne aveva quattro, lui ebbe quattro anni, e il massimo l'ebbe l'albergatore Šroubek, dieci anni perché possedeva dieci milioni. Il problema più grosso era però in quale casella segnare gli anni e le generalità, e una questione ugualmente terribile era contarci la sera, perché ogni sera mancava qualcuno, ma ciò dipendeva dal fatto che andavamo con le brocche a prendere la birra al villaggio vicino, e poi magari anche perché i nostri guardiani bevevano in continuazione, per cui non riuscivano a contarci, anche se il conteggio iniziava già il pomeriggio. Così preferivano scegliere il sistema di contare a dieci a dieci, e ogni volta una delle guardie batteva le mani, e una terza guardia aggiungeva un sassolino, e così poi, una volta contato l'ultimo, si conteggiavano i sassolini e al risultato si aggiungeva uno zero e il numero rimanente che non era arrivato a dieci. E ogni giorno invece eravamo di più o di meno, anche quando stavamo lì tutti, talvolta il numero dei milionari internati coincideva e veniva trascritto, e tutti a tirare un respiro di sollievo, nel preciso istante in cui arrivavano quattro milionari con le cassette e i secchi di birra, e così, per non creare confusione, venivano considerati come dei nuovi arrivati, e ciascuno di quei milionari riceveva ancora una volta, a seconda dei milioni che aveva dichiarato, quegli anni in sovrappiù. Quello lì era sì un internato, ma non aveva alcuna recinzione. Per cui al portone sedevano i miliziani, e i milionari andavano e tornavano passando per il giardino, anche se bisognava tornare passando dal portone che i miliziani ogni volta aprivano e chiudevano di nuovo e sprangavano, ma tutt'intorno non c'era né una recinzione, né un muro, per cui in effetti anche i miliziani tagliavano per il giardino, ma poi si destava in loro la coscienza e ritornavano verso il portone e lo aggiravano passando per il giardino con la chiave e aprivano e entravano dal portone, e chiudevano di nuovo a chiave e poi lungo il portone passavano nell'internato. Il problema maggiore era il cibo, ma si dimostrò un problema superfluo perché sia al comandante che ai miliziani piaceva mangiare coi milionari e, con quello che ricevevano dalla caserma della milizia, con quello ci ingrassavano i maiali che erano stati comprati da uno dei milionari, l'industriale in dentiere, per cui all'inizio c'erano dieci maialini, che poi passarono a venti, e tutti non vedevano l'ora che arrivasse la maialatura perché tra i milionari c'erano dei proprietari di grosse macellerie che promettevano ghiottonerie tali che i miliziani già da prima si leccavano i baffi e proponevano migliorie suggerendo quali specialità si potessero ricavare dai maiali. E poi qui da noi si cucinava quasi come si cucinava non negli internati per futuri preti, ma nei conventi ricchi, come cucinavano ad esempio i Crociferi. Quando qualche milionario finiva i soldi, allora il comandante dei miliziani mandava il milionario a fare un salto a casa a prenderli, all'inizio con lui andava un miliziano in abiti civili, ma poi fu sufficiente il giuramento, e l'internato poteva andare a Praga a prendere i soldi, a prelevare in banca dal libretto di risparmio, da quel suo milione o da quei suoi milioni, perché il comandante gli dava un attestato che quei soldi servivano per pubblica utilità. E così qui all'internato si cucinava e si preparava il menu che finiva sottoposto all'approvazione del comandante dei miliziani affinché desse cortesemente i propri suggerimenti, perché i milionari consideravano i militari come loro ospiti, e anche nelle mense e nei refettori sedevano tutti insieme... Una volta il milionario Tejnora ricevette il permesso di recarsi a Praga a procurarsi della musica, un quartetto, uno Schrammelquartett, e quando arrivò in taxi con l'orchestrina, qui da noi aveva molto preso piede l'abitudine di andare a Praga in taxi fino al crocevia, così quando arrivarono passarono accanto al portone chiuso ed entrarono in quel campo di concentramento per milionari, svegliarono la sentinella perché era già mezzanotte e uscirono di nuovo davanti al portone che le guardie mezze addormentate non riuscivano ad aprire, per cui il milionario, passando lungo il portone e tagliando dal giardino, raggiunse il portone dall'altro lato, prese da dentro la chiave e uscì fuori passando lungo il portone e da lì lo aprì, ma dato che la chiave era un po' difettosa non gli riusciva di chiudere, per cui rientrò di nuovo dentro e da lì chiuse il portone e riconsegnò le chiavi... Io pensavo è un peccato che Zdeněk non sia un milionario, lui qui sarebbe stato nel suo ambiente naturale, lui avrebbe usato a modo suo non solo tutti i soldi propri, ma anche i soldi di quegli altri che non avevano fantasia di che fare con quei milioni, per cui lui lo avrebbe fatto al posto loro col loro consenso... E così, dopo un mese, tutti i milionari detenuti erano abbronzati perché ci abbronzavamo sui pendii, mentre i miliziani si mostravano pallidi perché o stavano nel portone oppure sempre a preparare qualche rapporto, seduti nelle celle senza riuscire a mettere insieme nemmeno lo stato sociale del detenuto accanto al nome, perché alcuni nomi come Novák o Nový comparivano tre volte e così, dovendo stare sempre con le armi addosso, i fucili e le giberne con le cartucce gli cadevano in continuazione, e intanto continuavano a cancellare e a ricopiare quei loro rapporti che alla fine gli venivano fatti da uno qualsiasi di quegli albergatori milionari, come se stesse redigendo un menu. E dato che qui dell'istituto cattolico era rimasta una fattoria con dentro dieci mucche, ma il prodotto di quelle mammelle non era sufficiente al caffè del mattino, perché qui veniva distribuito un caffè d'orzo col latte nel quale, come innovazione introdotta dal signor albergatore Šroubek, veniva aggiunto un bicchierino di rum, come aveva imparato al Kaffee Sacher di Vienna, allora un industriale in vernici e colori in polvere comprò altre cinque mucche e così di latte ce ne fu a sufficienza, perché alcuni non sopportavano il caffellatte e al mattino prendevano solo un bicchierino di rhum, oppure il rum lo bevevano direttamente dal pentolino, perché mangiavano anche di notte per cui bevevano per digerire. Un'altra cosa bella era quando, una volta al mese, arrivavano le visite dei familiari... il comandante aveva comprato delle cordicelle bianche di quelle per stendere i panni e le aveva appese lungo il muro immaginario, e dove non era bastata la cordicella aveva fatto lui stesso col tacco una riga che separava gli internati dell'internato dal mondo esterno... e così arrivavano le mogli coi bambini e gli zaini e sacche con cibo e salami ungheresi e scatolette di ditte straniere, e anche se noi cercavamo di assumere un'aria sofferente, col fatto che eravamo tutti abbronzati e ben nutriti, se fosse arrivato qualcuno non al corrente della situazione, quello avrebbe subito pensato che i reclusi erano quelli venuti in visita, e che il carcere era lì fuori, perché era lampante che l'internamento dei milionari era sopportato peggio dai parenti che non dai milionari stessi. E dato che non si riusciva a mangiare tutto, noi milionari facevamo a mezzo coi miliziani ai quali tutte quelle cosette lì piacevano al punto che erano riusciti a strappare al comandante che le visite venissero concesse due volte al mese, una volta ogni quindici giorni... E così avvenne anche che, se mettendo tutto insieme non si stava tra le trenta e le cinquantamila corone, il comandante dava il permesso agli esperti di scegliere tra i preziosi libri della biblioteca del convento, e questi venivano portati in macchina a Praga nei negozi di libri usati... e poi si arrivò a capire che era possibile vendere la biancheria dei letti e le camicie da notte, e i corredi per i futuri preti, lì, a San Giovanni sotto quella Rupe sui cui pendii ci abbronzavamo e dopo pranzo schiacciavamo un pisolino... ma era ormai quasi superfluo perché, da veri milionari, loro l'avevano capito già da molto, già da molto facevano incetta di quei bei lenzuoli, di quelle lunghe camicie da notte di filande montane, già da molto portavano via nelle valigie quegli stupendi asciugamani, a intere grosse, ce n'erano magazzini pieni perché tutti quelli che andavano via da lì, come fossero stati futuri preti, tutti ricevevano il corredo che nessuno andava a controllare, che non era sotto la direzione di nessuno, al contrario, era a disposizione dei miliziani e dei milionari perché in quel campo di raccolta per milionari non scoppiasse qualche epidemia, un colera o dissenteria o tifo... e così avveniva poi che anche i miliziani si prendessero dei periodi di licenza, a tal punto avevano fiducia in noi e sapevano che non saremmo scappati, e che se anche fossimo scappati, e questo c'era successo un paio di volte, allora avevamo condotto un altro ben noto milionario, per farlo riposare un po' dalla famiglia... e così i miliziani si spogliavano e si mettevano in abiti civili, e le uniformi ce le prendevamo noi, i milionari, e sorvegliavamo noi stessi, quando poi eravamo di servizio la domenica oppure, quando la notte tra il sabato e la domenica eravamo di sentinella ai milionari, tutti noi non vedevamo l'ora perché era una comica muta che non sarebbe venuta in mente nemmeno a Chaplin, per tutto il pomeriggio giocavamo alla liquidazione del campo dei milionari, il comandante del portone, il milionario Tejnora in abiti da miliziano, annunciava che il campo sarebbe stato liquidato, e che i milionari potevano tornare a casa, i milionari però si andavano a nascondere, e così i milionari in abiti da miliziani cercavano di convincerli, gli descrivevano com'era bella fuori la libertà, come lì non avrebbero sofferto e languito sotto il giogo dei miliziani e avrebbero invece vissuto la vita libera dei milionari, i milionari invece non volevano nemmeno sentirne parlare, per cui il milionario Tejnora in abiti da miliziano di servizio al portone col corpo di guardia ordinava la liquidazione forzata del campo, e trascinavano fuori dalle celle i milionari, quelli che possedevano dieci e otto milioni e avevano quindi avuto dieci e otto anni, cercavano poi le chiavi del portone e non riuscivano ad aprire il portone, per cui i milionari lo aggiravano e aprivano da fuori e riaggiravano di nuovo il portone e si mettevano in fila, e tutti noi stavamo a guardare e ce ne morivamo dal ridere a vedere i milionari, guidati dai miliziani, trascinati fuori, e dietro di loro veniva sprangato il portone, e i milionari arrivavano fino alla collinetta, e quando si voltavano a guardare, allora ci ripensavano e tornavano indietro e picchiavano contro il portone del carcere e pregavano in ginocchio i milionari in abiti da miliziani di offrir loro asilo... e anch'io ridevo, ma in realtà non ridevo perché, sebbene stessi insieme ai milionari, non facevo lo stesso parte del loro gruppo, anche se dormivo addirittura con l'albergatore signor Šroubek. Verso di me si comportava con estraneità, addirittura non avevo nemmeno il diritto di porgergli un cucchiaio che gli era caduto, io l'avevo alzato da terra, lo tenevo in mano, stavo così nella nostra mensa, con la posata tesa com'era successo anni prima col bicchiere col quale quella volta nessuno aveva voluto brindare insieme a me, e il signor albergatore andò a prendersi un cucchiaio di riserva e il brodo lo bevve con quel cucchiaio, e quello che avevo poggiato accanto alle sue posate, quel cucchiaio lo scostò con ribrezzo col tovagliolo, fino a che non cadde sul pavimento, tutti videro il signor albergatore allontanare il cucchiaio con un calcio fino a farlo volare sotto il tavolo del refettorio che serviva per i paramenti dei sacerdoti... Io ridevo, ma non ci trovavo proprio nulla da ridere, perché non appena avevo cominciato a parlare di quel mio milione, del mio albergo lì nella Cava, tutti i milionari si erano ammutoliti e si erano messi a guardare da qualche altra parte, loro quel mio milione, quei miei due milioni non li riconoscevano, e io compresi che in mezzo a loro mi tolleravano, ma di loro non ero degno, perché i milionari quei loro milioni li avevano già da molto, già da prima di quella guerra, mentre io ero un arricchito di guerra che tra loro non soltanto non volevano, ma neanche potevano accettare, perché non ero standesmässig, non ero alla loro altezza, e sarebbe accaduta la stessa identica cosa in quel mio sogno, se l'arciduca mi avesse nominato ed elevato al rango di aristocratico e mi avesse fatto barone, io in quel modo non sarei stato ugualmente un barone, perché il resto della nobiltà non mi avrebbe accettato tra i suoi, così come non ero stato accolto amichevolmente tra i milionari e anzi, al contrario, quando un anno prima stavo ancora fuori, allora potevo avere l'illusione che un giorno o l'altro sarei stato accettato, ero addirittura convinto che, in quanto proprietario del ristorante nella Cava, io ero un loro pari, che mi avrebbero dato anche la mano, che si sarebbero messi a chiacchierare con me da amici, e invece tutto era così solo in apparenza, così come tutti i ricchi cercano di entrare nelle grazie del maître di un albergo o di un ristorante, pregano addirittura il maître di portare un bicchierino in più, e il maître brinda e beve con loro... se però quel ricco incontrasse il suo maître per strada, non si fermerebbe con lui, non si metterebbe a chiacchierare, perché questo fa solo parte del bon ton, avere il maître dalla propria parte, perché con quel maître o con quel proprietario d'albergo, con una persona del genere è bene stare in buoni rapporti perché ciò ha influenza su quello che gli verrà servito da mangiare e da bere, su come sarà alloggiato e, con un brindisi e una bevuta alla salute di entrambi e con lo scambio di un paio di parole di cortesia, il maître è obbligato alla discrezione, al silenzio... E vedevo anche che quei milioni uscivano fuori ed erano usciti fuori dal fatto che il signor Brandejs faceva preparare per tutto il personale gnocchi di patate, risparmiando sulle sciocchezze, vedendo e capendo anche qui per primo come mettere le mani su quegli asciugamani e su quelle belle lenzuola, riuscendo a portarli fuori del portone in valigia e facendoli arrivare a casa, non che ne avesse bisogno, ma la sua indole di milionario non gli permetteva di lasciar giacere inutilizzata una possibilità che gli veniva offerta, o forse per tenersi in allenamento a procurarsi gratis quelle belle cosette del corredo dei futuri preti. Io qui dovevo occuparmi dei colombi, qui erano rimaste duecento coppie di colombi viaggiatori. Il comandante aveva stabilito che io pulissi ai colombi la colombaia, che dessi loro l'acqua e la pula... ogni giorno dopo pranzo andavo in cucina col carretto a prendere una parte degli avanzi... E mi ero anche quasi dimenticato di dire che il comandante era così stufo di carne che gli era presa nostalgia delle frittelle di patate, e poi delle omelette con la marmellata di prugne e il formaggio grattugiato e la panna acida sopra. E il sarto milionario Bárta aveva ricevuto giusto una visita, e così spiegò al comandante che sua moglie era di famiglia contadina e quindi avrebbe potuto benissimo mettersi a fare i dolci... e così fece la sua comparsa qui da noi la prima donna, e dato che eravamo stufi della carne, ancora altre tre mogli vennero in carcere, tre milionarie e la signora Bártová come specialista pasticcera, e da quando erano stati rilasciati alcuni milionari che avevano dimostrato di avere la cittadinanza austriaca o francese, e c'erano dieci celle vuote, ai milionari venne l'idea che quelle celle si potevano affittare per le mogli che sarebbero potute venire in visita dai milionari una volta alla settimana perché non era umano che, se uno era sposato, gli venisse negata la legittima moglie. E così qui si alternavano delle belle donne a dieci per volta, io accertai poi addirittura che non si trattava delle mogli, ma che erano le donne dei locali notturni di una volta, io stesso riconobbi due vecchie clienti, ormai avanti negli anni, ma ancora belle, due delle bellezze che venivano all'hotel Paris per la visita, quand'era giovedì e arrivavano gli agenti di Borsa... io però mi ero affezionato ai miei colombi, a quelle duecento coppie di colombi così precisi che alle due precise si posavano sulla cresta dell'edificio del convento da dove si poteva guardare dritto nella cucina da dove io uscivo col carretto, e sul carretto c'erano due sacchi di pula e gli avanzi della verdura e altre cose così, e io che avevo servito l'imperatore d'Etiopia davo da mangiare ai colombi ai quali nessuno voleva dar da mangiare, non era un lavoro per le manine delicate dei milionari, e così io dovevo uscire puntuale quando battevano le due, e se non si fossero sentiti i rintocchi e ci fosse stato il sole, allora preciso secondo le indicazioni della meridiana sul muro della chiesa, e subito come uscivo, immediatamente quei quattrocento colombi si lanciavano dal tetto e mi volavano incontro, una tale ombra volava insieme a loro, e un frusciare di piume e di ali, come se si stesse rovesciando della farina o del sale da un sacco, e i colombi si posavano sul carretto, e quelli che non c'entravano, quelli mi si posavano sulle spalle e volavano nell'aria sbattendo le ali vicino alle mie orecchie, mi oscuravano quasi tutto il mondo, come se mi trovassi in un enorme strascico che si allungava dietro di me e davanti a me, e io ero completamente nascosto in quello strascico di ali che si agitavano e di ottocento occhi belli come mirtilli, e trascinavo il tutto, dovevo afferrare il timone del carretto con entrambe le mani, i milionari si sbellicavano dal ridere a vedermi sepolto tra i colombi, fino a che non raggiungevo il cortiletto dove si gettavano sul cibo e beccavano fino a che i due sacchi non erano vuoti e le pentole come fossero state lavate, e una volta feci tardi, il comandante stava assaggiando un brodo all'italiana col parmigiano, e io aspettavo la pentola e sentii battere le due e, prima che potessi rendermene conto, attraverso la finestra aperta volarono in cucina i colombi, quei quattrocento colombi, circondarono tutti i presenti, fecero cadere il cucchiaio del comandante del campo di internamento, e così mi precipitai in fretta fuori, e nel cortiletto i colombi mi sommersero tutto e mi pizzicavano col loro teneri beccucci, con le mani mi riparavo il viso e la testa e scappavo, ma i colombi mi volavano dietro, e così inciampai e i colombi mi volarono attorno e si posarono su di me, mi sedetti e vidi me stesso circondato dai colombi che mi si strofinavano contro, e io per loro ero il Dio dispensatore di vita, e guardai indietro nella mia vita, e in quel momento mi vidi circondato da messaggeri divini, colombi e colombe, come fossi un santo, come fossi un eletto del cielo, e mentre ridevano di me, mentre sentivo le risa e le grida e i commenti, io ero colpito dal messaggio di quei colombi, e in quel momento credetti al fatto che l'incredibile era divenuto nuovamente realtà, e che se anche avessi avuto dieci milioni e tre alberghi, quegli strofinamenti e quei baci dei becchi dei colombi e delle colombe, tutto quello mi era stato inviato direttamente dal cielo che doveva certo avermi in simpatia, così come vedevo nei quadri sugli altari e nelle scene che adornavano la via crucis che attraversavamo tornando nelle nostre celle. Solo che io non avevo visto nulla, non avevo sentito nulla, io avevo soltanto voluto essere quello che non sarei mai potuto diventare, un milionario, anche se di milioni ne avevo due, multimilionario lo ero diventato adesso che vedevo per la prima volta che quei colombi erano miei amici, che erano l'immagine del messaggio che ancora mi aspettava, che in quel momento era accaduto ciò che era avvenuto a Saulo quando era caduto da cavallo e gli era apparso Dio... e quando aprii lo sbattere di ottocento ali e uscii dal piumaggio che si agitava, come sbucando dai rami di un salice piangente, mi misi a correre, trascinai il carretto coi due sacchi di pula e le pentole coi resti della verdura, i colombi si posarono nuovamente su di me, e io in un nugolo di colombi che sbattevano le ali trascinai lentamente il carretto verso il cortile, e lungo quel tragitto ebbi ancora un'altra visione, mi apparve Zdeněk, non come funzionario politico ma come maître allora all'albergo Tichota, quando una volta che eravamo di libertà andammo a fare una passeggiata, e in un boschetto di betulle vedemmo un omino correre veloce con un fischietto tra gli alberi, fischiando, gesticolando col braccio, allontanando da sé gli alberi e gridandogli dietro: che le prende di nuovo? Signor Říha, ancora una volta e lascerà il terreno di gioco. E correva di nuovo qui e là tra gli alberi, e Zdeněk si divertiva mentre io continuavo a non capire, e poi la sera Zdeněk mi disse che quello lì era il signor Šíba, l'arbitro di calcio, quella volta nessuno voleva dirigere l'incontro Sparta-Slavia perché ogni momento prendevano qualcuno a parolacce, e così, dato che nessuno era disposto a farlo, il signor Šíba aveva detto che l'avrebbe diretto lui... e si allenava nel bosco tra le betulle, correva portando lo scompiglio tra gli alberelli, e ammoniva e minacciava di espulsione Burgr e Braine, ma più di tutti urlava contro il signor Říha che ancora una volta e avrebbe lasciato il terreno di gioco... e quel pomeriggio Zdeněk era passato dal manicomio per schizofrenici allo stadio iniziale e aveva preso per una scampagnata un intero pullman di matti che dovevano andare in gita in un paesino dove c'era la festa del patrono, e così, coi vestiti a righe e la bombetta, avevano potuto fare i giretti sulla giostra e dondolarsi sulle altalene, e Zdeněk, dopo che gli ebbe comprato in osteria una botte di birra completa di cannella e di boccali presi in prestito, Zdeněk li portò nel boschetto di betulle, e così iniziarono la botte e bevevano, e il signor Šíba correva avanti e indietro tra le betulle lanciando trilli col fischietto, e i matti lì a guardare, e poi capirono, e facevano il tifo urlando e gridando tutti i nomi gloriosi dello Sparta e dello Slavia, videro persino Braine dare un calcio in testa a Plánička e non la smisero fino a che

Braine non fu espulso... e alla fine, quando il signor arbitro Šíba aveva già allontanato da sé per la terza volta Říha e per la terza volta l'aveva ammonito, non restò che espellere il giocatore per gioco scorretto nei confronti di Jezbera, e i matti a urlare, e quando si furono scolati tutta la botte di birra, non erano soltanto loro.. ma anch'io al posto delle betulle bianche vedevo correre le magliette rosse dello Sparta e quelle biancorosse dello Slavia, tutto al ritmo serrato secondo il quale l'arbitro, il minuto signor Šíba, fischiava... il signor Šíba che alla fine fu portato dai matti in trionfo fuori dal campo di gioco per quel suo fantastico arbitraggio... Il mese dopo Zdeněk mi mostrò sul giornale un articolo sull'arbitro signor Šíba che aveva espulso Braine e Říha, salvando così, col suo energico fischietto, l'incontro...

E così, lentamente, l'incredibile diveniva realtà, il cerchio cominciava a chiudersi, io cominciai a tornare al tempo della mia infanzia, al tempo della mia giovinezza, ero di nuovo un apprendista cameriere, così come mi stavo allontanando, così ritornavo. Ancora diverse volte mi trovai faccia a faccia con me stesso, ma non perché l'avessi voluto io, furono le circostanze che mi costrinsero a rivedere la mia vita, quando con la nonna aspettavo nella sua cameretta, accanto alla finestra aperta sulle finestre dei gabinetti dei bagni Carlo da dove ogni giovedì e ogni venerdì i commessi viaggiatori gettavano la biancheria sporca che talvolta, sullo sfondo nero della notte, si distendeva come bianche camicie crocifisse, talvolta si trattava di mutande, che poi cadevano giù sull'enorme ruota del mulino da dove la nonna le recuperava col gancio per poi metterle a mollo, e aggiustarle e venderle agli operai del cantiere. All'internato per milionari ci giunse la notizia che quella era l'ultima settimana che stavamo lì, che saremmo stati mandati a lavorare, mentre i più vecchi, loro sarebbero andati a casa. E così preparammo per noi un'ultima cena, dovevamo procurarci quanti più soldi possibile, per cui ricevetti un permesso e, insieme all'industriale in dentiere, partimmo per la sua villetta dove lui teneva nascosti i soldi... Anche quella fu per me un'esperienza incredibile, raggiungemmo il villino che era già notte, appoggiammo la scala e sollevammo una botola nel soffitto, alla luce di una torcia, l'industriale aveva ormai dimenticato in quale delle valigie aveva lasciato quelle sue centomila corone, per cui io mi misi ad aprire le prime valigette, erano tutte uguali e, quando aprii l'ultima valigia grande ed illuminai le sue viscere, mi prese un accidente, anche se a casa di un industriale in dentiere una cosa del genere potevo anche aspettarmela, quella valigia era tutta piena di denti finti e gengive, tutto in una quantità tale da far raccapriccio, nient'altro che palati rosa con denti bianchi, centinaia di dentiere, e lì sulla scala rabbrividii, quei denti sembravano piante carnivore, chiusi e serrati, altri semiaperti, altri ancora spalancati, come se una dentiera sbadigliasse da uscirsene dai cardini, e io stavo cadendo sulla schiena, rovesciandomi addosso ogni cosa, e sentii poi sulle mani e sul viso i baci freddi dei denti, stramazzai del tutto, mi cadde la torcia, caddi sul pavimento e su di me si rovesciavano i denti, stavo disteso completamente sommerso, col petto pieno di dentiere, e mi era venuta una pelle d'oca tale da non riuscire neanche a gridare... riuscii però ugualmente a rigirarmi sulla pancia, e poi mi lanciai di colpo, carponi e a tutta velocità, fuori da quei denti, come un animale, come un ragno... sul fondo di quella valigia c'erano le migliaia di corone che cercavamo, e l'industriale si mise a raccogliere con cura tutti i denti, li spingeva su una pala e li riponeva nella valigia, e poi attorno alla valigia ci passò uno spago e la rimise lì dove si era aperta... e chiudemmo la soffitta e ce ne tornammo di nuovo in silenzio alla stazione. Quella nostra ultima cena fu quasi identica ai banchetti di nozze dell'hotel Paris, io avevo fatto un salto nella mia camera a Praga a prendere il frac nuovo ma presi soprattutto l'onorificenza che avevo ricevuto dall'imperatore d'Etiopia e la sciarpa a tracolla, comprammo dei fiori e alcuni mazzetti di asparagus per aggiustare i tavoli, e l'intero pomeriggio il signor albergatore Šroubek e il signor Brandejs prepararono i tavoli nella mensa dei preti, al signor Brandejs dispiaceva di non poter mettere a disposizione le sue posate d'oro, e invitammo anche tutti i miliziani, compreso il comandante del nostro campo, era una così brava personcina, il giorno prima ci aveva incontrato di sera in paese e quando ci aveva chiesto dove stessimo andando, il signor Brandejs gli aveva detto venga con noi, signor comandante, andiamo a ballare, ma lui non era venuto, aveva soltanto scrollato la testa allontanandosi col fucile che portava come una canna da pesca, gli dava un fastidio enorme, quel moschetto da guerra, non era affatto adatto a lui, lui già sognava di tornare a fare il minatore, appena liquidato quel nostro campo per milionari... E io tornai di nuovo a fare il cameriere, indossai il frac, ma adesso in maniera diversa da come lo indossavo prima, quasi come un costume teatrale, adesso ero da qualche altra parte, come anche mentre mi appuntavo la stella su un fianco del frac, e a tracolla mi ero infilato la sciarpa azzurra, non mi tiravo su, neanche tenevo sollevata la testa per guadagnare un paio di centimetri in altezza, per me era lo stesso, non volevo nemmeno essere uguale agli albergatori milionari, mi ero in qualche modo abbattuto, anche quel banchetto lo guardavo già dall'altra parte, portavo il cibo senza interesse anche se insieme a me a servire c'era il signor albergatore Šroubek, e il signor Brandejs, anche loro in frac, e quando ripensai al mio albergo nella Cava, non mi dispiacque che non fosse più mio, come mi era giunta comunicazione, quella fu davvero una cena triste, tutti erano tristi e pieni di sussiego come all'autentica ultima cena, come avevo visto nei quadri, e anche lì nel refettorio c'era un quadro del genere a tutta parete, mangiammo salpicon per antipasto accompagnandoli con del vino bianco del sud della Moravia, e pian piano, prima soltanto io, ma poi anche gli altri, alzammo gli occhi a quel quadro dell'ultima cena, e cominciammo sempre più a somigliare a quegli apostoli, così quando giungemmo all'arrosto à la Stroganoff cominciammo a essere malinconici, quel nostro banchetto cominciava a trasformarsi nelle nozze di Cana in Galilea, quanto più i milionari bevevano, tanto più era come se diventassero lucidi, quando arrivammo al caffè e al cognac si fece silenzio, anche i miliziani che avevano un proprio tavolo, era il tavolo dove mangiavano gli insegnanti e i professori dell'istituto per preti, anche loro cominciarono ad essere tristi perché sapevano che con la mezzanotte ci saremmo visti per l'ultima volta, e che anche per loro quello lì era stato un bel periodo, alcuni si erano augurati di rimanere così per l'eternità... e in quel momento all'improvviso dal convento, dove di trenta monaci era stato lasciato soltanto un unico frate zoppo, dal convento si sentì la campana che chiamava alla messa di mezzanotte, il frate zoppo la celebrava per i milionari cattolici, nella cappella ce n'erano soltanto pochi, già con le loro cose infilate nelle valigie e negli zaini, ma di punto in bianco il frate zoppo, mentre stava benedicendo col calice i fedeli, di punto in bianco mise via il calice, sollevò un braccio e l'organo prese a risuonare, e il frate cominciò a intonare San Venceslao, guida della terra boema... La sua voce e il rimbombo dell'organo penetravano fino al refettorio, tutti noi alzammo gli occhi al quadro dell'ultima cena del Signore e, cattolici e non cattolici, in qualche modo tutto si intonava al nostro umore triste e malinconico, ci alzammo, uno dopo l'altro, poi a gruppi interi... attraversammo di corsa il cortile e il portone aperto e irrompemmo nella cappella verso la luce gialla delle candele, e non è che ci inginocchiammo, ma cademmo in ginocchio, e neanche cademmo, ma fummo spinti a terra da qualcosa più forte di noi, più forte di noi milionari, qualcosa che in noi era più forte dei soldi, qualcosa che aleggiava lì aspettando già da migliaia di anni... non far perire noi e la discendenza... cantavamo in ginocchio, alcuni si gettavano col viso a terra, io stavo in ginocchio e vedevo quei visi, erano persone completamente diverse, non le avrei mai riconosciute, non in una di quelle facce si ritrovavano i segni dei milioni, ma era invece come se in tutti quei visi ardesse qualcosa di superiore e di più bello, la cosa più bella che l'uomo abbia... e anche il frate zoppo era come se non zoppicasse, quello zoppichio era come se trascinasse con sé delle pesanti ali, con quella tonaca bianca sembrava un angelo zoppicante sotto il peso di ali di piombo... e così il frate, mentre stavamo in ginocchio e ci prosternavamo... lui sollevò il calice e ci benedisse, e dopo che ci ebbe benedetto passò con quel calice d'oro tra le persone inginocchiate e attraversò il cortile e in quell'oscurità la sua tonaca luccicava così come il fosforo faceva luccicare il costume dell'artista del circo che raccoglieva le gambe rigide e si lanciava dalla rupe con la puleggia giù nel lago alla Cava, per essere inghiottito dall'acqua come il frate aveva inghiottito l'ostia dopo averci con essa benedetto... E poi cominciarono a rintoccare le dodici, e cominciammo a salutarci, passavamo attraverso il portone aperto, i miliziani e il loro comandante ci davano la mano, strinsero la mano a tutti con cordialità, erano tutti minatori della regione di Kladno, e noi scomparimmo nel buio e raggiungemmo a piedi la stazione perché l'internato era stato chiuso e noi eravamo stati invitati a tornare alle nostre case, era indifferente se avevamo avuto dieci anni o soltanto due, se di milioni ne avevamo dieci o solo un paio... per tutta la strada non pensai che a quelle duecento coppie di colombi, a come alle due avrebbero aspettato e io non sarei arrivato. E così, con la testa piena di colombi andai a casa, ma non a Praga, alla Cava, salii per il viottolo, al di là del bosco già dovevo vedere l'albergo illuminato, e invece c'era il buio... Quando arrivai alle statue e ai frantoi di pietre nemmeno rabbrividii. La Cava era chiusa, il portone d'ingresso era chiuso, un portone nuovo, fatto di tavole inchiodate, serrato da un grosso lucchetto appeso. Girai attorno allo steccato e, superando una collinetta di eriche in fiore, scesi nel cuore della Cava. C'era dappertutto disordine, sedie macchiate, rovesciate... afferrai la maniglia della cucina, era aperto. Del ristorante più nemmeno l'ombra, ogni cosa doveva essere stata trasportata da qualche altra parte, solo nella camera del forno fumava ancora la cenere, gli utensili della cucina erano scomparsi, e al loro posto non c'erano che un paio di comuni tazzine da caffè... quasi con voluttà notavo ad ogni passo che quella bella Cava, per lei Steinbeck stesso mi voleva pagare con un assegno da cinquantamila, da sessantamila, da ottantamila dollari, ma io non l'avevo fatto, ed era giusto così, così com'era giusto che se non potevo esserne io l'albergatore, che allora scomparisse insieme a me anche l'albergo, che dovevano aver trasformato in uno stabilimento balneare dato che, al posto degli strofinacci, pendevano degli asciugamani e, su un filo teso da un angolo all'altro, erano appesi dei costumi... Un'unica cosa che lì prima non c'era e che trovavo bella era la statua nuda di un manichino di donna, preso dalla vetrina di qualche sartoria, appesa al soffitto in posizione orizzontale... Passai per il corridoio, i tappeti erano scomparsi, le applique in vetro accanto a ogni porta erano scomparse. Afferrai una maniglia, era aperto, diedi un'occhiata, accesi la luce, ma la stanzetta era vuota, e io rabbrividivo al pensiero che ogni cosa lì sarebbe rimasta così come l'avevo abbandonata, e invece era giusto che con me fosse scomparsa in fondo l'intera Cava e nessuno avrebbe più avuto la forza di rifarla così come l'avevo fatta io, tutti quelli che hanno visto come appariva, tutti quanti nel ricordo, quando gli viene la voglia, o presi dall'ispirazione del momento, possono ricordare com'era qui, possono collocare nei loro sogni la mia Cava e in quel sogno possono incontrare a loro piacimento nel mio albergo le più belle ragazze, oppure ciascuno dei miei visitatori di una volta nelle sue fantasie giornaliere può scendere giù con la puleggia dall'altezza di settanta metri e, al centro del lago, lasciarsi andare, fermarsi lì un istante, e volare poi a testa in giù verso la superficie dell'acqua oppure, com'è consentito in tutti i sogni, può lasciarsi andare e rimanere sospeso nell'aria sopra il lago, e guardarsi attorno come un uccello che batte le ali, com'è capace di fare l'allodola che riesce a tenersi col solo aiuto delle correnti d'aria, per poi tornare magari, come in un film mandato a ritroso, alla roccia, lì da dove un attimo prima, reggendosi con le mani al bastone, si era lanciato nel baratro al di là dello specchio dell'acqua, sul fondo...

E così me ne andai via soddisfatto e, giunto a Praga, ricevetti la notizia che avrei dovuto scegliere: o scontare la pena e presentarmi a Pankrác, oppure scegliermi una brigata di lavoro nei boschi, secondo il mio parere e le mie preferenze, a patto però che fosse in zona di confine. Il pomeriggio andai all'ufficio e la prima brigata di lavoro che mi fu offerta la accettai, ed ero felice, e la mia felicità aumentò quando mi accorsi di aver perso un tacco da qualche parte, avevo consumato il pezzetto di pelle sotto il quale tenevo nascosti gli ultimi due francobolli, gli ultimi capitali che mi restassero di mia moglie Líza che aveva portato quei francobolli da Lemberg, da Leopoli, dopo l'incendio del ghetto e la liquidazione degli ebrei. Passeggiando per Praga non avevo più nemmeno la cravatta, nemmeno volevo più essere un pochino più alto, non sceglievo più, tra gli alberghi che superavo a Na příkopě e a Piazza San Venceslao, quello che mi sarei comprato. Ero addirittura malignamente soddisfatto di me, io stesso avevo desiderato di finire così com'ero finito, ero soddisfatto che adesso la strada che io avevo davanti fosse ormai una strada soltanto mia, non mi sarei più dovuto inchinare e fare attenzione a dire buongiorno e buon pomeriggio e buona sera e i miei rispetti, non dovevo più fare attenzione al personale e, quando il personale ero io, non dovevo stare attento che il principale non mi vedesse se mi ero seduto, se mi ero acceso una sigaretta, se mi ero preso un pezzetto di bollito, ormai non vedevo l'ora di partire all'indomani per qualche posto lontano, lontano dalla gente, certo lì di gente ce ne sarebbe stata, ma ci sarebbe stato anche ciò in cui io, come tutti quelli che lavorano alla luce delle lampadine, io credevo, la possibilità di andare prima o poi all'aria aperta, di andare prima o poi, una volta in pensione, a vedere che aspetto ha un bosco, che aspetto ha il sole che tutto il giorno e per tutta la vita mi batte sul viso obbligandomi a coprire la faccia con un cappello o facendomi ombra... amavo, quand'ero cameriere, tutte quelle portiere e quei portinai e gli addetti alle centrali di riscaldamento che almeno una volta al giorno uscivano davanti casa e rovesciavano la testa all'indietro e guardavano dal fossato delle strade di Praga la striscia del cielo, le nuvole, e il tempo così com'era secondo le stagioni e non secondo l'orologio. E l'incredibile che diveniva realtà non mi aveva abbandonato, e io in quell'incredibile ci credevo, in quella sorprendente sorpresa, in quello stupore, era quella la mia buona stella che mi aveva accompagnato per tutta la vita, forse solo per dimostrare a se stessa che da qualche parte l'aspetta sempre qualcosa di sorprendente, e io, col bagliore di quella stella sempre davanti agli occhi, io ci credevo sempre di più, sempre di più perché così come mi aveva innalzato fino a milionario, allo stesso modo adesso che ero stato precipitato giù dai cieli, sul lastrico, adesso mi ero accorto che quella mia stella brillava più che mai, che proprio adesso avrei potuto guardare dritto nel suo cuore, nel suo centro, che i miei occhi si erano dovuti indebolire in quel modo vivendo quello che avevano vissuto, per poter vivere e sopportare di più. Forse per vedere e capire di più ero dovuto diventare più debole. Era così. Perché quando raggiunsi il posto, dopo aver fatto dieci chilometri a piedi nel bosco, lontano oltre Kraslice, e quando già cominciavo a disperare, mi trovai davanti la casa distrutta di un guardaboschi, ma io già soltanto a vederla quella casetta, io pensai di impazzire dalla gioia tanto mi commuoveva quella casa, era una casa di quelle lasciate dai Tedeschi, così come una persona cresciuta e vissuta in città si immagina sia la casa di un guardaboschi quando si parla della casa di un guardaboschi. E mi sedetti su una panchina sotto i rami selvatici di una vite, mi appoggiai alla parete di legno, sentivo all'interno della casa del guardaboschi il ticchettio di un autentico cucù della Foresta Nera di quelli che non avevo mai visto, sentivo i suoi meccanismi di legno e le rotelle e il brontolio della catena, la catenella tirata dai contrappesi e, attraverso uno spiraglio tra due colline, guardavo il paesaggio ormai senza più campi, già mentre arrivavo avevo stabilito a occhio dove venivano coltivate le patate, l'avena, dove invece la segale, tutto però cresceva in maniera disordinata, come nei paesi che avevo attraversato come se avessi attraversato l'Altro mondo, così come avevo visto all'incrocio si chiamava uno di quei paesi... e dovunque, dalle costruzioni e dagli steccati fatiscenti si ergevano rami imponenti e i ramoscelli selvatici del ribes che stava maturando, trovai anche il coraggio e volevo entrare in alcuni di quegli edifici, ma non lo feci, dappertutto mi fermavo con un sacro terrore, non riuscivo a superare la soglia, lì dove ogni cosa era tagliata a pezzi, la mobilia rovesciata, le sedie come se qualcuno le avesse messe al tappeto con una schienata, come avesse fatto alla sedia una cravatta doppia... e con una scure qualcuno aveva colpito le travi, e con un'altra scure una cassa chiusa... e in un villaggio pascolavano le mucche, era mezzogiorno e le mucche stavano certamente tornando a casa, e così andai con loro, le mucche salirono per un viale di vecchi tigli dietro ai quali svettava la torre di un castello barocco... e quando gli alberi si aprirono, davanti a me stava un bel castello coi pietroni incisi con un chiodo nella malta grezza, doveva essere del periodo rinascimentale, come pensai lì per lì, e le mucche entrarono nel castello dal portone sfondato, e io seguii quelle mucche che forse si erano smarrite o chissà cosa, dicevo tra me, e invece quelle mucche avevano lì la loro stalla... il grande salone dei ricevimenti, al quale conduceva un'ampia scalinata, e le mucche al primo piano stavano in quel salone, sotto un lampadario di cristallo e belle scene di vita pastorale, ma tutto dipinto come se si stesse da qualche parte in Grecia, per cui i corpicini delle donne e degli uomini erano abbigliati secondo il clima di lì, doveva essere da qualche parte nel Sud dell'Europa, o ancora oltre, in Terra Santa, perché tutti quanti indossavano abiti come quelli che nei quadri portava Gesù Cristo e la gente che viveva con lui a quel tempo, e lì, tra le finestre, c'erano anche dei grandi specchi e le mucche si guardavano con gusto e a lungo, e io uscii in punta di piedi sullo sterco di vacca giù per le scale, e capii anche che quello doveva certo essere l'inizio di un ulteriore in che modo l'incredibile era divenuto realtà. E mi consideravo un eletto, vedevo che se qui il mio posto fosse stato un altro, in quel caso non avrei visto nulla, mentre io provavo piacere nelle cose che vedevo, ero addirittura contento di vedere una simile desolazione che mi faceva paura, era qualcosa come quando si ha paura di un delitto e si evitano gli incidenti, quando però avviene qualcosa da qualche parte, allora chiunque può va a dare un'occhiata, e fissa l'accetta infilata nella testa, la vecchietta investita lì sotto il tram, solo che io adesso camminavo e non scappavo come invece scappavano gli altri dal luogo dove si è assistito a un incidente, io ero felice che fosse così, mi accorsi addirittura che di quegli incidenti e di quelle sofferenze e di quelle mostruosità io ne avevo subite poche, che non solo sopra di me ma anche sopra il mondo se ne sarebbero potute rovesciare di più... E così stavo seduto davanti alla casa del guardaboschi e poi arrivarono due persone e io vidi che si doveva trattare di sicuro di quelli che vi abitavano, quelli coi quali avrei dovuto trascorrere qui un anno intero e forse anche più... dissi chi ero e dov'ero stato mandato, e un uomo con la barba grigia e un solo occhio mi disse, o piuttosto lo farfugliò, di essere professore di letteratura francese... e indicò una bella ragazza della quale capii subito che si trattava certo di una ragazza uscita dal riformatorio, oppure di una di quelle che stavano dietro la Torre delle Polveri e venivano da noi alla chiusura della Borsa, dai suoi movimenti mi immaginai persino com'apparisse nuda, come avesse i peli sotto le ascelle e sull'addome, mi stupii persino di me stesso e presi per un buon segno il fatto che quella ragazza rossiccia avesse risvegliato in me, dopo tanti anni, il desiderio di spogliarla lentamente e, anche se non nella realtà, beh almeno con gli occhi. E lei mi disse che stava qui per punizione perché le piaceva ballare la notte e che si chiamava Marcela ed era operaia qualificata nella fabbrica di cioccolato dei Maršner, l'Orionka. E portava pantaloni da uomo pieni di resina e di aghi di pino, aveva aghi di pino nei capelli, e aghi di pino le si erano tutti attaccati addosso... e il professore portava anche lui stivali di gomma dai quali sbucava una pezza da piedi, e anche lui era tutto pieno della resina dei pini e degli abeti, e profumavano entrambi come schegge di legno, come piccoli ceppi da ardere. Ed entrarono nella casupola del guardaboschi e io entrai dietro di loro, e un casino come quello non l'avevo visto mai nemmeno nelle costruzioni in rovina lasciate dai Tedeschi, dove qualcuno con delle scuri cercava un tesoro o aveva forzato le serrature per aprire gli armadi e le cassapanche... il tavolo era pieno di cicche e di fiammiferi, e lo stesso il pavimento, come se qualcuno col braccio avesse semplicemente buttato a terra tutti i rifiuti rimasti sul tavolo. Il professore mi disse che avrei dormito al primo piano e mi ci accompagnò immediatamente, e la maniglia l'aprì con la suola di gomma, col piede. E io mi ritrovai in una graziosa stanzetta, tutta in legno, con due finestrelle attorno alle quali si arrampicavano ramoscelli e tralci di vite e, quando aprii una porta, entrai su un ballatoio, anche questo di legno, potevo girare tutt'attorno, guardavo da tutti e quattro i punti cardinali, sempre frustato dai ramoscelli di vite selvatica... mi sedetti su una cassapanca che era stata forzata e misi le braccia conserte e avevo voglia di manifestare la mia gioia e avevo voglia di fare qualcosa... aprii la valigetta e, in onore di ciò che vedevo e di ciò che mi aspettava, mi aggiustai addosso la sciarpa azzurra e sul fianco della giacca appuntai la stella dorata, e in quel modo scesi nella camera, il professore stava coi piedi sul tavolo e fumava, e la ragazza si stava pettinando i capelli e ascoltava quello che il professore le diceva, la chiamava «signorina» e quel «signorina» lo ripeteva quasi continuamente, fino a fremere tutto per quello che si celava nella parola «signorina», io pensavo che volesse convincerla di qualcosa... e così entrai e, dato che per me ogni cosa era uguale e quindi ogni cosa era preziosa, attraversai la stanza in maniera teatrale, con le braccia alzate, come a un défilé di moda, mi mostravo da tutti i lati.. e poi mi sedetti e chiesi se dovevo andare con loro al lavoro il pomeriggio... e il professore rise, aveva dei begli occhi, e disse progenie malvagia, idiota e scellerata!... e, come se non si fosse accorto dell'onorificenza, disse che tra un'ora saremmo andati al lavoro... e continuò a chiacchierare con la ragazza, e io non mi meravigliavo che le dicesse vocaboli in francese, la table, une chaise... une maison... e lei ripeteva, mettendo l'accento al contrario e lui, con enorme dolcezza, le diceva stupida di una donnicciola, io mi slaccio la cintura e te la do sul muso, e non la pelle ma la fibbia... e le ripeteva di nuovo con tenerezza quei vocaboli francesi... pazientemente, e con gli occhi e la voce come se l'accarezzasse, come se carezzasse quella ragazza della fabbrica di cioccolato Orionka della ditta Maršner... che quasi sicuramente pronunciava di nuovo male i vocaboli, mi sembrava che Marcela lo facesse apposta, che non volesse imparare, che lei lo sapesse ma lo dicesse di proposito in maniera tale da portare il professore a imprecare con tenerezza contro di lei progenie malvagia, idiota e scellerata!, e mentre stavo chiudendo la porta il professore mi disse Grazie. E io infilai la testa tra gli stipiti e dissi ho servito l'imperatore d'Etiopia... passandomi la mano sulla sciarpa azzurra. Dovettero prestarmi gli stivali di gomma di ricambio perché qui la regione era particolarmente umida, al mattino la rugiada era tanta che si lacerava come tende, cadeva come un rosario su ogni filo d'erba, su ogni foglia, bastava sfiorare un ramoscello e la rugiada gocciolava come un collier spezzato. Già il primo giorno il mio lavoro fu enorme. Tornammo a un abete, a un bell'abete già fino a metà circondato di rami di pino e di abete, e tagliammo i rami più lunghi ammucchiandoli sempre più in alto fino a che non arrivarono due operai con una sega da carpentiere, e il professore mi disse che quello lì non era un abete comune come sono gli altri, quello lì era un abete risonante, e per dimostrarlo tirò fuori dalla borsa un diapason, lo picchiò contro il tronco e mi porse il diapason, e quello risuonava che era un piacere, emettendo suoni acuti pieni di cerchi concentrici colorati, e poi mi consigliò di poggiare l'orecchio al tronco e ascoltare quei suoni paradisiaci... e stavamo così, circondando l'abete, la ragazza si era seduta su un ceppo e fumava con aria non di indifferenza, ma come a dire che tutta quella roba lì l'annoiava e la faceva arrabbiare, alzava gli occhi al cielo come per lamentarsi delle persone con le quali era costretta ad annoiarsi lì sulla terra, e io mi abbassai e abbracciai in ginocchio quel tronco che nel proprio interno rimbombava più di un palo del telegrafo, e quando poi gli operai si inginocchiarono per segarlo, salii sui rami accatastati fino alla metà del corpo dell'abete e ascoltai la sega tagliare e su, lungo l'abete, salire un lamentìo distinto, un lamento armonioso era quello che sentivo, continuamente disturbato dal rumore della sega, il tronco che si lamentava che stavano segando il suo corpo... e poi il professore mi gridò di scendere giù, discesi e dopo un po' l'abete si piegò, ondeggiò, rimase per un attimo piegato e poi cadde velocemente con un lamento del legno delle radici e, come fossero state braccia spalancate, fu trattenuto nella caduta da quei rami accatastati che rallentarono in tal modo la sua discesa salvandolo, come disse il professore, salvandolo dallo spaccarsi, dal perdere quella musica dei cerchi del legno dell'abete, perché di abeti come quelli ce n'era penuria, e adesso dipendeva da noi sfrondarlo con attenzione e, secondo il piano che lui aveva con sé, tagliarlo a pezzi e trasportarlo poi ancora con cura, come in una culla, come in una bambagia di rametti, giù fino alla segheria dove l'abete sarebbe stato tagliato in assi, tavole, làmine sottili con le quali nella fabbrica si facevano violini e violoncelli, strumenti musicali ad arco... ma soprattutto si cercavano alcune tavolette che conservassero ancora dentro di sé quella musica... E così stavo qui già da un mese, poi da due, preparavamo i ramoscelli da mettere sotto perché gli abeti musicali risonanti si coricassero, come quando la mamma mette il bambino nella culla, senza che si spezzino i suoni imprigionati nel loro tronco acustico, e ogni sera ascoltavo il professore lanciarmi violenti improperi, usando tutte le espressioni peggiori prendeva a parolacce non solo la ragazza ma anche me, eravamo tutti idioti e stupidi, delle iene maculate e delle stridule moffette, per poi passare a insegnarci i vocaboli francesi. E mentre cucinavo la cena sul fornello a mattonelle e accendevo i lumi a petrolio, ascoltavo quei bei vocaboli che continuavano a uscire sbagliati dalle labbra della ragazza che dalla fabbrica di cioccolato avevano mandato alla brigata di lavoro perché le piaceva divertirsi, le piaceva andare a letto ogni volta con un ragazzo diverso, come ci aveva detto, e in linea di massima la sua confessione non si differenziava da quello che avevo sentito da altre ragazze di strada come lei, la differenza però consisteva nel fatto che a questa ragazza piaceva farlo, e lo faceva gratis, solo per amore, solo per quell'istante di gioia che derivava dal fatto che qualcuno le aveva voluto bene per un po', magari anche per un'intera notte, e questo le bastava per essere felice, mentre qui doveva lavorare e oltre a ciò la sera doveva imparare i vocaboli francesi, non che non avesse voglia di farlo, ma si annoiava, e il tempo in serate tanto lunghe non sapeva come ammazzarlo, dato che non c'era nessuno che valesse la pena... e il secondo mese il professore cominciò a tenerci lezioni sulla letteratura francese del novecento, e a quel punto avvenne un cambiamento tale che ne fummo contenti entrambi... Marcela cominciò a mostrare interesse, il professore stava intere serate a spiegarle dei surrealisti e di Robert Desnos, e di Alfred Jarry, e di Ribemont-Dessaignes, e delle stupende ragazze di Parigi e di uomini stupendi... e poi una volta portò un originale, La rosa pubblica era il titolo... e ogni sera leggeva e traduceva una poesiola, e durante il lavoro l'analizzavamo, un'immagine dopo l'altra, tutto era così incomprensibile, ma una volta analizzata arrivavamo a capirne il contenuto, e io ascoltavo, e cominciai anch'io a leggere i libri, quelle poesie difficili che non mi erano mai piaciute, le leggevo e le capivo al punto che ne diedi spesso un'interpretazione, e il professore diceva stupido, idiota, come fa a saperlo? E a me sembrava di essere un gattino e che qualcuno mi grattasse sotto il mento, tanto era evidente quando il professore prendeva qualcuno a parolacce, certamente gli stavo cominciando a piacere perché mi prendeva a parolacce allo stesso modo di Marcela con la quale ormai durante il lavoro parlava solo in francese... e io una volta ero andato in fabbrica con quel legno da musica, e consegnatolo ricevetti in cambio la paga, comprai della roba da mangiare e dei legumi, e comprai anche una bottiglietta di cognac e un mazzo di garofani, ma all'angolo della fabbrica si mise a piovere e così mi infilai sotto un albero e poi in una specie di vecchio gabinetto, per ripararmi dall'acquazzone che tamburellava sulle tavole che ricoprivano il tetto del gabinetto, ma quello non era però un gabinetto, doveva trattarsi di uno Schilderhaus, una garitta per sentinelle, mi accorsi che delle tavole tappavano anche i buchi sul fianco della garitta, per non far passare gli spifferi... e mentre me ne stavo lì seduto in quella garitta, mi guardavo intorno picchiettando sulle tavole che coprivano la tettoia e il fianco... e quando smise di piovere, tornai alla fabbrica di strumenti musicali, mi sbatterono fuori due volte, ma alla fine riuscii ad arrivare al direttore che condussi dietro alla fabbrica, lì, dietro al magazzino demolito, ed era proprio così come avevo visto io, dieci preziose tavolette, vecchie di alcuni decenni, che qualcuno anni prima aveva usato per coprire quel casotto di guardia per difenderlo dalle correnti d'aria... come ha capito che si trattava di legno risonante da musica? si meravigliava il direttore... Ho servito l'imperatore d'Etiopia, dissi, ma il direttore rise e mi diede una pacca sulla schiena e si stava strozzando dal ridere e diceva questa sì che è buona!... e anch'io ridevo perché ormai dovevo essere cambiato così tanto che di me nessuno avrebbe mai detto che avevo davvero servito l'imperatore d'Etiopia...

Io però vedevo le cose in maniera del tutto diversa, io ormai mi prendevo in giro da solo, ormai bastavo a me stesso. La presenza della gente cominciava a darmi fastidio, sentivo che alla fine avrei dovuto parlare da solo con me stesso, che quello sarebbe stato il mio compagno più caro e più simpatico, quel mio secondo io, quel mio pungolo e quel mio educatore lì al mio interno, col quale avevo cominciato a conversare con un gusto sempre maggiore. Forse ciò dipendeva anche da tutto quello che avevo sentito dal professore, che riusciva sempre a superarsi negli insulti, nessun cocchiere riusciva a inveire contro i cavalli e la gente quanto quel professore di letteratura francese e di estetica... e intanto parlava di tutto ciò che interessava anche a lui, parlava ogni sera, io stavo ancora aprendo la porta e lui, prima di addormentarsi, prima che ci addormentassimo, lui fino all'ultimo istante stava ancora a spiegare cos'è l'estetica, e cos'è l'etica, e poi la filosofia e i filosofi, e di quei filosofi diceva sempre che tutti, non escluso Gesù Cristo, che tutti erano una banda di masnadieri e di furfanti e di manigoldi e di mascalzoni, che se non fossero mai esistiti l'umanità sarebbe stata meglio, ma che l'umanità era una progenie malvagia, idiota e scellerata!, e così fu forse il professore a confermarmi nell'idea che è necessario stare da soli, che la sera si vedono le stelle e a mezzogiorno solo pozzi profondi... e così mi decisi, un giorno mi alzai e strinsi a tutti la mano, li ringraziai e me ne ritornai a Praga, qui mi ero trattenuto già quasi sei mesi, ma il professore e quella sua ragazza ormai insieme parlavano soltanto francese, e avevano sempre qualcosa da dirsi, il professore parlava persino nel sonno, dovunque andasse si preparava a come insultare a più non posso quella ragazza diventata più bella, per stupirla sempre più con altre piccolezze che doveva certo prepararsi perché, come vedevo bene, lui in quel deserto ne era perdutamente innamorato e, dato che un tempo avevo servito l'imperatore d'Etiopia, capii che quella ragazza gli sarebbe stata fatale, perché un giorno lei l'avrebbe lasciato, una volta saputo tutto ciò che già sapeva e aveva imparato contro la propria volontà, tutto ciò che all'improvviso l'aveva consacrata e l'aveva resa bella... e un'altra volta lei stava ripetendo, con un significato del tutto diverso, o forse con l'unico giusto, quello che il professore le aveva detto una volta, una citazione da Aristotele al quale era stato rimproverato di aver derubato Platone... e Aristotele aveva detto che un puledro, quando ha finito di succhiare la cavalla, le dà un calcio. E difatti, sbrigate le ultime formalità del mio ultimo lavoro che pensavo sarebbe stato l'ultimo, e quasi sicuramente lo sarebbe stato, perché mi conoscevo avendo servito l'imperatore d'Etiopia, così, sbrigate le formalità, me ne sto camminando un giorno lungo la stazione e, in direzione opposta alla mia, cammina Marcela, soprappensiero, coi capelli legati in una treccia e la trecciolina tenuta insieme da un nastrino viola, camminava pensierosa e io la guardavo, ma lei mi stava passando accanto assente, i passanti si voltavano a guardarla come me, sotto il braccio portava un libricino, l'ex ragazza della fabbrica di cioccolato Maršner Orion... riuscii a leggere, con la testa piegata, che il titolo del libro era Histoire du Surréalisme, e risi e ripresi soddisfatto il cammino, vedevo quella ragazza testarda e triviale che parlava col professore com'era abituata in quel suo quartiere di Košíře e alla quale il buon professore aveva insegnato tutto ciò che si addice a una signora di una certa cultura... adesso mi era passata accanto, mi aveva superato come il barbarico reparto di una biblioteca universitaria, e io sapevo bene che quella ragazza non sarebbe stata felice, ma che la sua vita sarebbe stata tristemente bella, che per un uomo la vita con lei sarebbe stata sofferenza e appagamento allo stesso tempo...

Quella Marcela, la ragazza della fabbrica di cioccolato della ditta Orion Maršner, mi tornava spesso in mente così come l'avevo incontrata, con quel libro sotto il braccio, pensavo spesso a quel libro, a cosa si era travasato dalle sue pagine in quella testa pensierosa e testarda, e in genere vedevo soltanto quella testa con quei begli occhi che ancora un anno prima non erano belli, e tutto era opera del professore, lui aveva fatto di quella ragazza una bellezza con un libro, vedevo le sue dita aprire con rispetto, con reverenza la copertina, e le dita pulite prendere come un'ostia una pagina dopo l'altra, vedevo che quelle mani, prima di prendere un libro, loro vanno prima a lavarsi, perché già da come teneva quel libro, già dal modo in cui lo teneva, saltava agli occhi una cortese e rispettosa sacralità, così come quella volta che camminava soprappensiero, somigliava a un abete musicale risonante, tutta la sua grazia era all'interno e, dall'interno, attraverso il diapason degli occhi, risuonava negli occhi di quelli che erano capaci di vederla così come d'improvviso era diventata, così come si era trasformata, come se attraverso la gola della bottiglia fosse passata sull'altro versante, il versante nascosto dove le cose mostrano la loro capacità di essere belle. E io tutti quei ricordi di quel busto in movimento della ragazza di cioccolata, io li ricoprivo tutti, e se avessi potuto avrei ricoperto, nella realtà, la ragazza di petali di peonie e di fiori, avrei ricoperto la sua testa di ramoscelli di abete e di pino, di rametti di vischio, io che delle donne avevo visto sempre e soltanto la parte dalla vita in giù, le gambe e il ventre, io su quella ragazza avevo spostato i miei occhi e il mio desiderio verso l'alto, in alto, verso quel bel collo e verso quelle belle mani che aprivano il libro, verso gli occhi dai quali zampillava il bello che si era procurata con quella metamorfosi che si effondeva in piena sincerità su tutto quel viso di ragazza, in ogni ruga, in ogni corrugamento degli occhi, nel leggero sorriso e nell'accentuare il movimento del naso da sinistra a destra col suo grazioso indice, tutti quei dettagli del viso umanizzato dai vocaboli francesi e dalle frasi in francese, e poi dalla conversazione, e alla fine dall'essersi avventurata fino ai testi difficili ma belli dei giovani, di quei bei poeti che scoprivano il meraviglioso dell'uomo, tutto ciò era per me l'autentico in che modo l'incredibile era diventato realtà... su quella ragazza di cioccolata della ditta Orion Maršner, la cui testolina incorniciavo con tutte le manine della madonna che avevo immaginato per lei, per coprirla... Per tutto il viaggio in treno pensai a quella ragazza, sorridevo tra me e me, diventavo lei e, ad ogni stazione, su tutte le pareti in movimento dei vagoni che passavano o stavano fermi sui binari accanto, io incollavo il suo manifesto, mi presi addirittura per mano, mi tenevo le mani e mi strinsi ancora di più a me stesso, come tenessi le sue mani, guardavo le facce dei viaggiatori, nessuno poteva capire cosa avessi il coraggio di fare con me stesso e in me stesso, nessuno poteva capire dal mio viso cosa portassi con me, e quando scesi all'ultima stazione e poi ancora in corriera attraversai una bella regione che somigliava tanto a quella dove tagliavo abeti risonanti dopo averli avvolti, come in piumini, in rami ammucchiati uno sull'altro, ci pensai ancora di più e mi ricostruii il ritratto della ragazza dell'Orion Maršner, vedevo quelli che la conoscevano sgridarla, comportarsi o cercare di comportarsi con lei come si comportavano prima che partisse per la brigata di lavoro, spingerla a parlare con loro come un tempo, solo col ventre e le gambe, solo con tutta quella parte di sotto, separata dall'elastico leggero dei pantaloni, e nessuno capiva che lei aveva dato la precedenza alla parte del corpo dall'elastico di separazione in su... E così scesi dalla corriera a Srní, chiesi dell'amministrazione delle strade e mi presentai come quello che doveva lavorare un anno come cantoniere da qualche parte lontano e quasi tra le montagne, su un tratto di strada dove non voleva starci nessuno... E il pomeriggio ricevetti in dotazione un cavallo e un carro, mi consigliarono di comprarmi una capra e mi regalarono un cane lupo, e così partii col cavallo, sul carro avevo i miei bagagli, la capra legata dietro al carro e il cane lupo avevano fatto amicizia con me, gli avevo comprato del salame, e andai per una strada sempre leggermente in salita, nel paesaggio si aprivano abeti ancora più imponenti e alti pini, alternati a boscaglia e a macchie racchiuse dagli steccati fatiscenti dei recinti, staccionate di assi che si sbriciolavano come panpepato, paletti che marcivano lentamente trasformandosi in un humus dal quale crescevano i lamponi e le alghe voraci delle more, camminavo al ritmo del dondolio della testa del cavallo, era un cavallino come quelli che hanno nelle miniere, pensai che quel cavallo doveva essere stato da qualche parte sottoterra perché aveva degli occhi così belli come li avevo visti ai fuochisti e alle persone che durante il giorno lavoravano alla luce delle lampadine o delle lampade a gas, occhi che risalivano in superficie oppure si precipitavano fuori dalla centrale di riscaldamento solo così per guardare in alto e vedere com'era bello il cielo, perché per occhi come quelli qualsiasi cielo era bello. E entrato che fui in quella regione abbandonata, superavo i casolari degli operai tedeschi che erano andati via, ogni volta mi fermavo e restavo sulla soglia con le ortiche e i lamponi selvatici che mi arrivavano all'altezza del petto, e al di là di essi guardavo le cucine e la stanzetta che già si stavano coprendo d'erba, quasi in tutte quelle costruzioni c'erano le lampadine, seguii i fili fino al ruscello dove c'erano i resti di una piccola centrale elettrica alimentata da una turbina in miniatura, una centrale elettrica realizzata dalle stesse mani degli operai che qui abbattevano le foreste, i tagliaboschi che vivevano qui ed erano dovuti andar via... che erano dovuti andar via ed erano stati evacuati come quei ricchi, quelli che prima facevano la politica, quelli che avevo conosciuto così bene, ed erano arroganti e violenti e smargiassi e brutali e pieni di un orgoglio che alla fine li aveva fatti crollare, questo lo capivo, quello che non capivo era perché fossero dovute andar via le mani di quegli operai al posto delle quali adesso qui non lavorava nessuno, che era stato un peccato per quella gente che non aveva nient'altro che lo sfacchinare nei boschi e i campicelli sulle pendici, operai che non avevano tempo per essere arroganti e orgogliosi, che erano di sicuro umili perché questo era stato insegnato loro da una vita come quella alla quale avevo dato un'occhiata e alla quale stavo andando incontro. E così mi venne un'idea, aprii la valigia e tirai fuori la custodia con la stella d'oro, e sul petto della giacca di velluto feci passare la sciarpa azzurra, e mi rimisi in marcia, la stella mi luccicava al fianco mentre camminavo al ritmo del dondolio del collo del cavallo che si voltava ogni momento a guardare la mia sciarpa e nitriva, e la capra belava, e il cane lupo mi abbaiava contro contento, quasi si scagliava contro la mia sciarpa, e così mi fermai un'altra volta, slegai la capra e andai a dare un'occhiata a un'altra costruzione, si trattava di un'osteria, un'ex locanda nel bosco con un enorme salone stranamente asciutto e con delle piccole finestrelle, ogni cosa qui era così come doveva essere stata prima, anche i boccali impolverati sulle scansie e la botte sulle assi con la cannella e il mazzuolo per spillare... e mentre stavo uscendo sentii degli occhi, e si trattava di una gatta che era rimasta qui, la chiamai, miagolò, tornai a prendere il salame, e accovacciato cercavo di attirarla, voleva che l'accarezzassi ma la solitudine e la mancanza di abitudine all'odore dell'uomo la facevano sempre schizzar via, poggiai a terra il salame e lei lo mangiò con avidità, allungai la mano, ma la gatta saltò via e inarcava la schiena sibilando... Uscii alla luce, la capra aveva bevuto al ruscello, presi il secchio, lo riempii d'acqua e lo diedi al cavallo e, quando ebbe bevuto, ci mettemmo in cammino e, alla curva, quando mi voltai per vedere che aspetto avesse il paesaggio visto da dietro, così come facevo passare le belle donne per poi voltarmi a guardarle, vidi la gatta dell'osteria seguirci e lo considerai un buon segno, schioccai la frusta e lanciai un grido, una strana allegria mi si era sprigionata in petto e, di punto in bianco, mi misi a cantare, cantavo timidamente perché non avevo cantato per tutta la vita, per tutta la vita non ci avevo pensato, per tutti quei decenni non mi era venuta in mente la voglia di cantare... e adesso cantavo, inventavo le parole e le frasi con le quali riempivo i buchi nel testo delle canzoni... il cane cominciò a guaire, si accovacciò e guaì a lungo, gli diedi un pezzetto di salame e lui si strofinò contro le mie gambe, io però continuavo a cantare come se con quel canto, non era certo una canzone, ormai non facevo che emettere delle strida che ritenevo una canzone, niente di diverso dai guaiti del cane, io però sentivo che con quel canto rovesciavo fuori di me scatole e cassetti pieni di cambiali scadute e di lettere e cartoline inutili, che dalle mie labbra si disperdevano brandelli di vecchi manifesti mezzo strappati e incollati uno sull'altro che, strappandosi, andavano a creare testi assurdi, mescolando l'annuncio di partite di pallone con l'annuncio di concerti, manifesti di mostre si univano con bande di paese, il tutto stratificato nell'uomo come il fumo e la nicotina nei polmoni di un fumatore. E così cantavo con la sensazione come di sputare, come di espettorare dalla laringe e dalla faringe intasate, avevo la sensazione di essere una di quelle tubature che l'oste pulisce con l'acqua bollente e poi sciacqua ad acqua corrente, mi sentivo come una stanza dalle cui pareti sia stata strappata la carta da parati, interi strati incollati più volte uno sull'altro e dove, all'interno, una famiglia ha vissuto per due intere generazioni. E così stavo attraversando la regione, nessuno mi poteva più sentire, dovunque guardassi non c'era che il verde, dalle colline non vedevo che boschi, e ciò che restava dell'uomo e del suo lavoro veniva ringhiottito lentamente e sistematicamente dal bosco, dei campicelli non restavano che sassi, nelle costruzioni era penetrata l'erba e la sterpaglia, e rami di sambuco nero sollevavano i pavimenti di cemento e le tavole, e li spingevano in avanti e allungavano su di essi le proprie foglie e i rami più lunghi, perché il sambuco nero lavora con più forza degli argani, con più forza degli elevatori e delle presse idrauliche. E così, passando lungo mucchi di brecciolino e di ghiaia, raggiunsi un grosso edificio. Feci un giro attorno al fabbricato e vidi che qui, lungo quella strada, sarei stato bene, mi avevano in effetti detto che avrei dovuto lastricare la strada e mantenerla in ordine, ma per il momento non ci passava nessuno e nemmeno ci sarebbe passato, perché la strada veniva mantenuta in ordine solo nel caso fosse successo qualcosa, o per quando in estate era necessario trasportare giù la legna. E sentii poi come un lamento umano, il suono di un violino, e di nuovo una specie di pianto cantilenato, e mi misi in cammino in direzione di quella voce, senza nemmeno accorgermi che il cavallo che avevo staccato legandogli le briglie alla cavezza, il cavallo e la capra e il cane mi erano venuti dietro, e raggiunsi un gruppo di tre persone. Erano degli zingari, erano quelli a cui dovevo dare il cambio, e io li guardavo e quello che vedevo era ancora il prodigioso in che modo l'incredibile era divenuto realtà... la vecchia zingara stava vicino alla finestrella, accovacciata come tutti i nomadi, con un bastone di legno girava qualcosa in una pentola appoggiata coi manici a due pietre, con una mano mescolava e con l'altra stava appoggiata col gomito al ginocchio tenendosi la fronte nella mano, e sul dorso della mano le cadeva il nastrino che teneva legati i suoi capelli neri... e il vecchio zingaro stava seduto sulla strada a gambe larghe e con possenti colpi di martello conficcava nel fondo stradale la ghiaia sparsa, e sopra di lui stava piegato un giovane con dei pantaloni neri stretti ai fianchi e scampanati in basso, e suonava al violino qualche appassionata duma, qualche canzone zigana che certamente risvegliava una particolare situazione del vecchio che si lamentava gemendo in un lungo nostalgico pianto, e sotto l'impressione di quella musica si era strappato un pugno di capelli e li aveva gettati nel fuoco, e aveva dato di nuovo una martellata al pietrisco, mentre quello che doveva essere il figlio o il nipote suonava il violino, e la vecchia cucinava del cibo. E io vedevo davanti a me quello che mi avrebbe aspettato qui, vedevo che io qui sarei stato da solo, nessuno avrebbe cucinato per me, e nemmeno avrebbero suonato il violino, sarei stato lì solo col cavallo e la capra e il cane e con la gatta che continuava a seguirci a rispettosa distanza... E poi tossii, la vecchia si voltò e mi guardava come si guarda il sole... e il vecchio smise di lavorare e il giovane mise via il violino e mi fece un inchino... e io dissi che avrei cominciato qui una brigata di lavoro... il vecchio e la vecchia però si alzarono e mi fecero degli inchini, mi diedero la mano e dissero che avevano già tutto pronto, e io soltanto allora vidi che in una fratta avevano quel loro tipico carretto leggero con le due ruote grandi dietro, e mi dissero che ero la prima persona quel mese che vedevano... e io chiesi, davvero?, ma non ci credevo... e il giovane prese dal carretto la custodia del violino, l'aprì e, come si mette un bambino nella culla, con la stessa cura vi poggiò il violino e con una cura ancora maggiore vi distese sopra un panno di velluto con su una canzone dalle iniziali ricamate e ornate di note, e le lettere ricamate... guardò il violino, passò la mano sul panno e richiuse la custodia, e poi saltò sul carretto, prese le briglie, e il vecchio cantoniere prese posto anche lui e, accanto a loro, fecero salire la vecchia, e uscirono dalla strada rotta e riaggiustata, e si fermarono davanti all'edificio da dove portarono fuori ancora delle coperte e un piumino, alcune pentole e un paiolo, e io cercavo di convincerli a rimanere almeno per la notte, ma loro avevano fretta, come mi dicevano non ce la facevano più ad aspettare per vedere di nuovo almeno un essere umano, per vedere la gente... gli dico, e com'è stato qui durante l'inverno? Ahiahiahiahi, si disperò il vecchio zingaro, cattivo, ci siamo mangiati la capra, poi il cane e la gatta, e alzò il braccio e sollevò tre dita in segno di giuramento e disse per tre mesi qui non c'è stato un solo essere umano... e la neve, signore mio, ci aveva seppellito... e la vecchietta piangeva e ripeteva... e la neve ci aveva seppellito... e si misero a piangere e il ragazzo tirò fuori il violino e suonava una canzone nostalgica, e il vecchio zingaro tirò le redini, e anche il cavallo si appoggiò alle corregge, e il giovane zingaro suonava in piedi, a gambe larghe, con gesti possenti e il viso languido, una romanza zigana, e la nonna zingara e il vecchio zingaro piangevano sommessi, si disperavano, oscillavano verso di me i visi pieni di sofferenza e di rughe, oscillavano la testa nella mia direzione, e con un gesto della mano mi facevano capire che mi compiangevano, che addirittura mi vedevano perso, con entrambe le mani mi allontanavano non da loro stessi ma dalla vita, come se con quelle braccia mi stessero seppellendo, come se mi stessero inumando... E in cima alla salita il vecchio si alzò in piedi e si strappò un'altra ciocca di capelli, e il carretto scendeva dall'altra parte del dosso e ormai non c'era che una mano che gettava via quella ciocca di capelli a riprova certo della grande disperazione e della tristezza che destavo in loro... entrai nella grande stanza dell'ex osteria abbandonata per dare un'occhiata a dove avrei abitato, e così attraversai l'edificio, girai le stalle, la legnaia, il fienile, senza accorgermi che mentre camminavo dietro di me venivano anche il cavallo, la capra, il cane, e per finire anche la gatta... Quando andai alla pompa a prendere l'acqua per lavarmi, dietro di me incedevano con solennità il cavallo, la capra, il cane lupo e la gatta... mi voltai e li guardai, e loro guardavano me, e io vedevo che avevano paura che li volessi lasciare qui, sorrisi e li carezzai uno dopo l'altro sulla testa, anche la gatta ne aveva voglia, ma la forza della timidezza la fece schizzar via nel vero senso della parola...

La strada che mantenevo in ordine, e riempivo col brecciolino che dovevo io stesso sminuzzare, quella strada che somigliava alla mia vita, si copriva dietro di me di gramigna e di erba così com'era coperta d'erba davanti. Solo quel tratto preciso di strada al quale lavoravo, solo quello mostrava le tracce delle mie mani. I nubifragi e la pioggia insistente facevano spesso franare il terreno inondando di sabbia e pietrisco leggero il lavoro che avevo fatto sulla strada, io però non me la prendevo, io non imprecavo, e neanche maledicevo il destino, mi mettevo invece pazientemente al lavoro, e per intere giornate d'estate portavo nuovamente via con la carriola e la pala la sabbia e i detriti, non per migliorare la strada, ma per poterci passare di nuovo col carretto e il cavallo. Una volta, dopo una pioggia, si staccò un intero bordo della strada, e il lavoro andò avanti quasi un'intera settimana prima di poter arrivare al posto dove avevo smesso la settimana prima, io però mi mettevo a lavorare già dal mattino con una concentrazione ancora maggiore, la meta che mi ero imposto, quella di raggiungere l'altro lato della strada, diminuiva la fatica. E quando, dopo una settimana, ci passai nuovamente sopra col carretto, ero orgoglioso e guardavo quel mio lavoro che era come se neanche l'avessi fatto, lo stato della strada era soltanto ritornato così com'era prima, nessuno mi avrebbe creduto, nessuno mi avrebbe elogiato, nessuno avrebbe riconosciuto quelle sessanta ore di lavoro, solo il cane e la capra e il cavallo e la gatta, loro però non avrebbero potuto renderne testimonianza. Ma io ormai non volevo più essere visto da occhi umani e ricevere elogi, tutto ciò mi aveva abbandonato. Così quasi per un intero mese non feci nient'altro che sfacchinare dall'alba al tramonto per mantenere la strada nello stato in cui era quando io me ne ero assunto la manutenzione. D'altronde, vedevo sempre più la manutenzione di quella strada come la manutenzione della mia vita che mi riappariva come fosse accaduta a qualcun altro, come se l'intera mia vita fin qui fosse stata un romanzo, un libro scritto da qualcun altro, solo che di quel libro della vita io ero l'unico ad avere la chiave, l'unico testimone della mia vita ero io solo, anche se quella mia strada si copriva continuamente allo stesso modo di erbacce all'inizio e alla fine. Però, così come facevo col piccone e la pala, così col ricordo io mantenevo praticabile la strada della mia vita verso il passato, per poter tornare col pensiero lì dove volevo andare a ricordare. Quando terminavo di lavorare sulla strada, allora affilavo la falce e tagliavo l'erba sui declivi, e seccavo il fieno, e poi il grumereccio, il pomeriggio col bel tempo trasportavo il fieno nel fienile e mi preparavo all'inverno del quale mi avevano detto che qui durava quasi sei mesi... Una volta alla settimana attaccavo il cavallo e andavo a far compere, e ritornavo sulla strada, e dalla strada riaggiustata passavo lentamente sulla carrozzabile dove non si vedeva mai nessuno, mi voltavo e osservavo le impronte delle ruote del carretto e, dopo la pioggia, le impronte dei ferri del cavallo, per poi raggiungere, dopo aver superato due villaggi abbandonati, una strada come si deve sul cui viso vedevo le rughe dei camion e, nella polvere della banchina, le tracce dei pneumatici delle biciclette e delle motociclette, dei mezzi di locomozione degli operai dell'amministrazione forestale e dei soldati che di qui andavano o tornavano dal lavoro o andavano a montare la guardia. Una volta comprate al negozio le scatolette di conserva e del salame e una pagnotta di pane, mi fermavo in osteria, e l'oste e la gente del posto si sedevano al mio tavolo e mi chiedevano se mi piacessero quelle montagne, quella solitudine. E io ero entusiasta, e spiegavo di come nessuno avesse mai visto in vita sua quello che invece c'era lì, spiegavo ogni cosa come se io qui ci stessi soltanto di passaggio in macchina oppure mi ci fossi fermato due o tre giorni, parlavo come un gitante, come una persona entusiasta della natura, come uno di città che ogni volta che viene in campagna incomincia subito a blaterare sciocchezze romantiche su come sono belli i boschi, su come sono belle le cime dei monti avvolte nella nebbia e su come preferirebbe stabilirsi qui per sempre, a tal punto il posto è bello... In quell'osteria parlavo confusamente di come la bellezza abbia però anche un'altra faccia, e che quel bel pezzo di paesaggio è in rapporto a come l'uomo riesce ad amare anche tutto ciò che è spiacevole, abbandonato, amare il paesaggio con quelle ore e quei giorni e quelle settimane quando piove, quando fa buio presto, quando poi una persona siede accanto alla stufa e pensa che siano le dieci di sera, e invece sono appena le sei e mezza, amare il fatto che l'uomo comincia a parlare da solo con se stesso, a rivolgere la parola al cavallo e al cane e alla gatta e alla capra, ma che preferisce mettersi a parlare con se stesso, prima a bassa voce, proiettandosi soltanto questa specie di cinematografo, lasciando passare nel ricordo le immagini del passato, ma poi, come avevo fatto io, cominciando a rivolgere la parola a se stesso, a consigliarsi, a interrogarsi, a porsi delle domande, a farsi degli interrogatori, volendo scoprire di sé le cose più nascoste, come un pubblico ministero fare una requisitoria contro se stesso, e difendersi, e mettersi così a turno a chiacchierare con se stesso del senso della vita, non di quello che è stato ed è avvenuto tanto tempo fa, ma guardando in avanti, guardando quello che c'è al di là della strada che ho percorso, e che ancora devo percorrere, e se c'è ancora tempo per raggiungere con la riflessione quella tranquillità che preserva l'uomo dal desiderio di fuggire la solitudine, di fuggire le domande più essenziali sulle quali l'uomo deve avere la forza e il coraggio di interrogarsi... E così io, un cantoniere che stava seduto in osteria ogni sabato fino a sera, quanto più ci sedevo tanto più mi davo alla gente, tanto più pensavo al cavallo in piedi davanti all'osteria, alla crepitante solitudine in quella mia nuova dimora, vedevo come tutta la gente mi oscurasse quello che io volevo vedere e sapere, come proprio tutti si divertissero allo stesso modo come mi ero divertito anch'io, come tutti rimandassero quello su cui un giorno o l'altro dovranno interrogarsi, se avranno la fortuna di averne il tempo prima di morire... in effetti io in quell'osteria sostenevo sempre che l'essenza della vita era nell'interrogarsi sulla morte, come mi comporterò io quando verrà la mia ora, e che in fondo la morte, o meglio quell'interrogare se stessi, è un dialogo sotto l'angolo visuale dell'infinito e dell'eternità, e che già la risoluzione del problema della morte è l'inizio di un pensare in termini di bello e l'inizio di un pensare al bello, perché assaporare l'assurdità del proprio cammino, che terminerà ugualmente con un'uscita anzitempo, quel godimento nel provare la propria rovina, ciò riempie l'uomo di amarezza e quindi di bellezza. E così, in quell'osteria già facevo ridere tutti, qui interrogavo ciascuno dei clienti su dove avrebbe voluto essere sepolto, e tutti all'inizio rabbrividivano, ma poi ne ridevano fino alle lacrime, e mi chiedevano a loro volta dove avrei voluto essere sepolto io se avessi avuto la fortuna di essere trovato in tempo, perché il penultimo cantoniere l'avevano trovato solo a primavera, ed era già tutto mangiato dai topiragno, dai topi e dalle volpi, per cui era stato seppellito solo un mucchietto di ossa, come quando si vendono gli asparagi o il bollito misto per il brodo con l'osso. E io spiegavo con gusto della mia tomba, che se morirò qui, e se di me sarà magari seppellito un solo osso non rosicchiato, il cranio, allora voglio essere sepolto nel cimitero sul cucuzzolo, voglio essere sepolto come sul crinale di quel cimitero, desidero che col tempo la mia bara su quella linea divisoria si spacchi in due così che quello che di me è rimasto scenda con la pioggia ai due punti cardinali, affinché l'acqua spinga una parte di me nei torrenti in Boemia, e l'altra parte lì, dall'altro lato, al di là del filo spinato del confine, nei ruscelli e poi nel Danubio, che desidero essere un cosmopolita anche dopo la morte, per arrivare con la Vltava all'Elba e al Mare del Nord, e con l'altra parte di me, attraverso il Danubio, fino al Mar Nero e attraverso i due mari raggiungere l'oceano Atlantico... e i clienti in osteria si ammutolivano, mi guardavano e io mi alzavo ogni volta per andar via, erano quelle le domande che l'intero villaggio sperava di sentire, ogni volta che arrivavo alla fine mi ponevano quella domanda alla quale rispondevo quasi sempre allo stesso modo, non facevano che domandarmi e se morisse a Praga? E a Brno? E se morisse a Pelhřimov, e se la sbranassero i lupi? E io inventavo sempre ogni cosa precisa identica a come sarebbe dovuta essere, così come insegnava il professore di letteratura, che l'uomo è indistruttibile sia dal punto di vista spirituale che fisico, si trasforma soltanto, subisce una metamorfosi, una volta con Marcela stavano analizzando una poesia, il poeta si chiamava Sandburg, su ciò di cui è fatto un uomo, che ha tanto fosforo da poterci ricavare dieci scatolette di fiammiferi, che ha tanto ferro da poterci forgiare un chiodo al quale l'uomo potrebbe impiccarsi, che ha tanta acqua che con quell'acqua ci si potrebbero cuocere dieci litri di brodo con la trippa... questo io spiegavo alla gente del villaggio, e loro avevano paura, avevano paura anche di me, storcevano la bocca su tutto quello che li aspettava... per questo preferivano farsi raccontare come sarebbero finiti se fossero morti qui. Una notte salimmo su quel cimitero sulla collina, e io mostravo loro i posti vuoti dove, una volta sepolti, avrebbero raggiunto con una metà il Mare del Nord e con l'altra metà il Mar Nero, l'importante è che la bara sia posta nella tomba per lungo, come sul crinale di un tetto... E poi tornavo a casa con la spesa, per tutto il viaggio riflettevo, per tutto il viaggio mi divertivo a raccontarmi di nuovo tutto ciò che avevo detto e fatto e chiesto quel giorno, se l'avevo detto e fatto in maniera giusta, e io consideravo giusto solo quello che mi divertiva, non che mi divertisse come i bambini o gli alcoolizzati, ma come mi aveva insegnato il professore di letteratura francese, il divertimento come bisogno metafisico, che quando una persona si diverte con qualcosa, ecco, è questo l'essenziale, stupidi che non siete altro, progenie malvagia, idiota e scellerata!, diceva insultandoci in quel modo per farci arrivare dove voleva lui, per far sì che divertimento per noi fosse la poesia, le cose e gli avvenimenti belli, perché la bellezza, lei ha sempre un impatto e una portata che tendono al trascendente, vale a dire all'infinito e all'eterno. E in quella mia dimora, in quella mescita che era allo stesso tempo anche una sala da ballo, quando non potei più fare altrimenti e avevo desiderio che ci fosse qualcuno con me, che arrivasse un essere umano, prima che arrivasse l'inverno feci incetta al villaggio di vecchi specchi grandi, alcuni li ricevetti gratis, se ne liberarono con gioia, dicevano che quando ci si guardavano dentro, apparivano i Tedeschi, li ricoprii di coperte e giornali... e me li portai a casa, per tutto il giorno infilai nel muro dei tasselli e a quei tasselli avvitai gli specchi, coprii di specchi l'intera parete... e poi non fui più solo, quando rincasavo dal lavoro non vedevo l'ora di venirmi incontro, di inchinarmi a me stesso nello specchio e di augurarmi la buona sera, e fino al momento di andare a letto non sarei stato solo, adesso saremmo stati in due, cosa importa se facciamo gli stessi movimenti!, in compenso posso interrogarmi in una realtà ingrandita... e anche quando esco, volta le spalle anche quello lì nello specchio, quel mio sosia, ciascuno in una direzione diversa, eppure sono soltanto io quello che esce e si allontana dalla stanza... quell'immagine non riusciva a darmi pace, perché quando esco non vedo me stesso?, perché soltanto quando volto la testa vedo di nuovo il mio viso, ma non la mia schiena?, avrei dovuto avere ancora un altro specchio. E così cominciavo ad avere un'impressione tattile delle cose che erano invisibili ma esistevano, l'incredibile stava divenendo realtà, ogni volta che tornavo dalla spesa del sabato e con la paga, mi fermavo sotto il cimitero sulla collinetta, scendevo verso il torrente dove affluivano dal pendio i ruscelli delle sorgenti e i rigagnoli ancora più piccoli, qui in questa regione anche la roccia trasudava acqua in continuazione, e io ogni volta mi lavavo il viso, l'acqua era fredda e limpida e io vedevo come dall'alto, dal cimitero, affluivano fino a quel ruscello gli umori di quelli che vi erano sepolti, di sicuro erano già arrivati fin qui, distillati e filtrati dalla bella terra che dei cadaveri riesce a fare dei chiodi ai quali potrei impiccarmi, e quella stessa acqua limpida nella quale mi lavo il viso, così come tra molti anni da qualche parte qualcuno si laverà il viso col risultato della mia metamorfosi, qualcuno si accenderà un fiammifero fatto col fosforo del mio corpo... e ogni volta non potevo resistere e bevevo l'acqua di quella fonte sotto il cimitero, e per prima cosa gustavo l'acqua come un intenditore di vino e, come il dottor Badestube e come un conoscitore di Bernkasteller Riesling riescono a trovare il profumo delle locomotive che passano a centinaia ogni giorno lungo i vigneti o accanto ai fuocherelli che i vignaioli si accendono ogni giorno per scaldarsi lo spuntino e il pranzo, per cui quel fumo lo si può riconoscere da un sorso di quel Riesling, allo stesso modo anch'io sentivo il sapore dei defunti sepolti da molto nel camposanto là in alto, ne sentivo il sapore quasi allo stesso modo in cui avevo ricevuto gli specchi solo perché si erano conservate le impronte dei tedeschi che ci si erano guardati dentro e che erano andati via da anni mentre il loro profumo è ancora in questo specchio nel quale ogni giorno io mi guardo a lungo, dentro al quale passeggio e, come nell'acqua dei defunti, passeggio e faccio risuonare ritratti appena visibili, ma fatti apposta per una persona per la quale l'incredibile era divenuto realtà, e io incespicavo in ritratti di ragazze vestite alla tirolese, in mobilia sullo sfondo e in scene di famiglia tedesche... E quei miei contadini che mi avevano regalato gli specchi, e io in cambio li avevo fatti guardare nello specchio che li aspettava al cimitero, loro poco prima dei Morti mi uccisero il cane lupo, io gli avevo insegnato, o meglio lui aveva imparato da solo, una volta mi aveva preso in bocca la borsa come per andare a fare le compere insieme a me, io però vidi che si era messo in strada da solo in direzione del villaggio... e così, per prova, gli scrissi su un foglietto quello che mi serviva, e lui corse via... e due ore dopo arrivò di corsa e appoggiò la borsa con la spesa... e così, invece di andarci io col cavallo, quasi un giorno sì e uno no mandavo il cane lupo con la borsa per farmi portare la spesa... e così, una volta che quelli del paese erano stati nuovamente ad aspettarmi inutilmente avevano visto il mio cane portare la spesa al posto mio, mi uccisero il cane per riavermi in osteria... io piansi, piansi per una settimana il mio cane lupo, ma poi preparai lo stesso il cavallo, era caduta già la prima neve, e andai a ritirare la paga e a fare la spesa grande per l'inverno, e perdonai ogni cosa a quelli del paese perché avevano avuto nostalgia di me, non mi prendevano più in giro, e se anche lo facevano era in maniera diversa, più elevata, senza di me in osteria non potevano vivere, non avevano nulla da aspettare, come mi dissero, non desideravano nemmeno che morissi, volevano che una volta alla settimana andassi a trovarli, perché la chiesa era distante e io sapevo parlare meglio del parroco. Quel mio cane lupo era riuscito lo stesso ad arrivare di corsa, gli avevano forato i polmoni, era arrivato di corsa con la spesa, lo accarezzai ancora, gli portai ancora una zolletta di zucchero come riconoscimento e per ricompensa, ma quella zolletta non la prese, mi poggiò la testa in grembo e stava spirando così, lentamente, dietro le mie spalle si chinò sopra di noi il cavallo, annusava il cane, venne anche la capra, la gatta che insieme al cane ci dormiva ma da me non si era mai fatta accarezzare, e in caso solo da lontano, io dovevo essere quello a cui lei voleva più bene, ma io le parlavo e lei stava distesa sulla schiena e si raggomitolava e si contorceva e mi tirava fuori le unghie e certi sguardi, come se la stessi accarezzando sotto la gola o sul pelo, quando però allungavo una mano verso di lei, ogni volta la forza selvaggia della paura la faceva schizzar via fuori dalla portata delle mie dita... e la gatta venne e si accoccolò, com'era sua abitudine, nella pelliccia del cane lupo, allungai allora verso di lei il palmo della mano, ma lei guardava gli occhi del cane che si spegnevano, e io l'accarezzavo e lei mi guardava ed era così terribile per lei il fatto che l'accarezzassi che riusciva a superarlo solo per la morte del suo compagno, e preferiva chiudere gli occhi e infilare la testa nel pelo del cane per non vedere ciò che la terrorizzava ma che allo stesso tempo lei desiderava. Un pomeriggio tardi, mentre stavo andando soprappensiero al pozzo a prendere l'acqua, mentre camminavo sentivo, all'inizio lo sentivo soltanto ma poi lo vidi anche, che sul margine del bosco appoggiato con un braccio a un albero c'era Zdeněk, il famoso cameriere di un tempo, il mio collega dell'albergo Tichota, che adesso mi stava fissando... E io che avevo servito l'imperatore d'Etiopia sapevo che lui era venuto apposta da me solo così per vedermi, che con me non che non avesse voglia di parlare, ma non ne aveva bisogno, voleva soltanto dare un'occhiata a come mi ero sistemato in quella vita isolata, perché Zdeněk adesso era un pezzo grosso della vita politica, era circondato da una marea di persone, io però sapevo che doveva essere solo come me... E pompavo l'acqua, le bestiole guardavano il mio lavoro, e io continuavo a sentire che tutti i miei movimenti erano seguiti da Zdeněk, per cui mi davo da fare a pompare come se non fossi stato osservato, ma sapevo però bene che Zdeněk sapeva che io sapevo di lui lì nel bosco. E poi mi curvai lentamente, reggevo i manici dei secchi, davo tempo a Zdeněk di spostarsi un po', perché io sento a centinaia di metri di distanza ogni movimento, ogni suono, chiesi quindi a Zdeněk se mi volesse dire qualcosa, ma lui non aveva bisogno di dirmi nulla, a lui come a me bastava aver visto che siamo al mondo, bastava che gli fosse presa la nostalgia di me, così come io spesso avevo pensato a lui. E così sollevai i due secchi e scesi verso la costruzione, dietro di me veniva il cavallo, dietro di lui la capra e la gatta, appoggiavo i piedi a terra con attenzione, l'acqua dai secchi mi schizzava sugli stivali di gomma, e io sapevo che una volta poggiati i secchi sulla soglia e una volta voltatomi, Zdeněk ormai non ci sarebbe più stato, sarebbe andato via soddisfatto, da qualche parte verso la macchina di servizio che lo aspettava al di là del bosco, sarebbe andato al suo lavoro che è di sicuro più difficile della mia fuga nella solitudine. Pensavo al professore di letteratura quando diceva a Marcela che un vero essere umano di carattere universale è soltanto colui che sa passare nell'anonimato, che riesce a liberarsi del falso io. E quando poggiai i secchi e mi voltai, Zdeněk era già andato via dal bosco. E io riconobbi che doveva essere così, che se anche ciascuno di noi era in un posto diverso, soltanto in quel modo chiacchieravamo insieme e così, col silenzio, ci confidavamo tutto quello che ci pesava sul cuore e il nostro modo di pensare.

Quel giorno, poi, cominciò a cadere la neve, fiocchi grandi come francobolli, una neve tranquilla che verso sera lasciò il posto a una tormenta. Un rigagnolo di acqua limpida e fredda sempre allo stesso modo continuò a gocciolare in cantina nel canale di scolo di pietra, la stalla era nel corridoio, accanto alla cucina. E il concime del cavallo, che su consiglio di quelli del villaggio avevo lasciato con gli animali, era caldo e scaldava la cucina come fosse stato un termosifone.

Per tre giorni guardai la neve muoversi, frusciare come minute farfalline, come effimere, come fiori che cadono dal cielo. La mia strada si copriva sempre più di neve, il terzo giorno era già coperta a tal punto da confondersi con la zona circostante, e nessuno sarebbe riuscito a indovinare per dove passava la strada. Quel terzo giorno tirai fuori la vecchia slitta, trovai anche i campanellini che agitavo ogni ora e sorridevo perché quei campanellini e il loro tintinnio mi davano l'impressione di attaccare il cavallo e andarmene sulla mia strada, e mi ci sarei librato sopra, e quel cuscino nevoso ci avrebbe diviso, quei piumini, quello spesso tappeto bianco, quel bianco lenzuolo rigonfio che copriva l'intera regione... stavo riparando la slitta e non mi accorsi nemmeno che la neve aveva ormai raggiunto il bordo della finestra e si era poi accumulata fino a metà delle finestre. Nell'istante in cui alzai gli occhi, spaventandomi di dove fosse arrivata quell'inondazione di neve, quella mia casetta e le bestiole le vidi pendere attaccate a una catena che scendeva direttamente dal cielo, casette isolate dal mondo eppure piene fino all'orlo, come quegli specchi con le immagini sepolte e dimenticate, eppure incollate lì con una leggera pellicola, e che si possono evocare e richiamare indietro né più né meno delle immagini con le quali io avevo ricoperto quegli specchi o, per meglio dire, dalle quali era ricoperta e bordata la mia strada qui già sommersa dalla neve del tempo passato, mentre il ricordo aveva l'unica possibilità di sentire in qualunque momento al tatto, come una mano esperta sente un'arteria sotto la pelle, e appurare per dove scorreva e scorre e sarebbe andata a scorrere anche in un prossimo futuro la vita... e io in quel momento ebbi paura che se fossi morto, allora tutto quell'incredibile che era divenuto realtà, tutto ciò sarebbe scomparso, mentre l'uomo migliore, come diceva il professore di estetica e di letteratura francese, è quello che sa esprimersi meglio... e io sentii il desiderio di scrivere tutto così com'era stato, affinché anche dell'altra gente potesse non dico leggere ma, da quel che dico, dipingere davanti a sé tutte quelle immagini che si erano infilate come le perle di una collana, come un rosario, sul lungo filo della mia vita che io avevo sorpreso incredibilmente qui guardarmi con i suoi occhi, stupendosi della neve che cadeva e aveva sommerso la casetta fino alla cintola... E così ogni sera, seduto davanti allo specchio, mentre dietro di me la gatta stava accovacciata sul bancone e con la testolina picchiava contro la mia immagine nello specchio, come se quello fossi stato io, e io mi guardavo le mani, e fuori come un'inondazione fischiava la tempesta di neve, e io guardavo sempre di più le mie mani, le alzai perfino, come se avessi voluto arrendermi a me stesso, e guardavo nello specchio quelle mie mani e le dita che si muovevano, vedevo davanti a me l'inverno, la neve, vedevo che avrei spalato la neve, liberato e cercato la strada, e ogni giorno sempre più avanti, sempre più avanti a cercare la strada verso il villaggio, forse anche loro staranno cercando la strada per raggiungermi... e mi dissi che di giorno avrei cercato la strada verso il villaggio e la sera avrei scritto, avrei cercato la strada a ritroso per poi andarci sopra a spalare la neve che seppelliva il mio passato... per tentare così, con la scrittura e scrivendo, di interrogare me stesso.

La vigilia di Natale cadde nuovamente la neve e ricoprì la strada che per quasi un intero mese avevo faticosamente cercato e risistemato. La neve creava quasi un muretto, un fossato fino all'altezza del petto, ero arrivato fino a metà strada dall'osteria e dal negozio, dove ero stato per l'ultima volta ai Morti. La sera il pulviscolo della neve scintillava come porporina sui calendari murali, e io preparai l'albero di Natale e cucinai dei dolci. Accesi l'alberello e dalla stalla portai fuori il cavallo e la capra. La gatta stava accovacciata sul bancone di stagno accanto alla stufa. Presi di nuovo il frac, lo indossai, ma non ci riuscii, i bottoni mi cadevano dalle dita irrigidite e le mani erano così intorpidite per il lavoro che non riuscii ad annodare come si deve il papillon bianco, dalla valigia tolsi e lucidai anche le scarpe di coppale, le scarpe che avevo comprato quando ero cameriere all'albergo Tichota. E quando mi fui infilato la sciarpa azzurra e appuntata al fianco la stella, quella stella splendeva più dell'albero, e il cavallo e la capra mi guardavano e avevano una paura tale che dovetti tranquillizzarli. Mi preparai poi la cena, una scatoletta di spezzatino con le patate. Alla capra avevo fatto il regalo di tagliarle delle mele nell'acqua da bere. E allo stesso modo anche il cavallo, che come ogni domenica mangiava con me, stava accanto al lungo tavolo e da una ciotola prendeva le mele e le sgranocchiava. Quel cavallo aveva sempre l'idea fissa che l'avrei lasciato qui e me ne sarei andato via. Dovunque andassi lui mi veniva dietro, e la capra, che era abituata al cavallo, lo seguiva, e la gatta che dipendeva dal latte della capra, là dove si muoveva la mammella della capra, là c'era anche la gatta. Così andavamo e tornavamo dal lavoro. Quando in autunno andavo a tagliare il grumereccio loro mi venivano dietro tutti quanti, persino quando andavo in gabinetto gli animali si spostavano dietro di me e mi sorvegliavano che non scappassi... Giusto la prima settimana, quando mi era apparsa la ragazza della fabbrica di cioccolato Orion, mi era venuta una tale voglia di lei, volevo vedere se andava ancora, coi libri sotto il braccio, in quella fabbrica di cioccolato, mi era venuta una tale nostalgia di lei che impacchettai il necessario e, ancora prima che albeggiasse, partii in direzione del villaggio e lì aspettai la corriera, quando però la corriera arrivò, e stavo già mettendo il piede sul primo gradino, vidi che dalla mia strada era sbucato di corsa il cavallo e dietro di lui il cane e poi zoppicava la capra... e dritti verso di me, e quegli animali mi guardavano in maniera tale, e mi pregavano in silenzio di non lasciarli qui, e quando già mi avevano circondato, apparve ancora la gatta selvatica e saltò sulla tavola dove si mettono i bidoni del latte, lasciai partire la corriera e ritornai con gli animali che da allora non mi toglievano più gli occhi di dosso, e cercavano invece di divertirmi un po', la gatta saltellava come fosse stata un gattino, la capra cercava di colpirmi con la testa e, per scherzo, saltellava con me su due zampe e voleva colpirmi il capo, soltanto il cavallo non sapeva far niente, ma ogni momento mi prendeva la mano con le sue labbra morbide e mi guardava, ma dagli occhi gli lampeggiava il terrore... Dopo cena, come del resto ogni giorno, il cavallo si distese accanto alla stufa e sospirava con dolcezza, la capra gli si distese vicino, e io continuavo a scrivere le mie immagini, ero tutto preso, e quelle immagini all'inizio non mi erano molto chiare, scrissi persino delle immagini superflue, ma tutto d'un colpo partii a scrivere e riempivo una pagina dopo l'altra, l'immagine davanti a me scompariva sempre più velocemente di quanto io riuscissi a scrivere, e quel vantaggio delle immagini non mi faceva dormire, non sentivo nemmeno se fuori c'era la bufera o la luna splendeva da spaccare i vetri delle finestre, io pulivo la strada solo giorno per giorno e, spazzando via la neve, pensavo a quella mia strada la sera, a quando avrei inforcato la penna e a quello che avrei iniziato a scrivere, era già tutto stabilito in precedenza, durante il giorno, per cui la sera non facevo che trascrivere quello a cui avevo pensato mentre lavoravo sulla strada, e anche gli animali attendevano la sera, perché le bestie amano la tranquillità, non facevano che sospirare con dolcezza quelle bestiole, e anch'io sospirai e continuai a scrivere, aggiunsi un ceppo di legno nella stufa e la fiamma sfrigolò piano e nel camino gemeva la tormenta e da sotto la porta penetrava il vento... Alla mezzanotte della vigilia di Natale sotto le finestre apparvero delle luci. Posai la penna e l'incredibile divenne realtà. Uscii davanti all'edificio e lì, con lo spazzaneve e le slitte, si erano aperti la strada fino a me, dall'altro lato, quelli del villaggio, alcuni di quei cittadini sconsolati e falliti che sedevano all'osteria e ai quali era presa una tale nostalgia di me che mi avevano ucciso il cane lupo e adesso, con lo spazzaneve e le slitte, erano arrivati fin da me... li invitai all'osteria, nella mia residenza di adesso... quando mi guardarono, mi resi conto di cosa li meravigliasse. Dove l'hai preso? Chi te l'ha dato? Perché ti sei conciato in quel modo? Dissi, accomodatevi signori, adesso siete voi ad essere miei ospiti, io facevo il cameriere, e loro ebbero paura di me, e quasi rimpiangevano di essere arrivati fin qui... E quella sciarpa e quell'onorificenza?, e io gli faccio, le ho ricevute parecchi anni fa, perché io sono quello che ha servito l'imperatore d'Etiopia... E al servizio di chi sei adesso?, trasalivano. Qui, come potete vedere, al servizio dei miei ospiti, e indicai il cavallo e la capra, ma quelli si erano già alzati e volevano andar fuori, picchiavano con la testa contro la porta, e io gliela aprii e loro, uno dopo l'altro, andarono lungo il corridoio fino alla loro stalla. Però il frac e l'onorificenza luccicante e la sciarpa azzurra avevano spaventato quelli del villaggio al punto che erano rimasti fermi in piedi, poi mi fecero i complimenti e mi augurarono di passare delle piacevoli feste, e mi invitarono al pranzo di Santo Stefano. E stavano andando via, vedevo le schiene negli specchi, e quando dai vetri delle finestre si allontanarono le luci e le torce, e i campanellini tintinnavano allontanandosi, e si allontanò sbuffando lo spazzaneve, io restai solo davanti allo specchio, mi guardavo, e più mi guardavo più avevo paura, avevo una paura tale come se stessi a casa di qualche estraneo, di qualcuno che è impazzito... respirai su me stesso, quasi baciandomi in quel vetro freddo, alzai poi il braccio e con la manica del frac mi pulii il vapore, fino a che non fui di nuovo nello specchio, con la lampada accesa come un bicchiere offerto per un brindisi. E dietro di me si aprì silenziosamente la porta, il sangue mi si gelò nelle vene... ed entrò il cavallo e dietro di lui la capra, la gatta saltò sullo stagno del bancone accanto alla stufa, e io ero felice che quelli del villaggio si fossero aperti la strada fino a me, che fossero venuti da me, che avessero paura di me, perché io devo essere qualcosa di raro, perché io sono davvero un allievo del maître signor Skřivánek che aveva servito il re d'Inghilterra, e io avevo avuto l'onore di servire l'imperatore d'Etiopia e lui mi aveva segnato per sempre dandomi un'onorificenza, e quell'onorificenza mi aveva dato la forza di scrivere per i lettori questo racconto... in che modo l'incredibile era divenuto realtà. Vi basta? Con questo, però, termino per davvero.

Questi testi sono stati scritti col sole violento dell'estate che arroventava la macchina da scrivere a tal punto che diverse volte al minuto si inceppava e balbettava. Non potendo guardare i fogli di carta di un bianco accecante, non avevo controllo su quello che scrivevo, scrivevo quindi in un'ebbrezza luminosa col metodo automatico, la luce del sole mi accecava talmente da non lasciarmi vedere che i contorni scintillanti della macchina da scrivere, dopo alcune ore il coperchio di latta era così arroventato che le pagine scritte mi si arrotolavano per il calore. E dato che gli avvenimenti di quest'ultimo anno mi precipitano addosso senza lasciarmi ancora il tempo di registrare la morte di mia madre, questi avvenimenti mi costringono a lasciare il testo così com'è nelle prime inquadrature e a sperare di avere prima o poi il tempo e il coraggio di rimettermici ancora a sudare sopra, e di rimaneggiarlo, indirizzandolo verso una certa perfezione classica, oppure – preso dall'ispirazione del momento e col rischio di poter cancellare la primigenia spontaneità delle immagini – usare sul testo soltanto le forbici e, con l'ispirazione del momento, ritagliarne le immagini che a distanza di tempo avranno ancora la loro freschezza. E se non fossi più al mondo, che ciò venga fatto da qualcuno dei miei amici. Che se ne ricavi una novella breve o un racconto lungo. È tutto.

P.S.
Il mese estivo in cui ho scritto questo testo vivevo sotto la forte impressione del «ricordo artificiale» di Salvador Dalí e dell'«affetto represso» che, secondo Freud, «trova sfogo nel linguaggio».

Nota sull'Autore

Bohumil Hrabal è considerato uno dei maggiori scrittore boemi del '900. Nato a Brno, in Moravia, nel 1914 e morto a Praga nel 1997, Hrabal ha fatto cento mestieri: magazziniere, preparatore di malto in una fabbrica di birra, minutante notarile, ferroviere, assicuratore presso la compagnia «Sostegno della vecchiaia», commesso viaggiatore, operaio nelle acciaierie, imballatore di carta da macero, macchinista e comparsa a teatro.

Come scrittore inizia con la poesia, fortemente influenzato dal surrealismo, passa ai racconti (in Italia sono state pubblicate due raccolte: Inserzione per una casa in cui non voglio più abitare, *Einaudi, 1968;* Vuol vedere Praga d'oro?, *Longanesi 1973), e pubblica il suo primo romanzo breve nel 1965:* Treni strettamente sorvegliati *(Edizioni e/o, 1982), reso noto in tutto il mondo dall'Oscar assegnato al film omonimo.*

Tra i suoi romanzi ricordiamo La tonsura *(Edizioni e/o, 1987);* Una solitudine troppo rumorosa *(Einaudi, 1987);* Lezioni di ballo per adulti e perfezionandi, La cittadina dove il tempo si è fermato, I milioni di Arlecchino *(tutti e tre di prossima pubblicazione presso le Edizioni e/o).*

Erede spirituale di altri due grandi praghesi, Kafka e Hašek, Hrabal è uno scrittore dallo stile originale, capace di fondere insieme come un Chaplin letterario un lirismo immaginifico e struggente e un umorismo irresistibile. Uno dei suoi libri più recenti, L'uragano di novembre *(Edizioni e/o, 1991), è un'esplosione di storie che – come ha scritto Mario Picchi su* La Repubblica –

«entusiasmano e coinvolgono: rievocazioni, confessioni, confidenze totali all'amica americana Aprilina, scritte nel clima tumultuoso e fervente di quel 1989, anno miracoloso per la Cecoslovacchia come per gli altri paesi dell'Est europeo; un uomo di settantacinque anni, col carico di una vita vissuta fortemente e intensamente, che ha "raggiunto lo stato d'inquietudine finale", apre a scroscio la sua anima in una splendida febbre creativa che dà alla sua prosa toni e bagliori apocalittici e boreali, che apre orizzonti smisurati e comunica al lettore una tensione che dura dalla prima all'ultima pagina».

Indice

S. Nassib, *Ti ho amata per la tua voce*
B. Tammuz, *Il frutteto*
B. Tammuz, *Il minotauro*
B. Tammuz, *Requiem per Naaman*
B. Tammuz, *Londra*
D. Vogel, *Davanti al mare*

Letteratura praghese

H. Binder, *Guida letteraria di Praga*
M. Brod, *Il circolo di Praga*
B. Hrabal, *Treni strettamente sorvegliati*
B. Hrabal, *Ho servito il re d'Inghilterra*
B. Hrabal, *La tonsura*
B. Hrabal, *L'uragano di novembre*
B. Hrabal, *La cittadina dove il tempo si è fermato*
B. Hrabal, *Un tenero barbaro*
B Hrabal, *Paure totali*
B Hrabal, *Sanguinose ballate e miracolose leggende*
E. E. Kisch, *Alla fiera del sensazionale*
L. Klíma, *I dolori del principe Sternenhoch*
F. Langer, *Leggende praghesi*
V. Linhartová, *Ritratti carnivori*
V. Nezval, *Valeria e la settimana delle meraviglie*
O. Pavel, *Il grande vagabondo delle acque*
L. Perutz, *Di notte sotto il ponte di pietra*
P. Řezníček, *Il soffitto*
S. Richterová, *Topografia*
R. M. Rilke, *Due storie praghesi*
A. M. Ripellino, *Storia della poesia ceca contemporanea*
J. Seifert, *La colonna della peste*
J. Seifert, *L'ombrello di Piccadilly*

Letteratura polacca

AA.VV., *Teatro polacco del '900*
S. Benski, *La parte più importante*
K. Brandys, *Mesi*
K. Brandys, *Rondò*
K. Brandys, *Sansone*
K. Brandys, *Variazioni postali*
K. Brandys, *L'arte di farsi amare*
K. Brandys, *Hotel d'Alsace e altri due indirizzi*

K. Brandys, *L'arte della conversazione*
K. Brandys, *Le avventure di Robinson*
J. Ficowski, *Il rametto dell'albero del sole*
W. Gombrowicz, *Parigi-Berlino*
H. Grynberg, *La guerra degli ebrei*
H. Panas, *Il Vangelo secondo Giuda*
J. Potocki, *Viaggio in Turchia, in Egitto e in Marocco*
J. Stryjkowski, *Austeria*
J. Stryjkowski, *L'uomo venuto da Narbona*
J. Stryjkowski, *Tommaso del Cavaliere*
A. Szczypiorski, *Messa per la città di Arras*
O. Tokarczuk, *Dio, il tempo, gli uomini e gli angeli*

Letteratura ungherese

B. Balázs, *Il libro delle meraviglie*
Á. Bodor, *Il distretto di Sinistra*
G. Csáth, *Oppio e altre storie*
P. Esterházy, *I verbi ausiliari del cuore*
Gy. Kardos, *I sette giorni di Avraham Bogatir*
D. Kosztolányi, *Le mirabolanti avventure di Kornél*
F. Molnár, *Danubio blu*
M. Mészöly, *Saulo*
I. Örkény, *Novelle da un minuto*
I. Örkény, *Giochi di gatti*
G. Ottlik, *Scuola sulla frontiera*
A. Szerb, *La leggenda di Pendragon*
A. Szerb, *Il viaggiatore e il chiaro di luna*

Letteratura serbocroata

B. Ćosić, *Il ruolo della mia famiglia nella rivoluzione mondiale*
A. Tišma, *Scuola di empietà*

Letteratura yiddish

S. An-Ski, *Il Dibbuk*

Letteratura russa

M. Ageev, *Romanzo con cocaina*

A. Blok, A. Belyj, *Lettere 1903-1908*
V. Brjusov, *L'angelo di fuoco*
M. Cvetaeva, *L'Accalappiatopi*
F. Iskander, *Il tè e l'amore per il mare*
F. Iskander, *La notte e il giorno di Čik*
A. Kim, *Lo scoiattolo*
M. Kuzmin, *Vanja*
V. Makanin, *Un posto al sole*
V. Makanin, *Azzurro e rosso*
V. Makanin, *Il cunicolo*
A. Mariengof, *Romanzo senza bugie*
A. Platonov, *Il mare della giovinezza*
V. Rasputin, *Vivi e ricorda*
A. Remizov, *Diavoleria*
E. Sevela, *Perché non abbiamo il paradiso in terra*
A. N. Tolstoj, *Pietro il Grande*
L. N. Tolstoj, *Il divino e l'umano*
I. Turgenev, *Racconti fantastici*
L. Ulickaja, *La figlia di Buchara*
L. Ulickaja, *Sonja*

Letteratura di lingua tedesca

B. Frischmuth, *Il collegio delle suore*
J. Haslinger, *Ballo all'Opera*
M. Haushofer, *La parete*
M. Haushofer, *Un cielo senza fine*
M. Haushofer, *Abbiamo ucciso Stella*
M. Haushofer, *La mansarda*
C. Hein, *L'amico estraneo*
C. Hein, *La fine di Horn*
C. Hein, *Il suonatore di tango*
C. Hein, *Esecuzione di un vitello*
C. Hein, *Fin da principio*
H. Königsdorf, *Bolero*
I. Morgner, *Nozze a Costantinopoli*
U. Peltzer, *Peccati di pigrizia*
F. von Saar, *Il sottotenente Burda*
P. Schneider, *Papà*
H. Schubert, *Donne giuda*
A. Seghers, *Transito*
K. Tucholsky, *Il castello di Gripsholm*
M. Wander, *Una vita preziosa*
E. Weiss, *L'aristocratico*

E. Weiss, *Il testimone oculare*
C. Wolf, *Cassandra*
C. Wolf, *Che cosa resta*
C. Wolf, *Il cielo diviso*
C. Wolf, *Congedo dai fantasmi*
C. Wolf, *Guasto*
C. Wolf, *Medea. Voci*
C. Wolf, *Nessun luogo. Da nessuna parte*
C. Wolf, *Pini e sabbia del Brandeburgo*
C. Wolf, *Premesse a Cassandra*
C. Wolf, *Recita estiva*
C. Wolf, *Sotto i tigli*
C. Wolf, *Trama d'infanzia*
C. Wolf, *L'altra Medea*

Letterature della Svizzera

E. Allgöwer, *La tigre e il monaco buddista*
M. Moser, *L'isola delle cameriere*
M. Moser, *Cuori spezzati*
N. Müller, *Una follia in quattro atti*
N. Müller, *Perché questo è il brutto dell'amore*
A. Schwarzenbach, *Morte in Persia*

Letteratura francese

É. Holder, *Mademoiselle Chambon*
J-C. Izzo, *Casino totale*
J-C. Izzo, *Chourmo. Il cuore di Marsiglia*
J-C. Izzo, *Solea*
J-C. Izzo, *Il sole dei morenti*

Letteratura di lingua inglese

N. Algren, *Mai venga il mattino*
J. Charyn, *Metropolis*
J. Charyn, *Il pesce gatto*
J. Charyn, *Marilyn la selvaggia*
E. S. Connell, *Mrs. Bridge*
A. Desai, *Giochi al crepuscolo*
R. Ferré, *Maldito amor*
C. Johnson, *Il racconto del mandriano*

M. Hong Kingston, *La donna guerriera*
Y. Martel, *Io, Paul e la storia del mondo*
B. A. Mason, *Laggiù*
R. Maugham, *Il servo*
L. Michaels, *Sylvia*
H. F. Mosher, *I misteri di Memphremagog*
A. Munro, *Chi ti credi di essere*
J. C. Oates, *Sulla boxe*
J. C. Oates, *Un'educazione sentimentale*
J. C. Oates, *Marya*
J. C. Oates, *Figli randagi*
J. C. Oates, *Notturno*
E. O'Brien, *La ragazza dagli occhi verdi*
E. O'Brien, *Ragazze nella felicità coniugale*
E. O'Brien, *Le stanze dei figli*
E. O'Brien, *Lanterna magica*
T. Pynchon, *Un lento apprendistato*
T. Pynchon, *L'incanto del lotto 49*
M. Richler, *Scegli il tuo nemico*
S. Scoppettone, *Tutto quel che è tuo è mio*
S. Scoppettone, *Vendi cara la pelle*
P. Taylor, *L'antica foresta*
N. West, *Signorina Cuorinfranti*

Letteratura di lingua spagnola

G. Belli, *La donna abitata*
G. Belli, *Sofía dei presagi*
G. Belli, *Waslala*
G. Belli, *L'occhio della donna*
G. Belli, *Il paese sotto la pelle. Memorie di amore e guerra*
P. J. Gutiérrez, *Trilogia sporca dell'Avana*
P. J. Gutiérrez, *Il re dell'Avana*
J. M. de Prada, *Coños (Fiche)*
J. M. de Prada, *La tempesta*
J. M. de Prada, *Le maschere dell'eroe*

Letteratura cinese

Gu Hua, *La morte del re dei serpenti*
Lu Xun, *Fiori del mattino raccolti la sera*

Le Avventure di Wishbone (narrativa per ragazzi)

Il cangobbo di Notre Dame
Robincan Crusoe
Il capanno stregato
Il cane maltese
Dr. Jekyll e Mr. Dog
Il fantasma del video store
Wishbone nell'isola del tesoro
I dinosauri scomparsi
Il caso dell'alieno on-line

Collana «Tascabili e/o»

AA.VV., *Il paese nascosto. Storie di volontariato*
AA.VV. *Leggere gli anni verdi*
AA.VV., *Mi riguarda*
AA.VV., *Si può!*
M. Ageev, *Romanzo con cocaina*
E. Allgöwer, *La tigre e il monaco buddista*
Sh. An-Ski, *Il Dibbuk*
B. Balázs, *Il libro delle meraviglie*
N. Algren, *Le notti di Chicago*
H. de Balzac, *Il colonnello Chabert*
U. Barzaghi, *Senza vergogna*
Bechi, *Caccia grossa*
G. Belli, *Sofía dei presagi*
G. Belli, *Waslala*
G. Belli, *La donna abitata*
S. Besio-M.G. Chinato, *L'avventura educativa di Adriano Milani Comparetti*
Brandys, Esterházy, Hein, Hrabal, Wolf, *Dall'est*
K. Brandys, *Rondò*
K. Brandys, *Hotel d'Alsace e altri due indirizzi*
F. Carbone, *Reporter verde*
M. Carlotto, *Il fuggiasco*
M. Carlotto, *La verità dell'Alligatore*
M. Carlotto, *Il mistero di Mangiabarche*
M. Carlotto, *Le irregolari*
M. Carlotto, *Nessuna cortesia all'uscita*
A. Čechov, *Racconti umoristici*
A. Čechov, *La signora col cagnolino*
J. Černá, *In culo oggi no*
G. Cherchi, *Basta poco per sentirsi soli*

N. Chohra, *Volevo diventare bianca*
Colette, *Claudine a Parigi*
D. Conoscenti, *La stanza dei lumini rossi*
J. Conrad, *I duellanti*
G. Csáth, *Oppio e altre storie*
M. Cvetaeva, *L'Accalappiatopi*
A. Daudet, *Saffo*
E. Ferrante, *L'amore molesto*
G. Fofi, *Prima il pane*
G. Fofi, *Benché giovani*
G. Fofi, *Più stelle che in cielo*
G. Fofi-G. Lerner-M. Serra, *Maledetti giornalisti*
G. Giudici, *Andare in Cina a piedi.*
P. J. Gutiérrez, *Trilogia sporca dell'Avana*
A. Hacke, *Panini amari*
M. Haushofer, *La parete*
M. Haushofer, *Un cielo senza fine*
C. Hein, *L'amico estraneo*
C. Hein, *Il suonatore di tango*
B. Hrabal, *La cittadina dove il tempo si è fermato*
B. Hrabal, *Ho servito il re d'Inghilterra*
B. Hrabal, *Paure totali*
B. Hrabal, *La tonsura*
B. Hrabal, *Un tenero barbaro*
B. Hrabal, *Treni strettamente sorvegliati*
B. Hrabal, *L'uragano di novembre*
F. Iskander, *Il tè e l'amore per il mare*
J.-C. Izzo, *Casino totale*
J.-C. Izzo, *Chourmo. Il cuore di Marsiglia*
Y. Khadra, *Morituri*
Y. Khadra, *Doppio bianco*
M. Kuzmin, *Vanja*
S. Lambiase, *C.G.D.C.T.*
F. Langer, *Leggende praghesi*
L. Levi, *Una bambina e basta*
L. Levi, *Se va via il re*
M. Lombezzi, *Cieli di piombo*
F. Mistral, *Racconti e leggende provenzali*
F. Molnár, *Danubio blu*
E. Monteleone, *La vera vita di Antonio H.*
N. Müller, *Perché questo è il brutto dell'amore*
S. Nassib, *Ti ho amata per la tua voce*
V. Nezval, *Valeria e la settimana delle meraviglie*
J. C. Oates, *Un'educazione sentimentale*
J. C. Oates, *Figli randagi*

E. O'Brien, *Lanterna magica*
E. O'Brien, *La ragazza dagli occhi verdi*
E. O'Brien, *Ragazze nella felicità coniugale*
E. O'Brien, *Le stanze dei figli*
I. Örkény, *Novelle da un minuto*
L. Perutz, *Di notte sotto il ponte di pietra*
L. Pirandello, *L'imbecille*
A. Platonov, *Il mare della giovinezza*
J. Potocki, *Viaggio in Turchia, in Egitto e in Marocco*
J. M. de Prada, *Coños (Fiche)*
T. Pynchon, *Entropia*
T. Pynchon, *L'incanto del lotto 49*
R. M. Rilke, *Due storie praghesi*
E. Rostand, *Cirano di Bergerac*
E. Salgari, *La bohème italiana*
S. Scoppettone, *Tutto quel che è tuo è mio*
S. Scoppettone, *Vendi cara la pelle*
A. Seghers, *Transito*
M. Serao, *La virtù di Checchina*
S. Soldini, *Un'anima divisa in due*
W. Shawn, *La febbre*
D. Starnone, *Sottobanco*
A. Szerb, *La leggenda di Pendragon*
A. Szerb, *Il viaggiatore e il chiaro di luna*
B. Tammuz, *Il minotauro*
B. Tammuz, *Il frutteto*
B. Tammuz, *Requiem per Naaman*
L. N. Tolstoj, *Il diavolo*
L. Tufani, *Leggere donna*
I. Turgenev, *Racconti fantastici*
M. Twain, *Racconti comici*
M. Twain, *L'uomo che corruppe Hadleyburg*
L. Ulickaja, *Sonja*
B. Ventavoli, *Pornokiller*
B. Ventavoli, *Amaro Colf*
N. West, *Signorina Cuorinfranti*
C. Wolf, *Cassandra*
C. Wolf, *Il cielo diviso*
C. Wolf, *Guasto*
C. Wolf, *Nel cuore dell'Europa*
C. Wolf, *Recita estiva*
C. Wolf, *Premesse a Cassandra*
C. Wolf, *Trama d'infanzia*
C. Wolf, *Sotto i tigli*
C. Wolf, *Medea*

E. Zola, *Per una notte d'amore*

Collana «Le Rose»

Rose del Canada. Racconti di scrittrici canadesi
Rose del Giappone. Racconti di scrittrici giapponesi
Rose di Grecia. Racconti di scrittrici greche
Rose d'India. Racconti di scrittrici indiane
Rose d'Irlanda. Racconti di scrittrici irlandesi
Rose di Russia. Racconti di scrittrici russe
Rose di Scozia. Racconti di scrittrici scozzesi
Rose d'Israele. Racconti di scrittrici israeliane
Rose d'Oceania. Racconti di scrittrici australiane, Maori e neozelandesi
Rose Ispano Americane. Racconti di scrittrici dell'America Latina

Piccola Biblioteca Morale

AA.VV., *Il '68 senza Lenin. Ovvero: la politica ridefinita*
AA.VV., *Sull'unità d'Italia*
AA.VV., *Lezioni sull'antifascismo*
H. Böll-C. Wolf, *Fraternità difficile*
T. Bello, *Il profeta e i re*
C. Berneri, *Umanesimo e anarchismo*
A. Caffi, *Critica della violenza*
A. Capitini, *Liberalsocialismo*
C. Cassola, *Conversazione su una cultura compromessa*
A. Cucchi-V. Magnani, *Crisi di una generazione*
S. Daney, *Cinema, televisione, informazione*
H. M. Enzensberger, *Questioni di dettaglio*
C. Freinet, *Una moderna pedagogia del buon senso*
G. Gaeta, *Religione del nostro tempo*
R. Kapuściński, *Il cinico non è adatto a questo mestiere*
P. Kropotkin, *Il mutuo appoggio*
A. Langer, *La scelta della convivenza*
D. Macdonald, *Masscult e Midcult*
E. Malatesta, *Individuo, società, anarchia: la scelta del volontarismo etico*
Don L. Milani, *La ricreazione*
F. Ramondino, *L'isola dei bambini*
I. Silone, *Esami di coscienza*
G. Snyder, *La grana delle cose*
C. Ward, *La città dei ricchi e la città dei poveri*

V. Woolf, *Ricordi*
A. Yehoshua, *Ebreo, israeliano, sionista: concetti da precisare*

Collana «Il Baleno»

G. Belli, *La fabbrica delle farfalle*
C. Brosca-S. Fabri, *Cloris e l'ultimo incantesimo*
B. Tammuz, *Il re dormiva quattro volte al giorno*

Varia

AA.VV., *Attraverso gli specchi*
AA.VV., *In/Forma di rivista*
AA. VV., *Mir Iskusstva*
H. Carrère d'Encausse, *Esplosione di un impero?*
H. Carrère d'Encausse, *Il potere in Urss*
A. Creti, S. Petrucci, *Boxe: fuori i secondi*
G. Curi, *Cenere e diamanti. Il cinema di A. Wajda*
M. Delogu, *Compositori*
S. Kopácsi, *In nome della classe operaia*
S. Maimon, *Storia della mia vita*
W. Moers, *Adolf*
G. Pacini, *La tragedia della camera da letto*
V. Serge, *È mezzanotte nel secolo*
V. Serge, *Memorie di un rivoluzionario*
M. Šimečka, *Lezioni per il ristabilimento dell'ordine*
A. Veselovskij, *Poetica storica*
R. Vishniac, *Un mondo scomparso*

Finito di stampare il 16 ottobre 2000
presso Arti Grafiche La Moderna
di Roma